JN071013

「ごんぎつね」の謎解き

～ごんをめぐる対話篇～

髙橋正人

コールサック社

「ごんぎつね」の謎解き

～ごんをめぐる対話篇～

髙橋 正人

はじめに

幼少期の読書は、一生を変えるほどの意味を持つ場合が少なくありません。琴線に触れ、生きる上で大きな示唆を与えてくれるものが文学作品には数多くあります。

新美南吉の「ごんぎつね」に出会ったのは、高等学校教員を退職し、教職大学院で院生に国語科の授業づくりを教えるようになってからです。それまで、大学、大学院とフランス文学を中心に学び、高校教員として中島敦、夏目漱石などの教材を授業で生徒とともに学ぶ中で文学作品を紐解くようになっていた自分にとって、小学校の教材は新たな魅力に満ちあふれていました。

はるか前の小学校時代に読んだ作品も記憶に鮮明に残っており、それらの世界に浸ることによって文学への興味・関心を抱くようになったことも事実です。一方、小学校四年生の教科書教材としての「ごんぎつね」を読み始めると、幾つもの発見が飛び込んでくるようになりました。もちろん、多くの先人が苦労の末に辿り着いた知見に目を見張ることも多々ありました。

巻末に記載した先哲の方々の研究に感謝申し上げるとともに、記載しきれなかった方々の論考に心からの謝意を捧げたいと思います。併せて、今も全国津々浦々の小学校で展開されている多くの実践に心から敬意を表します。

「ごんぎつね」は無限の広がりを持っています。そして、この物語は、また、風景描写、視点や語りの在りよう、身体や心理、時代の背景、地方の風俗など、いくつもの発見に満ちた作品であり、他の様々な作品を考える上での最高の知恵とヒントを与えてくれる永遠の書でもあります。

本書は、そうしたこれまでの知見に敬意を払いつつ、初めて「ごんぎつね」を読んだときに感じたひらめきなどを対話の形でまとめたものです。

拙い本書が、これからの「ごんぎつね」を考える上で少しでもヒントになることがあれば望外の喜びです。

なお、本文の引用については、秋田喜代美代表著『新しい国語 四下』（東京書籍、二〇二〇）を元にしていますが、新美南吉『校定新美南吉全集』（大日本図書、一九八〇―一九八一）及び新美南吉『新美南吉童話集』（岩波文庫、一九九六）等を適宜参照しています。

目次

IV

I

一　ごんの再発見

アキは高等学校に通う二年生の女の子。写真部に所属している読書好き。

兄のトオルは大学の文系学部で学ぶ二年生。スポーツ観戦好き。杜の都・仙台でアパート暮らしをしています。


「お兄ちゃん、お帰り、新幹線混んでなかった？」

「ただいま。アキも元気にしていたかい？」

「うん、お兄ちゃん、みんな元気。ところで、この間、市立図書館で読書会があったの」

「ふうん、読書会か。たくさん集まったの？」

「うん、今回は小学生から社会人までたくさん集まって〈思い出に残る物語〉というタイトルで読書会をしたんだ。話題になったのは教科書にも載っている『ごんぎつね』が選ばれて、いろいろ意見が出たんだよ」

「ふうん、『ごんぎつね』かあ、懐かしいなあ。あれは小学四年生の頃に読むね」

「そう、小学四年生のとき。わたしたちは山口先生が担任していた時だったよ。読書会でも小学校四年生のときには気がつかなかったことがたくさんあったの。案外、小さい頃の物語って後で読んでみるとずっと深いものだと気づくこともあるよね」

「そうそう、いいところに気づいたね」

「ところで、お兄ちゃんは『ごんぎつね』どう思う?」

「そうだね。そんなに繰り返して読んだわけじゃないからね。アキはどこが気になっているのかな」

「うん、まず、ごんって人間の会話が分かるんだってこと」

「へえ、そりゃ面白い考えだなあ。物語の世界だから、会話は分かるようになっているんじゃないのかなあ」

「ううん、やっぱり少しおかしいと思うの。だって、ごんが兵十のことや他の村の人たちの会話の内容を分かってるのはすごいじゃない。そして、最後の場面でも兵十が尋ねたことをちゃんと受け取って〈うなずきました〉ってあるから、兵十の言葉をちゃんと聞き分けて〈うなずいて〉いるんだからね。しかも、兵十がごんに向かって尋ねたってことは、伝わることを知ってか、あるいは、伝わるかなって思いながら人間と同じようにごんのことを考えて言っていると思うよ。それに対して、ごんが反応していることも伝わるということと結び付いているようにも思うんだ」

「アキの言うことも分かるけど、物語の始めの方で、ごんと兵十とが出てくる場面では、兵十の言葉が分かったというよりも、大きな声で怒鳴っていることが中心になっているね。言葉のこともあるけど、言葉の内容に加えて、口調や言い方がごんに伝わって言葉より柔らかな声かけの優しさみたいなもので、ごんは〈うなずいた〉のかもしれないね。そうすると、ごんは動物としての域を出ないけど、動物らしい反応としてその言葉を感じ取っていたとも言えるかもしれないよ。その他でアキがごんの〈言葉〉について考えたことってどこかな？」

「兵十とのやりとりによって分かり合えたと思っていたけど、お兄ちゃんのいうように、ちゃんと翻訳して人間の言葉が分かったかどうかは難しいかもしれないね。ごんは、人間の言葉は話せないという設定があるかもしれないけど、分かるってことは人と動物の間では実際にはあることかもしれない。うちのネコだって話しかけてやると応えてくれるし、悲しいときには擦り寄ってきてゴロゴロ言うし、お腹がすいてごはんがほしいときにはミャーミャー鳴いたりするからね。人と動物って気心が通じ合うときがあると思うよ」

「そうだね。ところで、読書会で他に出た感想にはどんなのがあったの？」

「そうそう、参加した他の人からは、この物語では〈食べること〉が重要になっていて、食物のやりとりが中心になっているって言う友だちがいたよ。まず、うなぎでしょ。そして、いわしでしょ。さらに、くりや松たけなんか。しかもそうした食べ物が悲しい結末に向かっていく上で大切な働きをしているんじゃないかって言ってたよ」

「ふうん。なかなか面白いね。食べ物もたしかに面白い捉え方だし、動物たちが生きる上でも食べ物は大切だからね。ごんは何でも食べたりするけど、どうやって食べ物を採ってくるのかな？くりなんか、イガがあって触ったらとても痛いよ。くりのイガが取れているのもあるけど、くりの実だけを取り出そうとしたらあのチクチクしたイガでとても中身まで取れそうにないなあ」

「松たけとか、毒があるきのこもあるし、そういうのを見分けたりするのは大変だよね。何度も口に入れて吐き出したりしたのかもしれないよ。本文には書かれてはいないけど、ごんが兵十の家まで来るのに、何度も何度もそうしたことを繰り返したのかもしれないと思うわ」

「食べ物というのは、ごんが生きる上でも大事だし、どんな気持ちで兵十の所に持って行ったのかな？　自分にとって大切なものを相手に持って行くのは難しいけど、親が子に食べたいものを持って行ってやるのはよくあることかもしれないよ。ごんは〈小ぎつね〉とあったね。体は小さいけれど大人の気持ちを持っているようにも思える。大人と子どもが交ざっているみたいなところがあるのかもしれないね」

「たしかに。他にも、食べ物というと、〈大きななべの中では、何かぐずぐずにえていました〉という表現もあるわ。匂いがしてくるような場面が描かれているの！」

「そう。このときは兵十の家のそう式のために皆で助け合っているところだね。お互いに寄り合って準備しているだろうね。そして、ごんが彼岸花の踏み折られたところを見ているのも印象的だけど、遠くからごんが葬列を見ているところは、何かいじらしい感じがする。この物語には、〈隠れて〉見る場面が何回も出てくるけれど、隠れることは相手を意識しているからこそ行われる行為で、逆に相手への思いが募ってくることがあるね。隠れることは、物語の最後までごんの存在の在り方そのものを示しているようにも思えるね。本当は正面切ってごんは兵十に言いたかったことがあるのかもしれない。例えば、〈兵十、おまえのお母さんはなんと言って死んでしまったのかい？　どうしてお母さんに理由を教えてもらわなかったのかい？〉とか……。〈お母さんはうなぎのことを言っていたのかい？　それとも、おいらのことを何か言ってなかったのかい？〉とか……。いろいろ兵十に確かめたかったこともあったと思うよ」

「そうね。二人は言葉を交わすことはできないだろうけど、何か伝わっていくものってあったのかな？　ごんは兵十たちの言葉を理解してはいたのかもしれないけど、自分から話すことができなかった。話ができたなら、どんなに二人は分かり合えたか分からない。動物との間にある境を取っ払って、みんなの思いが伝わるかもしれないよ。ごんは兵十のことを、兵十はごんたちのことを。ごんは一人ぼっちだから、他のきつねとそれほど仲良くはなかったかもしれないけどね」

「ここでもやっぱり〈言葉の壁〉は大きいよね。言葉が分からないと相手のことを認めることができないし、相手の考えの悪い方だけに気を取られてしまって攻撃的になることもあるしね」

「たしかに。ごんと兵十との間にあった出来事って、行動と言葉とが、ちぐはぐになっていることから始まっていたかもしれないね。頭で考えていることと言葉で表現されていることとの〈行き違い〉ということもその一つだと思うんだけど……」

「頭の中で考えていること？」

「うん。ふつう頭の中で考えていることって言葉になっていないこともあると思うんだけど、ごんはあなの中でいろいろ考えているよね。次から次へと。兵十のおかあさんのことやうなぎのこと、そうしたことを昔のこととして捉えながら記憶して口にしているのかな？」

「頭の中でいろいろ考えていることが言葉で表現されているね。それはごんの日記みたいなものかなあ。あるいは、どちらかというと、自分で自分のことを話の中の〈主人公〉みたいに考えているのかもしれないし、あなの中が〈舞台〉みたいになっているかもしれないね」

「そう。このあなの中での独り言は、何か胸に迫ってくる所だと思う。それがきっかけで、その後、ごんのいろいろな行動が始まっていくね。よく〈六〉の場面がすごく心に迫ってくるから、ラストシーンが心に残ると言われているけど、このあなの中って、暗くて光が届いていない所だけど、何かごんの〈光〉が見えている気がするの」

「へえ、ごんのあなの中の〈光〉ねえ。興味深いね。明るい秋の日差しとの対比について考えたとき、天候もこの物語では大切な要素として働いているかもしれないね」

「舞台は秋の頃だし、寒い冬までは季節は進んではいない。この物語の舞台は比較的温暖な土地という感じはするけど。ごんはあなの中で震えていたのかな。それとも尻尾を丸くして眠っていたのかなあ。それと、ごんって、どうしていたずらばかりしていたのかなあ？」

「村人と友だちになりたかったんじゃないのかな。村の方をずっと見ているし、あなから出て村の方に行っているし。きっと仲良くなりたかったんだと思うよ」

「それって、何か哀しい気もする。かまってほしかったんだろうけど、つい調子に乗っていたずらが過ぎてしまったんだと思う。私たちだってそういうことってあるよね。いつもはそんなじゃなくても、ついついやってしまうことって。ごんも始めはそんなにひどいいたずらをしているとは思っていないのに、いたずらだと思われて、食べ物を粗末にしたりすることがエスカレートしてしまったんじゃないかな。〈ちょっといたずらをしたくなりました〉とあるけど、ほんの軽い気持ちからだったんだろうけど、それが村人に与える影響は大きかったんだと思うの。〈いたずら〉ということを、ごんは分かっていたのかなあ。いたずらだと思っていたのなら、ごんは自分の行動が引き起こす反応を試していたようにも思うし……。いたずらばかりするごんのことを本当に心配していた人がいたとしたら、そのときは、どういう語り口になるかしら」

「そうだね。ごんのいたずらはいろいろ不思議なところがあると思うよ。まず、手をどう使うかが不思議だしね。だって、前足は、くりのイガなんか、なかなか難渋して取れないように思うし、口で取ろうとしたらチクチクするし、難しいと思うよ。ごんは〈いたずらぎつね〉って兵十に呼ばれているけど、兵十がそう思っていることをごんは知らないと思う。そうした上で、またいたずらをしている。うなぎ事件の後では、ごんは〈つぐない〉として自分の行為を捉えているよ。だから自分の行いを少しずつ修正している。その背景としては、〈どうして自分のしていることが分かんないかなあ〉という気持ちもあるかもしれないね。そして、もっと遡ると、ごんは生まれてから他のきつねとどんなふうに過ごしてきたのかという〈前史〉があるはずだけれど、それが語られないまま〈村の茂平〉は語り始めているね。〈村の茂平〉という人物もまた、謎めいているよね。まず、名前。漢字で〈茂平〉とあるけど、話を聞いている人にとっては、〈茂平〉という漢字より、耳に聞こえる〈もへい〉という〈音〉がまず先行することになるね」

「そう。耳で聞いていると〈もへい〉っていうのは、耳に残るし、なんとか〈へい〉っていうのもたくさん名前としてあったのかもしれないわ。他にも物語では「しんべい」「かすけ」などが出てきているわ」

「うん。一つのことからどんどん探究の道筋ができるかもしれないよ。それで〈村の茂平〉という人からこの語り手が聞いて、それを書き留めていると考えると、何か箱の中に箱が入っているような感じになっているよ」

「たしかにそういうふうに物語ができているようにも思えるわ。初めの箱があって、その話を聞いてまた箱があって、その箱の中にまた箱が入っているようにどんどん箱が続いていくようにも考えられる。初めの箱の中っていうのは、どんなふうなのかなあ？」

「そうだね。ちょっと考えたんだけど、もしかしたら、このお話って、何人かの人たちのことも含まれているんじゃないのかなあ。時代を超えてっていうのもあるけれど、その場合も、時代を超えるということも、縦と横、つまり、時間と地理とで言うと地理的な広がりがあるようにも感じられるんだよ。どんどん村の人たちがごんのことを話していくうちに、遠くの村の人にも伝わっていっている。そして、秋という季節になると、また、〈ああ、去年そんなことがあったなあ〉って、時代を経て話が積み重なっていくことってあるかもしれないね」

「うん。〈村の茂平〉さんって、一人かもしれないけど、もしかしたら、茂平も、前の茂平から、その茂平も別の茂平から聞いたのかもしれないね。記号としての〈茂平〉っていうか、顔は一つじゃなくて何代にも渡って村の中にいるみたいな感じがするわ」

「ああ、そういうことを考えると、〈村〉のというのも、広がりが出てくるようにも感じるね。この村は現在の感覚だと知多半島にある〈岩滑〉の村っていう感じだけど、そこだけでなく、ごんが住んでいそうなところがみんな〈村〉という感じに思えてくる。〈村〉という言葉が何か土の匂いのする場所みたいなんだ。冬は寒くていろいろ大変で、春になるとあったかくなって、そうしていよいよ実りの秋になる。そういう四季の巡りの中でごんは〈村〉の方に出かけたくなっているようにも思えるよ」

「そう。季節が移り変わってきている中での出来事ね。しかも、それは、ごんにとって〈最後の〉秋になるけど……」

「〈最後の秋〉かあ。ごんはもう冬を越すことのないままで死んでしまったね」

「前に読んだ、サン＝テグジュペリの『星の王子さま』（新潮社、二〇二二年、一三九頁）ってあったけど、王子さまがくずおれて星に帰って行ったところが、何か、上に向かっていくけむりの様子を含めて〈最後の秋〉と結びついていくようにも思えるわ。けむりが火縄じゅうの筒口から登っていく様子がとっても印象に残っているけど、そのけむりってごんの生命なのかしら？」

「ごんの生命とも考えられるようだし、ごんの思い出やごんの兵十への思いも詰まっているようにも読み取れるかもしれないね」

「ごんが抱いていたかもしれない思いは、伝えきれないまま消えて終わってしまうし、その思いを内側に秘めたまま頷いているだけで、ごんは言葉を発していないわ。言葉にならない思いが筒口から出るけむりに表れているようにも……」

「うん。あなに戻ることを考えていたごんが、あなに帰れなくて空に向かっていくっていうことを示しているようにも思えるしね。ところで、この筒口を見ているのって誰かなあ？　兵十はごんを見ているだろうし、この場にいるのは、ごんと兵十だけだよね。ここにいるのっていうのはいったい誰なんだろうねえ?」

「ごんはもう生命を奪われてしまっている。そのごんを見ているのは兵十。そして、その兵十を見つめているのは〈語っている〉誰か他の人になる。ここに、もう一人の〈目〉があるようにも思えるし、ごんの思いを受けて立っている人がいるようにも思えるわ。あるいは、兵十自身が昔のことを考えて自分の思いを込めてけむりについて語っているのかなあ、どう感じる?」

「うん。難しいね。でも、その場にいなくても語っている人がいるのはこの話を語る人がいて、その人がごんのことを考えている人であることは確かだよね。ごんのことについて考えないのなら、ごんの話はしないし、ありえないかもしれない。だから、ごんに寄せる心があるからこの物語が成立していると考えられるね。それを語り手というのかどうかは分からないけど、ここには確かに兵十やごんを見つめている目があって、その人がこの状況を見ているようでもあるね。でも、そうしたら、その人はごんや兵十にこの状況を教えてはくれない人なのかな。教えてくれるならいいけど、教えないで、ごんにも〈兵十が火縄じゅうを持ったよ、そっちに行ったら危ないよ、だめだよ〉と言ってあげる人っていないのかなあ」

「そうね。天から、あるいは空からごんに危ないよって教えてくれる人がいるといいんじゃないかなあ。この間の読書会でも小学生からそんな話が出ていたわ!」

「そうすると、この物語も誰か見ている中で、劇の中で劇が行われているようにも思えるね」

「そう。ごんの様子を見ている語り手がいるけど、それって、空から見ている人や、よくドラマなんかで語っている人が、ナレーターとして、〈ほら危ないわよ〉と〈突っ込み〉を入れることがあるけど、それと似ているわ。ドラマとして進んでいるドラマを作成しているものがあるとしたら、実際にごんの〈第一次版〉みたいなことが、実際の出来事としてあったとしたら、その時ではなくて、まあ、その時でもいいんだけど、ごんは全く気がつかないことがあって、その後、ごんの話になったときに、宙に浮かぶように語り手が透明な存在としてそこに目を留めておいて、じっとごんのことを見ている。そうすると、兵十が〈はりきりあみ〉をそのままにして川上の方へ行くのだって、本当は何かのために行くんだろうけど、それが分からないまま語られているわ。語っている人も分からない部分があるんだよね。それって、おかしいかな。ラストシーンでは、ドラマなんかのナレーターの目はどこにあるのかしら？」

「うん。そうだね。僕には、物語の中にいくつもの〈層〉や〈箱〉があって、その箱ごとに見えているものが分かれているようにも感じられるんだ。まず、物語の中で移動している主体としては、ごんが中心が挙げられるよね。語り手は、ごんの後を付いていってるよ。そして、ごんの後を追いかけながら語っている感じがする。それに対して、ごんではなくて、兵十の方に密着しながら語っているところはどこかな？」

「それがラストシーンの〈兵十は〉というところだわ。主語は兵十に代わっていて、そこでの語り手の位置はというと、やはり、兵十とごんと距離を同等に置いているようだけど……」

「そうか、ごんと兵十との間の中間にいる感じかな。どちらにも目配りしていて、同時に双方を見ているようにも思えるけどね。そして、語りながら二人にメッセージを送っているようにも思える。さらに言うと、ごんにとっても兵十にとっても見えないところに立っているようにも思えるなあ。ごんに〈ほらそこにいるよ、兵十は〉と言っているようにも思えるし、兵十にも〈ほら、くりを持ってきたのは、ごんなんだよ〉と言ってあげているようにも思えるけど、二人はそのメッセージを知ることなく、何も知らずに行動している。ごんは償いだと考えてくりを持ってきているし、兵十はうなぎを盗んだ〈ぬすとぎつねめ〉と言っている。この話は、年月を経ることによって、作者の手による作品というレベルのテクスト自体から、時を経て語られた物語がいくつもの回数を経ることによって鍛えられ、作り込まれた上で現在の形として成立していると考えると、この作品の持つ構成と構造が見えてくるように思えるね」

「たしかに、村の人たちにとってごんが〈いたずらぎつね〉として捉えられていることは確かだわ。それを〈ごん〉と命名し、村から排除されるようになるまで疎まれているとしたら、それは、一つの〈典型〉を示しているわけね。でも、そうしたきつねが総括されて〈ごん〉という名称で遇されるためには、一連の事件によって死を迎えることが必要になるわ。そう考えると、この物語は、【きつねが、ごんという名を獲得する物語】あるいは、【ごんの誕生の物語】とも言えるんじゃないのかしら。作品の冒頭部分の紹介は〈事後的〉に私たち読者、あるいは、聞き手が冒頭に帰って初めて記すことになる〈ああそうか、これがごんなんだ〉という〈発見〉によって成立する【ごんがごんになる物語】とも言えるわ。ごんは、兵十の火縄じゅうによって死んでしまったこと、しかも、なんらかの意味で善行を行ったことが判明したことによって、【〈ごん〉という命名を受ける物語】と考えることもできるわ」

「そうだね。なかなか興味深い考察になってきたね」

「ええ。私も少しずつ深めてみようと思うわ。それに、自分でもお話を作ってみたくなってきたの」

「へえ、すごいね。楽しみにしているよ！」

「うん！」

アキはもっともっとごんの物語のことを深く考えたくなりました。アキの頭の中では、ごんがあなの中で、何か考えている様子が浮かんできます。

アキは、昔の小学校の教科書を机の上に出してもう一度読み返してみました。外は明るい月が家の外を照らしています。アキは、少し家の外に出て、家の近くの道を散歩してみました。ごんが月の明かりに照らされた道を兵十のかげぼうしをふみふみ歩いている様子を頭の中に描きながら。秋の草が微かな音を立てて揺れている中を、アキもごんのように歩いて行きます。

遠くには安達太良山の姿も見えています。

二 〈いたずら〉と〈火縄じゅう〉

アキは、ノートにメモを書き込んでいます。

〈ごんノート〉です。

兄との対話が続いています。

「葬儀の場面もまた考えさせられるところだね。ごんは〈そう式〉のことをまず見聞きしたことがあるんだね。だって、〈ははん〉と言っているしね。過去に一度以上は少なくとも村人の葬儀を見て知っている設定になっているよね。そうして葬儀が行われることを予感しながら、感覚を凝らしている。書き方として〈そう式です〉という書きぶりではなくて、ごんの認識を通して叙述しているのは、〈ごん目線〉で葬儀の様子を見ていると言うことだね」

「たしかに。兵十は喪主の立場に立っているわけだからそう式までの段取りを始め、全てが慣習に則って行われているよね。それをあえて書かないで、ごんの目を通して、しかも、遠くからの目線で想像させていることになっているわ。ここって何か不思議なふうに感じたの。遠くから〈かねの音〉が聞こえてくるし、その広がりが徐々に伝わってくる様子、つまり、音源がどこかによって聞く側の立ち位置が決まってくるとも言えるよね。音の発生、そして、その伝わり方、さらにそれをどこで捉えているかということも物語の中では大切になっているわ」

「そうだね。物語の中では、ごんを通した〈音の世界（サウンドワールド）〉が示されているようにも思えるよ。目もそうだけど、ごんをめぐる世界が音響によって彩られている様子が分かるんだ。〈ぬすっとぎつね〉と言っているのも、うなぎ事件と同じ認識のままだね。それが呼称が変わって〈ごん、おまえだったのか〉という部分では〈ごん〉という呼称になっている。つまり、〈ごん〉という名を兵十が選択していて、その選択は自発的に、しかも、愛着のこもった表現になっているね。音を発するという意味では、かねの音や木魚の音など〈音の風景（サウンドスケープ）〉という点でも人間の発する呼び声は一つの世界を作っているよね。さらに音については、火縄じゅうの音が響いているね。銃の大きな音がこだましているようだね。至近距離で放たれた火縄じゅうの音って大きいと思う。その音とともにごんは倒れる。そして、火縄じゅうから発せられた弾薬の匂いも辺りに漂い、青いけむりが立ちのぼっている。兵十の耳には火縄じゅうの音が繰り返し聞こえて来ていたと思うんだ」

「そうね。音って耳に残るし、一度放たれた弾丸は戻っては来ないし、それが引き起こした事態の重さからしたら、取り返しのつかないことになっているわ。兵十の立場からしたら、懲らしめようとして放った火縄じゅうの弾丸がくりや松たけを運んできてくれていた〈神様〉を殺めてしまったということにもつながっているわ。加助の〈神様のしわざ〉という言葉はきっと兵十にとって一つの解釈を与えてくれていたわけだから。そうすると、兵十の側からは、神様の仕業と思ってきたものが、ごんの仕業であり、自分のことを思ってくれていたことを示すくり運びの価値を見出していた兵十にとって、神を〈殺して〉しまったということになるのかもしれないわ。だから、ごんは、動物の立場から神様の立場に引き上げられたと言ってもいいかもしれない。少なくとも、兵十にとって、〈ごん、おまえだったのか〉という言葉に含まれるのは、〈神様の仕業だと加助に言われていたんだけど、そういうことをしてくれたのは、実は、ごん、おまえだったのか〉という水面下の思いが凝縮されていると考えられるわ。衝撃の大きさという点から言ったら、弾が当たったときに兵十の胸によぎるのは、単に〈おまえ〉ということだけではなくて、加助に言われた言葉が余韻として、あるいは背景理解としてあって、それらを前提とした上で、〈おまえだったのか〉という言葉に集約されていると考えられるの」

「そう。たしかにこの場面は、ごんに対する見方ががらりと変わるところだと思うよ。兵十の〈改心・回心〉的な面が現れているとも言えるね。後になって語られるとき、兵十に知られていない面とごんに知られていない面とが、すれ違っているようにも思える場面だね」

「こうして兵十とごんの世界は接近したり、離れたりしているように感じられるわ。その行き来が物語を形作っているの」

「それぞれの見えている世界がどうなっているかについて、考えてみることも面白いね。兵十のそれまでの生活がどうなっていたかについては、登場の時には、示されていないね。ごんの視界に入ってきたときの対象として、見つめられ、吟味される存在として〈兵十だな〉という表現で括られているよ。だから、この〈だな〉という言葉は、これまでのごんと兵十との〈時間〉が凝縮されていると言えるんじゃないかな」
「そうね。登場の仕方という意味では、兵十への眼差しがラストシーンにまで響いているように
も思われるの。互いを見つめ合うことのないままに一方的に相手のことを確認していくことがこ
の物語の軸になっているように感じられるの」
「ところで、物語では、〈いたずら〉はキーワードになっていると思うよ。物語の始めの頃のい
たずらとうなぎ事件に関わるいたずらとに分けることもできるかもしれないね。でも、〈いたず
ら〉と表現しているけど、村人にとってはとても大変なことだよね。ごんにとってはコミュニ
ケーションの一つとも言えるかもしれないけれど。一つ一つのいたずらが積み重なっていくとき
に悲劇が起こる」
「そう。ごんは心情的には加助の言葉によって一度は死んでいるのかもしれないと思うの。初め
て自分の行為を評価してもらえると思ったら、それが、〈神様〉のお陰とされてしまい、自分の
してきた償いが自分以外の他の者に取って代わられてしまったわけだから。そのときの絶望的な
言葉遣いが〈へえ、こいつはつまらないな〉という言葉に表されていると思うわ」
「ごんのいたずらは自分のことを見てほしいという切ない思いの裏返しだと思うよ。そして、そ
の延長線上に償いの行為が徒労に終わってしまったという思いも残っているかもしれないね」
「そうすると、ごんのいたずらは、コミュニケーションの〈変奏〉ということ？」
「些細なことが大きなことにつながるということや出来事の偶然性もヒントになるかもしれない
ね。小さなことがきっかけになって、大きなことにつながることの例として、例えば、ごんが兵

十の家に〈その明くる日〉にもくりを持って行ったことがあげられるね。兵十は、ごんが行動して、自分の家にくりや松たけを持ってきていた場を通り過ぎたのではなく、ごんが何も持たずに家から出るところでごんを見とがめたことが、一つの偶然につながっているからね。一切何も知らずに見とがめられもせず、戸口を入って出てきたとしたら、兵十はごんに話しかけることはあっただろうか？」

「たぶんなかったと思うわ。そうなったとしたら、ごんはそのまま外に出て、兵十は加助の言葉に疑問を持ちながらも結局ごんがくりを持ってきていた本人だと伝わって、〈善・ごんぎつね〉の物語が作られることになるかもしれないわ。でもそうならずに、ごんは、偶然に入ったところだけを見とがめられている。兵十はくりを持ちながら運んでいるところを見てはいないわ。そこに〈運命のいたずら〉が読みとれるような気がするの！」

「うん。そうだね。〈偶然の魔〉というか、偶然が一つの話を形作っていることは、近代小説では多いかもしれないね。ちなみに、後で話題にしようと思うけど、フランスの小説家フローベールの『ボヴァリー夫人』（芳川泰久訳、新潮社、二〇一五年、六三五頁）の最後の部分に、〈運命のいたずら（la faute de la fatalité）〉という言葉が出てくるし、南吉もフランス語の成績は優秀だったようだし、実際に『ボヴァリー夫人』（新潮社、一九二〇年）を中村星湖譯によって読んでいるようだよ。ちなみに、星湖譯では、〈運命の罪です〉（五九七頁）との表現になっているけどね。案外、そうした〈偶然性〉には興味を持っていたのかもしれないね。そして、前にも触れた〈ふと〉という言葉の使い方にしても、それまでの時間と空間に流れていたはずの時間が中断され、ついに決定的な時を迎えてしまうことがあるよね。この〈ふと〉というのは、だれにとっての〈ふと〉なんだろうね。兵十が物音に気づいて感じた〈ふと〉なのか、それとも、語り手が超越的な立場で引き合わせている〈ふと〉なのか？　このとき、前の日のことから次の日に向けて何か〈時〉そのものが別の流れをしているようにも思えるよ。物語で言うと、〈五〉と〈六〉との間にある時間が物語自体を動かしているように思えるんだ」

「そうね。たしかにそれは面白いかもしれないわ。〈おれは、引き合わないなあ〉という心情を押し隠して、しかも、これが最後のくり運びになるとは思いもせずに、自分で決めた行動をし続けるごんにとって、くり運びという行為は、兵十にいつか自分のことだと分かってほしいことだったはずよね。そういう思いが〈ふと〉につながったと考えることはできるのかしら？〈ふと〉という事態を引き起こす要因となった一つの因果のつながりが、この場面で成立しているということかな。〈五〉と〈六〉の間にある空白は大きな意味を持っているように思えるわ。その翌日〈も〉という〈も〉についても気にかかるの。その後に〈同じように〉という言葉が入る可能性があるけど、と同時に、〈しかし〉という心的機制みたいなものが働いている中で、〈も〉という副助詞が使われていると言えるわ。その翌日も、悲しみや分かってもらえない悲しさや無力感を持ちながら、ともかくごんは兵十の家に向かって歩いて行ったと考えられるの」

「そうすると、兵十の家は、ごんにとって、死に向かう〈道行き〉とも言えるね。自分のあなから出て、兵十のいる家に向かうことは、結果的には、死に向かって進む道であり、本人は気づかないとしても、定められた運命を辿る道と行動だと考えられるね」

「そうね。ごんが向かっていく道が、ここでは、死に向かう道であり、さらに言えば、死を賭して自分の行動を貫き通すという真実の真心を纏った〈死に装束〉であるとも言えるわ」

「死に向かうという点で言うと、この物語の中では、兵十のおっかあの死が出てきているね」

「ええ。このおっかの死はごんにとっても大きな出来事だったと思うわ。そう式という厳粛さを伴った儀式を〈ははん〉と吟味しながら言い当てて、しかも、葬列にまで目を向けるということから考えると、ごんにとって、人の死は身近であるとともに、興味のあるものだったんだろうと思うの。そして、その死をめぐってあなの中で思考を巡らすことになるわ」

「そうだね。どんどん考えが広がっていき、自分の行動を再度見つめ直すということがなされているし、兵十への思いとともに、自分と同じ境遇にいることを確認することが物語の〈スタート地点〉とも言えるかもしれないね」

「ええ。このあなの中での考えが元になって、ごんは償いに向かってひたすら進んでいくことになるわ。死に至る〈原因〉は多岐にわたるはずなのに、ごんは単一の原因に的を絞り、それ以外の理由を除外しているの」

「たしかにね。ごんは突き進んでいるようにも思えるね。ごんの性格はそういうところにも表れているかな。いわし屋のことにしても、過剰とも思えるくらい行動に走ってしまうところもあるね」

「ええ。いずれにしても、いつかはこういう事態は起こったと言えるし、また、可能性としては、ごんの運んでいるくりをそのまま見てくれる兵十と出会えるかもしれないという予測も可能かもしれないわ」

「ところで、ごんに寄り添っている視点から、兵十の視点に移るところがあるね」

「〈兵十はかけよってきました〉というところね。偶然によって自分が撃ってしまったごんに目を落として不思議そうにしているのが見えるようだわ。二階建て構造というか、一階に物語があり、二階に語り手の物語としての〈メタ物語〉があると考えてみたらどうかしら。語っている人にとって見えている物語が、一階の物語を背後で支えているという二重構造になっている感じがするわ」

「確かに〈知／不知〉ということや〈語る／語られる〉という観点で言うと、物語の全体が層に分かれているようにも思えるね」

「登場人物一人一人の認識の層を考えるとき、〈知／不知〉は、一つの地平を形作っているわ。そして、双方がそれぞれの形で相手の世界と交わることによって事件や物語が、出来事として積み重なっていくの。よく、〈テクスチュア〉という織物のイメージがテキストについては言われるけど、織物というより、地層が〈ミルフィーユ〉のように積み重なって褶曲を繰り返すイメージだったり、キューブ状のものが積み上げられているようなイメージがあるわ。そうした形で相互に関係し合っていたりして、通り過ぎたりすることで物語世界が構成されているのかもしれないわ……」

「ごんは人間の言葉や社会、あるいは経済、さらには風俗など文化的背景についても知識を持っている。そういう意味では村社会の〈観察者〉でもあると同時に、〈旅人〉としてこの地に現れたとも言えるね。村社会に一時的に立ち寄ったいわば〈客人・まれびと・賓客〉として位置付けられるよ。村人と一緒に人間の生活圏の中に入りきったのではなく、〈通過する者〉としてこの世界に現れたと言ってもいいのかもしれない。そして、村社会を正面からではなく、陰から、底から、裏から、脇から〈こっそりと覗く存在〉として観察する立ち位置にいるね。その観察レポートの一つを〈ルポルタージュ形式〉を取りながら報告したものが〈ごんぎつね〉という物語だとも言えるね。語り手の分身としてのごんの観察眼は、自身の観察にも表れており、その切れ目、あるいは、裂け目こそが〈おれが、くりや松たけを持っていってやるのに〉という形で吐露されているのかもしれないね」

「物語の中で突然に湧き出すように心情や観察者の世界が〈切れ目〉として出現することはあるかもしれないわ」

「その切れ目は、自分の世界を他者の世界に開こうとするときに生まれてくるのかもしれないし、相互に浸透し合うようにして際立ってくるのかもしれない。〈ルポルタージュ形式〉で書かれている物語を駆動しているのがごんそのものかもしれないね」

「ええ。この間の読書会でも話題になったんだけど、小学校では、ごんの絵日記を書く活動があるわ。例えば、〈今日、おいらはいわし屋から魚を取って兵十の家に投げ込んだ〉〈きっと兵十は喜んでくれると思う〉などの表現で書かれている例があるの。そうした日記があるとしたら、その表現を見ている人がいて、それを物語として話す人、あるいは書く人が参考にしているかもしれないわ。兵十の独り言もまた、そうした日記風の言葉になっているのかしら。しかも、いわし屋のことについて、兵十が発した独り言をごんがたまたま聞いて、その場で失態を演じてしまったということを認めている場面があるわ。この場面って、前から少し気になっていたの。まず、直接話法が用いられていて、兵十の内面が素朴に語られているし、しかも、ちょうど都合よくいわしを投げ込んだ後の出来事が〈失敗譚〉として語られていること、それに人間の言葉をごんが聞き分けて理解していること、それを聞いているきつねがいることを兵十は知らないであろうことなどが挙げられるわ。もちろん、最後の〈不可知〉かどうかは書かれていないから、判断のしようがないこともあるけど、ごんは確実に人間の言葉を理解できる設定になっているわ」

「たしかに、ごんの目に映った兵十の怪我は、ごんの目線で書かれているけど、語り手とともにあるようにも思われるね。こうした語り手の目とごんの目の重なりはどういう効果をあげているかな？　ごんの内面に入って書いている様子とごんの外になって見ている目とが一緒に書かれているようにも思える」

「ええ。同じ形で書かれているけど、視線が二重になっているとしたら、そこで見つめているのは、視線を辿っていっているその痕跡が双方とも重なり合い、不可分の形で捉えられているとも言えるんじゃないのかしら」

「怪我をしている兵十は、独り言を言っているね。その独り言を兵十はごんに知らせようとするわけではなく、〈偶然〉通りかかったごんがそれに気付くという構造になっているよね。村人の言葉を理解できるごんが兵十のところを通り過ぎて興味深く覗き込むことは予想されるよ。その期待の彼方に相手の言葉が飛び込んでくるとも言えるね。つまり、物語の根本に〈期待〉の地平が広がっているわけだ。いわし屋に殴られたエピソードもまた、ごんの行動の〈促進剤〉として機能しているね。兵十の独り言がごんの行動に拍車をかけていき、〈過剰性〉が極まったところに悲しい事態が出来することになる。物語にはそうした契機となるものが多いよ。むしろ、そうした一つ一つの偶然の積み重ねの形こそが物語を推進しているようにも思えるね」

「そうね。また、考えてみたいわ」

アキはノートに今日の話を書き込んでいます。

なんだか、自分でも南吉さんと同じように子どもたちに向けて物語を作っていきたくなりました。

三　ごんと〈視線〉

アキは、今日も兄のトオルとごんのことを話しています。

「この間からずっと、〈物置の後ろから〉見るということについて考えていたの。物陰から見るごんの姿がいくつか目につくけど、ごんの視線と視界はかなり限定されているようなの。草むらから見たり、家の裏から見たり、あるいは、六地蔵の裏から見たりしているの。〈後ろから〉見るっていうことは、何かを示しているのかな？」

「たしかにごんは村人に隠れて見つからない形で視線を確かめているね。ただ、ごんがあなの近くから見ている場面があるね。それは、うなぎを首にまいたまま、あなに帰る途中で兵十の家を見下ろしている時だね。その時には、視界は開けており、兵十の家が見下ろされるという地理を前提にしているね。つまり、狭い物陰ではなくて、広い土地から兵十のことを対象化し、視線の中で捉えているんだ」

「たしかにそうだわ。物陰ではなくて広々とした場所から見下ろすということも、考えると面白いことになるわ。それと対比して狭い角度から徐々に見えてくるという場面も注意が必要だと思うの。見えてくる世界を徐々に広げていく葬儀の場面などとは逆に、見るというプロセスが瞬時に打ち破られるのが、火縄じゅうの場面だわ。ごんの視界は戸口から外に向かっていった段階で急変し、ごんにとって何が起こったのか分からないまま銃弾に見舞われることになっているの。自分自身の身の上に起こった事態の全体像が示されることなく、瞬時に自分を取り巻く世界が終焉を迎えることになっているわけなの！」

「そう。物陰から出ることを引き金として、視界が開けるはずであったことから一転し、全く予期しない世界が展開しているね。一般に、世界は閉じられたものと開かれたものとの相互作用によって成立すると考えられるよ。視界を閉じられたものとするか否かその時々に決定される。視線を決定し、それを語るためには映画のコマ送りを逆回しにするような反転作業が求められるね。視界が限定されるとともに、その視界を限定するものの存在が問題になってくる。この物語では、それが〈うら・かげ・後ろ・うら口・かた側・そば〉などの言葉だね。裏に回ってものかげから見ることとの〈限定性〉を超えていくものとしての〈視界〉がどこで成立するのか。ごんの視界に見えているものを映像化していくとき、ごんの目に映った映像の行方を知ることも大切になるよ。見ている目と重なっているものとの間に見える限定的な世界像こそが、ごんの世界を明らかにする上で大切なものとなるような気がするね」

「ええ。物陰からごんは見ていると言ったけど、常に隠れて物陰から見ることによってごんは認識を新たにしているわ。そのたびに発見があるのかもしれないね。狭い所から出て広いところに行くこと、あるいは、逆に広いところから狭いところに帰って行くことが〈繰り返される〉ことによって、ごん自体が〈物語の進行〉そのものに変化を与えていくことが予想されるの。つまり、物語の中では、ごん自体が行動を〈修正〉しているんじゃないかなって思うの。行動を一つの形で終えるのではなく、常に変化にさらされて、自らも修正を繰り返す機能が内在しているように考えられるの」

「そうだね。ごんの行動変容の最たるものは、〈五〉と〈六〉の間で起こっているのかもしれないよ。だって、加助と兵十とが連れ立って歩いて行く様子を〈かげぼうしをふみふみ〉ついて行った上で、二人の会話をいわば、そばで〈盗み聞き〉していたごんにとって、自分の行為が認められず、神様に取って代わられたわけだから、ここでも一つの〈修正〉が行われて、くりや松たけをもう二度と持って行かないという選択肢があってもおかしくはないはずだよね。むしろ、これまでのごんは、利発な面を持っており、自分の行動を積極的に変えることで周辺世界への適合性を高めていたとも言えるからね。それが〈五〉と〈六〉との間の感情の〈揺れ〉をそのまま呑み込んでいるところに、何か、溝のようなものが感じられるよ。底に流れている思いとは別に日常生活のルーティンは変えずに、ごんは、文字通り〈償いのために〉夢中になってくりや松たけを運んでいる。しかも、律儀にその行動を継続しているごんの様子は、前夜のショックが大きいがゆえにこそ心に迫ってくると思うんだ。ごんにとってこの日、運命的な日の朝からの行動を支えていたのは何だろうね。前夜の思いを振り切って新たな朝として再び一歩を踏み出したのか、それとも、前夜の思いを引きずっている一歩だったかは推し量ることはできないけれど、何らかの思考の過程があったと見ることができるよ。行動面での変化あるいは修正が微妙な齟齬を来す要因が、〈ふと〉という言葉に示される〈偶然の魔〉の存在だとも言えるね。ごんと兵十との間に〈偶然〉を引き寄せる何かがあったと言えるかもしれない」

「何かがそれまでのごんのルーティンを変え、両者の微妙な関係を打ち破ったとも言えるわ。〈平衡〉が保たれていた平穏が、兵十の手にした火縄じゅうによって変わってしまうの。兵十が手にしていたのは、〈はりきりあみ〉であり、〈位はい〉であったのに、〈六〉では突然〈火縄じゅう〉が出現するわ。火縄じゅうは、殺傷性を形にしたもので、生命を奪うための〈道具〉として現れている。そして、世界を分断し、〈強者／弱者〉〈撃つ側／撃たれる側〉という関係性を生じさせるの。しかも、くりや松たけの授受といういわば〈物語の前史〉を元にしたときに、突如、生死に直結し、村人と動物との関係性が〈覆い〉を取られて露骨に現出していることが、のどかさを残した〈牧歌的〉な関係性の脆弱さを打ち壊し、ついにはごんと兵十という一対の関係性を人間と動物という〈種同士〉の関係性という、象徴的かつ根源的な対立としてむき出しにしているように思うの」

「たしかにね。小学校の国語の作品では椋鳩十の『大造じいさんとガン』にしても根底に戦争をモチーフとしていて、〈突然の死〉〈突然の別れ〉などのテーマが見られるかもしれないね。そういう戦争を扱った作品とは別の形で、〈人間と動物との争い〉が前景化していることは確かで、それは道具としての火縄じゅうや縄をなうという〈人間の営み〉にもつながるものかもしれないね」

「そう。物語の中では、そうした人々の営みが風俗として捉えられているところがあるわ。〈お歯黒〉や魚取りのための〈はりきりあみ〉などは、そうした背景の中に描かれている。文化の突出した形としての狩りが、隠された〈人間と動物との争い〉として両者の間に横たわっているようにも見える。そのベールが一気に取り払われたのが〈火縄じゅう〉の存在だと思うの！」

「文化として築き上げてきた生命維持のための方法は、他の生命を奪うという形で生命をつないできたと言えるね。生きるための殺生はごん自身も経験しているけど、うなぎを首からほどいてそのまま置いておくという行為をしていたのは、その意味で象徴的でもあるね。無駄な殺生をせずに、むしろ生き物を大切にする方向で取られた行動として捉えられる行動だね。逆に、本来は生死の間にあって、食べなければ死ぬという切迫感からではなく、いたずらから起こした行為が、ごんのスタート地点の心情や行動だと考えられる。そうすると、〈いたずら〉という言葉の持つ意味合いが最後まで〈通奏低音〉のように響いていることになり、いたずらを修正したつもりのごんが、その修正プロセス自体を見極められず、いたずらをいたずらとして受け止められてしまったという〈すれ違い〉が生じたというふうにも言えるね。そして、火縄じゅうという最終的な兵器を手にする兵十といたずらのバリエーション、あるいは、修正としてのくりや松たけを償いとして捉えているごんとの齟齬が生じてくる。その亀裂を、兵十は、人間社会の儀礼に則って行ったはずの〈かためて〉という文化的文脈として、〈逆望的〉に振り返りざまに確認することになるんだ。いたずらが前景化していた前半と、それが後景として背景に静かに溶け込んでいく後半では明らかに差異が生じている。ごんにとっていたずらについての意味付けが変化しているにもかかわらず、兵十からは同一趣旨の延長線上にある〈悪行〉とみなされた結果、火縄じゅうの弾によって命を奪われるという、いわば〈いたずら〉の修正とその未決のプロセスが作品の全体構造を支えているようにも思えるね。そして、そのいたずらの鎖がまた一つ、新たな変容をもたらしたとも言えるのは、兵十が変容を迫られ、修正された認知を基にして加助へ伝言するという〈その後の物語〉の始まりが予想されることにもつながるかもしれないね」

「火縄じゅうが出てきてドキッとするけど、物語では、いくつかの布石が見られるわ。声を上げて怒鳴ったり、まじめに仕事をしている様子がうかがえるし。ところで、ごんが兵十に惹かれた理由は何かしら?」

「〈一〉で〈兵十だな〉って表現されているように、無意識のうちにごんは兵十に引き寄せられていたということは確かだね。しかも、名前を直接呼んでいるし、加助や新兵衛などの名前も語り手の言葉かそれともごんの目か不透明ではあるけれど述べられているね。ごんが兵十に引き寄せられていく過程を突き詰めていくと、行き着くところはどこかな。兵十に話しかけたり、至近距離まで近づいていったりしていることから考えると、〈接近愛〉みたいに、対象自体に近づきたいという思いが根底にあるのかもしれないね。視線を追っていることもその一端を示す行為だと言えるよね。相手に迫っていくことによって物理的な距離を縮めたいという思いが、ごんの全身から感じられるよ」

「ええ。たしかに目をこらして見ているごんがいるわ。外界を見つめるすすきの描写もごんの視線から発しているかもしれないし、距離を縮めようとする思いとつながるのかもしれないわ」

「語りは、誰の目で描かれているのかな? そして、ごんはその語りの内容を知っているのかな？　描かれ方や叙述されていることをどこまで知っているのかはとても面白いテーマだと思うんだ。〈神の視点〉からしたら、すべてが隅々まで分かるのかもしれない。物語の空間が語りによって〈浸されている〉ようにも思えるし、視点によって満たされている箇所と別の視点から描かれている箇所との違いがあるようだね」

「興味深いわ。ごんの内面を通っていく光によって語られる部分とごんを俯瞰して見つめる光によって語られる部分とが重なり合い干渉しているような〈にじみ〉を持った表現が感じられるの。物語がいつくものの輪でにじんでいく様子や島宇宙のような銀河の重なりのイメージがあるわ。ごんと兵十の思いは、一つの宇宙を形作っているんじゃないかなと思うけど、どう感じる？」

「たしかに、この物語の世界では、一つの言葉、一つの振る舞いが互いに浸透し合う感じがするね」

「そう。もっともっと読んでみるわ」

「そうだね。一つの物語からいろんなことが広がってくるように思えるね！」

アキは、ノートにごんのことについて、気付いたことを書き込んでいます。

アキのノートのメモも増えていきました。

四　書かれていない？

アキがノートを持ちながらトオルと話しています。

「物語には、いろんな場面が出ているよね。でも一方で場面として描かれていない部分や語られていない部分もあるね。そうした表面に出ていない部分って言葉ではどう表されているのかな。考えたことある？」

「表されて〈いる／いない〉というところって言うとどういうことかな？」

「例えば、初めの部分に出てくる〈これは〉という、〈村の茂平というおじいさん〉から聞いた話があって、それ以外の人の語った〈別バージョン〉もあるのかなという感じがするよね。この〈お話〉以外の派生、あるいは、他の〈お話〉も想定されるということ。もっと言うと、この〈ごん以前の話〉と〈それ以後の話〉があるというようにも読めるわ」

「この話を取り巻くいくつもの話の〈群れ〉があって、そうした物語群の中の一つがごんの話だというふうに考えることも出来るね。ごんの〈前史〉あるいは〈後日譚〉というように整理すると、この前史は〈一人／ひとりぼっち〉という言葉に集約されると思う」

「〈ひとりぼっち〉という言葉は、二つの形で示されているわ。ごんのことを指し示している立場の場合と、ごん自身が兵十のことを言い表すときに、同一視する視点でテキストに書き込む形で示されているところね。同じ〈ひとりぼっち〉でも二つは全く違う立場で表されているわ。そして、それは加助の言葉に出てくる〈神様〉という言葉にも表されているの。唐突に出てくる神様がどんな意味を持っているか、どんな働きをするかは実は明らかではないけど……。でも、ごんにとって、その言葉、つまり〈神様〉が発せられた瞬間にすぐに反応をしているわ。それほど大きな力を持っていると考えられる。〈カミサマ〉という語の持つ意味合いも、含まれている働きも兵十たちとごんとでは異なるものだと思うの」

「そうだね。まず、ごんにとって自分との比較がある。兵十たちは自分のことではないと考えているということ、そして、神についての考えや自分の行為の代行者としての存在が挙げられる。神様の持つ意味の多義性があるね。ごんは自分のしていることが〈神の座〉にいる行為であることをこのとき知ったと考えられるよ。自分が行ってきたくり運びの行為について名付けるという〈命名作用〉、さらには、自分の行為が神様に取って代わられたことに対する憤懣が吐露されることになる。ごんがこのとき、くりを運ぶことに対する認識を変えたかどうかは不明だけど、〈六〉の始めで、「も」が用いられていることに注目すると、単純に並列するのではなく、〈実は〉〈しかしながら〉という気分がただよっている。それは、研究者の芳川泰久（『「ボヴァリー夫人」をごく私的に読む 自由間接話法とテクスト契約』せりか書房、二〇一五年、一二頁）が指摘しているフローベールの『ボヴァリー夫人』における〈しかし（mais）〉と同じような表現上の効果を上げているよ。この〈も〉はそういう意味でとても重要だと思うんだ」

「ふうん。そう考えると、作品の中の地の文については、さらに幾つもの重なりが見られるように思うの。この物語は繰り返し語られている話だと分かるけど、それだけでなく、今も語られつつある〈生成される語り〉という観点から考えると、〈その明くる日も〉という言葉は前と後の出来事を知っている人の存在が語りの中に込められていると思うわ！ そして、その語りも、今ここで生成されつつあって、前に向かって進んでいるという感じがするの！」

「そうだね。特にここでは、急な坂道を下るような語りの〈緊迫感〉が伝わってくるようだね」

「たしかに、〈疾走する悲劇〉の始まりの予感がするわ」

「哀しいことを焦点化する働きが、この〈も〉に凝縮している感じだね」

「助詞の〈も〉というのは、積み重ねられたものがあって初めて意味をなす言葉だわ。それまでの積み重なったごんの行動があって初めて出てくる言葉であって、あなから出掛けていくごんを見つめる目があるわ。語りのレベルでもごんと行動を共にしているように見えるの。主語が〈ごん〉とあるからって単にごんだけでいいのかな？ 語り手に連れ添って兵十や他の人も組み込まれているようになっているのが、この物語かなって思うの。さらに言うと、この物語を現に今読んでいるわたしたちもその語りに参加しているようにも思えるの。活字を目にしながら、そして、語りを聞きながらそこにいるようにも思えるし……。〈うちのうら口から、こっそり中へ入りました〉という表現の〈こっそり〉も同じ読む人もその動作と同調しているようにも感じられるわ。この〈こっそり中へ入りました〉と表されているとき、〈こっそり〉とは、誰に対して〈こっそり〉なのかしら？」

「こっそりと隠れるような足取りをしているのはごんであり、語り手がそのごんの心情にまで入っているような表現だね」

「うん。〈こっそり〉という副詞が特に素早く、ゆっくりなどの副詞と違うのは、〈知の限界〉ともいうべき点を含んでいるからかもしれないわ。〈こっそり〉と表現するとき、誰かが、誰かの視界を遮るスクリーンになっているように思うわ。ごん自身が発する可能性はあるわよね。〈こっそり〉という気持ちを持ちながら家に入ったということ。それを兵十から見たら、きつねが〈うちの中へ入った〉という表現にあるように、こっそりという表現を受けたものではなく、そのまま〈堂々と〉入ったとしても仕方のない形で表現されているわ。だから、この時点でごんが後ろからあるいは人知れず隠密裏に兵十の家に行くとしても、それは、この段階では兵十には知られていないわけね。しかも、それを読者に示すかのように〈こっそり〉としているのは、ごんの心情に入り込み、ごんの側に立った表現になっているの。でも本当にそれだけと言えるのかな？〈こっそり〉と書いてあるのは、ごんの行動に対して、語り手が外から見て事態をそう捉えているのか、それとも、自覚しているのかが判別しにくいの。どう思う？」

「そうだね。そのとき大切になるのは、〈それで〉というつなぎの言葉だと思うよ。兵十は、母屋ではなく〈物置で縄をなっていました〉とあるけど、これをごんは見ているのかな？〈それで〉とあるのは、論理的には、前者を確認した上での行動と言うことになる。〈裏口〉と〈こっそり〉という言葉はそこで出てくる表現だよね。つまり、兵十の様子を目で認めてこちらには気付かれないようにという判断の下で、兵十の〈目〉を意識しながら、裏口から入るという決断をしてくりを持って行くことになるよ。相手には見つからないように細心の注意を払いながら、しかも、それは前日に隠れて行った自分の行為を自分だと認めてほしい、神様の仕業ではなくそれはこの自分なんだということを知ってもらえる機会が失われているという事態の推移を踏まえての行動だよね。それが布石として機能した上で、その明くる日も家の方に向かって出掛けている。やはりポイントは〈それで〉という言葉だね」

「ええ。〈それで〉という言葉には、結果的にという意味合いもあるけど、やはり、ごんは兵十の立ち位置を知った上で邂逅を避けているわ」

「そう。兵十に知ってもらいたいけど、姿を見せるとうなぎの時に怒鳴られた後と同じで、追ってこられるかもしれない。そういう認識があって、その上で、〈それで〉という思考から発した行動が起こされている」

「〈こっそり〉というのは、兵十からはそう見られていないという気づきを伴っていることと、ごんが自分の行動をそう見なしているという〈メタ的な視点〉から捉えている可能性もあるわね」

「うん。〈こっそり〉と表現しているのは、内と外との〈情報量の多寡〉あるいは〈落差〉から生じている言葉だね。内面と外面とが接する点が〈こっそり〉であり、内面と行動が〈こっそり〉という行動になっているけど、そう捉えているのは、ごん本人とそれを語る語り手だね。兵十は〈こっそり〉には関与していないよ。兵十は行動の一部を取り上げていて、裏口からということに注目せず、〈うちの中へ〉という〈内／外〉の二元論的に捉えている。しかもそれが過去の記憶を想起させることになっているね」

「〈こっそり〉という言葉と同じような二面性を持った表現は物語の中では他にはあるのかしら？」

「そうだね。〈ふと〉ということばもあると思うよ。〈ふと〉という言葉も、本人が自覚しているかいないかにかかわらず、本人は少なくとも自覚しないまま行われている行動になっているよ。無意識の中で、行動を起こし、その結果が重大になった時に用いられるね。〈ふと見かけた〉と言うときには、見かけた契機を指すとともに、事後的に振り返る観点から〈回顧的に（レトロスペクティブ）〉その行為の引き起こした事案の重大さが語られることがあるよ。この場合も〈ふと〉見たことが、兵十の行動に結びついているよ。だから〈ふと〉という言葉は重要な鍵を握っているね。見ているのは、あくまで兵十なんだけど、その兵十は見たことについて自覚があったわけではないよね。〈偶然に、ふと〉という表現の通り、手元にある『旺文社国語辞典第十一版』（二〇一三年）には〈ちょっとしたひょうしに。不意に。突然〉と示されているね。また、〈こっそり〉という言葉も、〈人に気付かれないように物事をするさま。ひそかに〉という語釈が示されているよ。このように兵十が顔を上げる行為をしていたのは、その後の行動と結びついているね。その後、兵十はごんが家の中へ入っていくことを目撃することになるわけだね」

「ところで、〈これは〉という冒頭の一文から考えると、話は口頭で聞かされているけど、これを書き取っている人がいることになるわ。こうした〈ふと〉などの副詞は後に挿入されたものと考えられるのかな。〈原話〉があると仮定して、その骨子と整合性を持って接続するように副詞が後の挿入されているようにも感じられるの。〈実は〉後で考えると、この時〈ふと〉顔を上げたんだということ。つまり、物語は、現実の丸写しではなく、むしろ、事態そのものが生成的に作り上げられており、副詞は特に、評価を伴っているから〈事後的〉にならざるを得ないわ。副詞が用いられるのは、語り手、あるいは、作者が全体を俯瞰する地点に立った上で発する必要性が生じたときじゃないかと感じるの。〈その時〉兵十は〈ふと〉顔を上げました、その時に、というように、時を指定する中で同時性を担保しつつ同時並行で物事が進むというより継起的に生起するかのようにね。そして、〈こっそり〉という表現に呼応するかのように本人が隠していたものが明らかにされるというように同時性が描かれているの。〈ふと〉あげた顔に見えてきたものは、〈きつね〉と表現されているわ。ここで本文での繰り返しについて整理しておきたいんだけど……。本文では同じ表現が重ねられており、それは作者のスタイルになっているかもしれないけど、物語の生成過程を考える上で大切になると思うの。次のメモを見てね」

と、村の方から、カーン、カーンと、かねが鳴ってきました。そう式の出る合図です。〈二〉

と、きつねがうちの中へ入ったではありませんか。こないだ、うなぎをぬすみやがったあのごんぎつねめが、またいたずらをしに来たな。「ようし。」〈六〉

ほらあなの近くのはんの木の下で、ふり返ってみましたが、兵十は追っかけてはきません
でした。〈二〉
とちゅうの坂の上でふり返ってみますと、兵十が、まだ、井戸の所で麦をといでいるのが
小さく見えました。〈三〉

あなの中にしゃがんでいました。〈二〉
井戸のそばにしゃがんでいました。〈四〉

ふと見ると、川の中に人がいて、何かやっています。〈一〉
そのとき、兵十は、ふと顔を上げました。〈六〉

おっかあが死んでしまっては、もうひとりぼっちでした。〈三〉
「おっかあが死んでからは、だれだか知らんが、おれに、くりや松たけなんかを、毎日、
毎日くれるんだよ。」〈四〉

「兵十だな。」と、ごんは思いました。〈一〉
「ごん、おまえだったのか、いつも、くりをくれたのは。」〈六〉

「たしかにね。それと、呼称のこともあるね。〈きつね〉という言葉で一般化しているところと、ごんと略しているところがあるね。〈一〉の冒頭部分にも、紹介としてまず〈きつね〉、その中でも名前を付与されたきつねですという構造になっているよ。つまり、この物語は、きつねが、〈ぬすとぎつね〉から、〈ごん〉と呼ばれ、皆に〈ごんぎつね〉と呼称されていく【命名の物語】でもあるね！　そして、その呼称の変化はゆっくり行われたのではなく、〈ふと〉というきっかけによって引き出され、偶発的に行われた〈事件性〉によって縁どられていたと言えるよ。その継起こそ、〈事後的〉、あるいは、〈レトロスペクティブ（retrospective）〉に振り返ったときに〈顔を上げる〉という動作を兵十が行ったことに起因しているよ。そうでなければ、兵十にとって、神様はどこかよそにいる神様だったけど、この事件をきっかけにして、きつねは、ぬすとぎつねから、神の行いをしていた者として同座に列せられ、神として〈仮〈権〉に〉現れた〈権現＝ごん・ぎつね〉として、草稿の表題である〈権狐〉に集約化されていくと考えられるよ！　そういう意味で、南吉の赤い鳥への投稿が〈権狐〉という名で書かれていたのは、まさしく本来の〈命名作用〉の本質を体現していたのかもしれないね！」

「ええ。作品のタイトルもこうして考えると、とっても興味深いわ」

「もちろん、『赤い鳥』投稿時と作品掲載時には〈ごん狐〉とされており、〈ごん〉はひらがなになっているけど、もともとの意味が〈権狐〉を意図していたようにも思えるね。なお、『広辞苑第七版』（岩波書店、二〇一八年）によれば、〈権現〉について、〈仏・菩薩が衆生を救うために仮の姿でこの世に現れること。権現。化身〉と説明がなされているよ。本文で〈きつねが〉と表現されているのは、兵十の心の中と地の文で語り手で書いている意識とが重なり合っていることの現れとしてとらえられるね。そして、ごんはこのとき、自分が償いをする者として変貌を遂げて一種の透明な存在として自分自身を捉えていると考えているけど、実は、神のような〈透明な存在〉ではなく、肉体を持ち〈現実性〉を伴ったリアルな存在として身体を離れては生きていけない生身から、〈けむり〉という精神的なものに帰っていくことを暗示しているようにも思えるね」

「たしかに、ラストの火縄じゅうの筒口から出ているけむりはとても印象的だわ。それは、身体を持っていたきつねが神に列せられた結果として引き受けざるを得ない一つの〈状態変化の象徴〉とも言えるように感じられるの。生身の身体を持っていた狐が、〈神的〉〈精神的〉なものとして認知された最後の形として、神様と同様、不可視であり、透明なものとして地上を覆っていく存在に変貌したとも言えるように思えるの。ところで、〈ごん〉という言葉は、本文では、次のように四十五回も用いられているわ」

〈一〉　十三回　「ごんぎつね」というきつね　ひとりぼっちの小ぎつね　ごん　ぬすとぎつねめ
〈二〉　七回　ごん　わし
〈三〉　十回　ごん
〈四〉　五回　ごん
〈五〉　三回　ごん

〈六〉　七回　ごん　きつね　ごんぎつねめ

「物語には二つのベクトルの向きがあって、一つは物語の生成に向かうベクトル、もう一つは物語の始原に遡る向きのベクトルと考えられるね。僕たちは、物語の出来事を開始から時系列で辿っていると思っているけど、実は、それは、【ごん誕生の物語】に向かって遡っているという二つの流れを共に体験していると考えられるよ。それは、終わった後の世界が開けていくこととも関係していくけど、〈きつね〉が〈ごん〉に、そして、〈ごんぎつね〉に昇華していく過程でもあると考えられないかな？　時系列としては、ごんと兵十との出合いを通して開始されているね。その邂逅の〈結節点〉に当たる十字路に位置するのが〈兵十だな〉という認知だね。つまり、ごんの認知の仕方というだけでなく、物語の世界そのものが【ごんをめぐる認知の物語】であり、認知の在り方を認知するという【メタ認知の物語】でもあるよ。ごんの発見は、村人の【ごん神話】を共に形成する【共同体の物語】であると同時に、ごんに対しての物語の変容そのものを示す【メタ物語】でもあるね。〈ごん〉の名が多いのは、ごんに焦点が当たっているだけでなく、〈ごん〉と発する語り手の先行意識が摑み取った主体としてのごんが表現されたからとも言えるよ。語り手が〈ごん〉という時、物語時間は終末に向けて進んでいくけれど、それは、すでに結末に向けて発せられた火縄じゅうの弾丸と同様に、すでに発せられているようにも感じられる。放たれた弾丸は、ごんの身体に食い込んでいき、瞬時にごんの命を危機に落とし込む。その弾丸を受け止めた時、ごんの身体の死が訪れるけれど、弾丸によってではなく、兵十の言葉にうなずくことによって、ごんは精神的だけでなく言語的にも兵十と同等の立場に立ち、認知されることによりその生命を得るという【誕生の物語】ともなり得ているようなんだ。つまり、物語全体がその死によって認知された【ごんの誕生の瞬間の物語】となっているかもしれないね！」

「そういう意味で考えると、この物語には、〈兵十の母の死〉と〈ごんの死〉という二つの死が中心に置かれ、〈償い〉がテーマとして浮かび上がっているけど、兵十の母の死のために償いをするごんの行為が結果的には自らの死を呼びよせると言えないかしら。しかも、その死は、ごんが村人の中で村人と共に生きること、つまり、死を迎えることによって【新たな生を得る誕生の物語】でもあるわ。さらに、それは、〈ひとりぼっち〉の小さな狐でしかなかった存在が、この物語を通して村人と共に生きる存在として認知され、いたずらに困っている村の人たちに恵みを与え救済する主体としての神様が同等の行為をすることによって外形的にも内形的にも神の名を戴くという【命名の物語】でもあるんじゃないかしら！」

「うん。そうだね。そして、物語の中では誰がどこまで知っているかは大切だよね。誰が何を知っているかの線引きはどうなるのかな？」

「そうね。まず、語っている人のエリアがあるわ。この物語では、ごんにとっての【接近と離脱】ないし、離反の運動が表現されていると思うの。例えば、〈細い道の向こうから、だれか来るようです〉とあるように、語られて事実がすでに分かっているはずの語り手があえてその場にいて、〈分からず／知らず〉にいる状態で描いているのは、ごんとともにいる臨場感を増すためだと考えられるわ。そして、作り手がテキストにそう書きこんでいるわけだけど、このとき〈だれか来るようです〉というその時点で、その状況の中では、そこまでしか言えない、いわば〈限界〉に立っていると思うの。すでに結末が予想されているにもかかわらず、不可知の状態を示すことは、効果として臨場感を高めるだけでなく、語り手自身がその時点では〈知りえない〉という構えを見せ、期待値を高めることになる。隠れているのはごんだけでなく、〈語り手自身もまた身を潜めている〉ようにも思われるの。物語には、〈隠れる〉とか〈ものかげ〉など、府川源一郎（教育出版、二〇〇〇年、一六一―一六三頁）が指摘しているように、裏側と表側という二つの分けられた世界に構造化されているけど、その立て付けを語りそのものが表現していることが大切だわ。語られている表層構造を支えている深層構造に語り手の息が聞こえてくることに物語の真骨頂があるように思うの」

「そうだね。それと〈三〉には〈やりもらい動詞〉が使われていて、その使用については、ごん自身の思いが表層に湧き出しているように感じられるね。単純にくりを拾ってきたり、持ってきたりという反復動作を示すだけでなく、兵十のうちへ〈持ってきてやりました〉という時には、ごんの兵十に対する心情が溢れて文脈が形成されているよ。この〈やりました〉という表現には、ごんの気持ちを内側から支えている語り手の心情が込められている。持ってくるだけならそのままの動作を外から見ているけど、この表現にはごんの内面に踏み込んだ表現が使われているようだよ。そして、それは、兵十が加助に不思議だと訴えている中でも用いられているね。兵十はくりや松たけというものを誰だか知らないまま贈り届けられているね。価値のあるものが本来黙って何の対価も支払われることなく無償で送られるということは、何らかの超越的な関係の中でしかありえないという一般的な考えがここには表明されているよ。交換の儀式の中では、やりもらいがあっても、それが無償の行為とは想定しにくい。でも、ここでは、ごんの無償の行為が死を超えて新たな無償の行いである語りによる再生へと物語を外部から動かしているよ。物語の内での物語が外に向かって、新しい物語を生み出すという【ウロボロス uroboros の蛇の物語】あるいは、【メビウス möbius の帯の物語】のような構造を有していると考えられるね。しかも、それは、〈二〉の最後の場面のごんの首に巻き付いたうなぎともイメージの近似性が見て取れるよ！」

「ええ、それは興味深いわ。物語が完結せずに途中で留まっているのはそこから物語が始動することだし、話を聞いてきた〈わたし〉という複数の人の語り継ぎがここでも示されているように思える。つまり、この物語は、【ごんの命名の由来譚】であり、【ごん物語の生成譚】でもあり、【ごんが神に列せられる物語＝神格化譚】であり、さらに言えば、【語り手である〈わたし〉の物語】でもあるわけね。そして、【償いの循環の始点・始原の物語】とも考えられる。それらのいくつもの視点を孕んだ作品が〈ごん物語〉という複合体を形成していると考えると面白いね！」

「そう。ところで、〈これは〉って書いてあるけど、冒頭の一文はとても大切だよね。今から語る〈これ〉は、書かれて残されたものともとれるし、語りの空間にいるのは、書いているわたし、あるいは、書きつつある〈わたし〉ともとれる。そうした複合性がここでは表現されているし、話を総括して書いているね。話されてすでに消えている言葉が織りなす全体を示しているけど、それを繰り返そうという【際限なき物語】、【口移しの方法により耳で聞いた物語】をここで新しく書き残そうとする強い意志も感じられる。だから、【語りから語りへと口頭伝承によって形が整えられていく物語】とも言えるね。そして、もしかしたら、話は途中で途切れているけど、それは、〈わたし〉が意図的にそこで切ってしまっているのか、それとも、茂平が伝え、聞かされた話もまた、そのままで終わっていたのかという疑問が残るよ。茂平の語りがどうであったのかは推し量るしかないけど、その話をこうして〈今、わたしが、語ろうとしている〉という舞台設定は、わたしが一人の語り手であると同時に、他にも語り手はいたのではないか、つまり、聞き手が複数いて、その一人一人がまた、この話を語り継いでいくという【語りの拡散の物語】という構造にも特徴があると思うんだ。もちろんたった一人で聞いていたことも想定されるけれど、複数の子どもらがおじいさんから話を聞かされる情景が描かれているから、〈わたし〉が語る〈これ〉という〈お話〉は、いくつもの物語の中の一つのお話である可能性があるね」

「たしかに、〈これ〉っていう言葉は単純だけど、何か重みを感じさせる言葉だわ」

「〈お話です〉とあるように、語ろうとする話は一つのまとまりとして示されているね。これが指す中身っていったい何かな?」

「〈これ〉というのは、どちらかというと、〈これから話すのは〉と似ているけど、形になっている感じがするわ。そうすると、これって言いながら、冊子になったものなどを示しつつお話しているのかな?」

「うん、たしかに〈これ〉と提示しながら、相手に示すという設定が考えられるよ。これということを、〈共同注視〉を促している表現と捉えると、少なくとも〈わたし〉と、わたしに対峙する〈聴き手〉がいるということになる。しかも、それは、目の前にいる場合もあるけど、書かれた場合には、不特定多数の〈読者〉ということになるね」

「〈書いたもの／書かれたもの〉とするとどうかな？　囲炉裏場なんかで語り継ぐというより、冊子にまとめられたものを読む形になるけどね」

「この話の流布の形はどうあれ、伝えられてきていることは確かだね。なぜこの話を聞いた後に他の人に語ろうとしているのかも大切になるね。根本にあるのは、語ろうとする意志と、語っている〈現在〉と語り終えた時点の問題になるかもしれないね」

「もう少し考えてみたいわ」


アキは、ノートに「？」と記して、自分の部屋に帰っていきました。ごんのことが今日も頭から離れません。

II

五　〈だれか来るようです〉

アキは、〈ごんぎつね〉のテキストを持ってリビングで兄と話しています。
ごんのことを話題にすることでとてもワクワクしてきました。

「この物語で、語り手が語り終えた時点というのはどこかな？〈青いけむり〉が〈まだ、つつ口から細く出ていました〉とあるけど、〈まだ〉っていつまでのことかなあ？〈今も〉っていうことはどの時点ということかな。兵十の心の中、それとも、ごんが弔いを受けた後ずっと？　それとも、兵十の目に焼き付いているということかな？」

「うん。いろいろ考えられると思うよ。副詞に着目していくと、いろいろな語りの〈裂け目〉が見えてくるようにも思えるね。この〈まだ〉にしても、どこまでも続いていることを凝縮した表現と捉えられるからね」

「たしかに〈まだ〉などの副詞というのは語り手の主観と人物の主観とが混ざり合っていると思う。〈こっそり〉という言葉にしても、ごん本人の立場から行動を捉えると、隠れて裏から人に見えないようにという意識の元で行われているし、それを語り手は〈こっそり〉と表現しているわ。でも、兵十からしたら、それはただ単に入ったということになってしまっている。そこに〈こっそり〉という主観が反映したものと受け止められてはいない現実があるように思えるし。〈こっそり〉という言葉を何度も繰り返し語っている茂平からしたら、それが現場の様子を語るという第一次的なものから、語りの修辞技法に向かっているかもしれないね。語りの場においては、ごんの真似をしてそれこそ、動作化して表現したかもしれない。ごんが〈兵十のかげぼうしをふみふみ〉行ったのと同じようにね。〈こっそり〉には、さらに他の副詞とは別に、隠れながら、人に見つからないようにという他者の意識が明確になっていると思うの。単なる行為の緩慢さなどではなく、他者に対して自分の姿を見せまいとする他者を意識した点での違いがあるわ。こっそりと入ることを表現として選ぶとき、茂平はどういう意図でその表現を選択したのかな?

「たしかにね。〈わたし〉が話を受け止めてそれを書き記している人がいるね。ふつうは作者とされるけど、その作者あるいは記述者は、〈わたし〉である可能性もあるし、そうでなく、別の人がそれを茂平—わたし—書き手へと続けて伝えている作用を担っている存在とも考えられるね。茂平の語りの在り方がここでも大切になるね」

つまり、水準一：原型あるいは事実ベースの出来事、水準二：兵十から加助へ、水準三：加助から村人へ、そして、兵十から加助へ、水準四：噂が中山様へ、そして、共同体への共有化、最後に水準五：記述化。しかも、それぞれの水準において口承から書字へと拡大していると考えられる。しかも、口承で行われていたものが、次第に広まるとともに、それを書字化することによって後生に残されるようになる。〈この〉というときに示されているのは、口承で受け継がれてきた物語だけど、それを書字化するときに変化を被っている可能性がある。表現上では〈自由間接話法〉の部分と〈直接話法〉の部分との境目が一つポイントになるね。平塚徹編『自由間接話法とは何か』（ひつじ書房、二〇一七年、二二頁）には、自由間接話法について、〈自由直接話法の人称と時制を語り手の立場から選択したものにかえた話法であり、登場人物の発話や思考を語りの中に断絶なく取り込むものである〉との説明があるね。この物語では、語り手による口承の時の口調は地の文に落とし込まれており、意識の流れとして処理されている。しかも、それは、〈と心の中で思いました〉と引用される部分だね。それに対して直接に表現として言語表出されるのは、〈ようし〉という行為の開始を予告する一種の掛け声だね。〈ようし〉が含む決意の内容は、〈こないだ、うなぎをぬすみやがったあのごんぎつねめ〉だけど、それは、言語として外には表出されていない。しかし、口承ではどうだろう？　さらにその原型である行為レベルでは、外には表れていないんだ。物語の中では、〈入ったではありませんか〉という表現部分は、明らかに心情が枠を超えて広がり、聞いている人を意識した表現になっているよね。茂平が語ったとすると、ここは誰に対して投げかけた言葉になるのかな？」

「自分自身に問いかけているとも読めると思うわ。語りに没入することによって簡単な表現で兵十の心中を吐露していると考えられる。あるいは、やはり皆さん聞いてください、入りましたよ、きつねが入ってしまいましたよと事実を述べつつ、内心の怒りや憤りを爆発させているとも考えられるかしら？」

「自己と読者あるいは聞き手に対してであれ、この一文は明らかに当事者である兵十の心情を露わにする部分だね」

「心の中を吐露したところを口承の語りで表現することはあり得るかしら？　レトリックとしても他者に意見を投げかけることはよくある表現方法とも考えられるけど」

「口承だとより効果的にその部分を伝えることが出来るかもしれないね。口調を変えるなどして、地の文で説明をして、会話部分は声色を使って本人になり切りながら口承で語ることはあるよ。〈落語〉なんかでも、説明の部分と会話の部分とで口調で変わっていることがよくある。むしろ、口承の方が互いの心情もより明確に分かるかもしれないね。現場には語り手がいないけど、語り手は現場を区切って見せたり、どちらの方にも行き来したりして話をすることが出来るからね。全部を知らなくてもいいいし、すべてを知っているときもあるのかもしれないよ」

「そうね。そして、兵十が〈五〉において、加助に語るわたし語りという一人称が二つあり、ごんは語らず、加助が語ることにも着目したいわ。この物語は一種の【告白の物語】でもあるわね」

「研究者の安藤宏『近代小説の表現機構』（岩波書店、二〇一九年、六四 ― 六九頁）は、一人称の職能を三つにわけているよ。一つは当事者性であり、見聞や聞き書きの形をとることによる伝承性を演出するという〈伝聞モード〉と〈告白モード〉が挙げられている。二つ目は、一人称が〈自―自コミュニケーション〉と〈自―他コミュニケーション〉の二つの性格を併せ持つということ、三つ目は、メタ性であり、物語成立に関わる〈もう一つの物語〉にかかわる。ごんについて言うと、〈わし〉という一人称表現にかかわる部分において、冒頭の〈わたし〉が伝承の一つの結節点にいるということが分かる構造になっているね。そして、伝承され生成され続けるこの物語には、伝承と共に、〈告白〉がなされていると考えられる。ごんの〈六〉の中における自問自答の場面はまさに、ごんが自己と対峙し、自―自コミュニケーション機能を発揮している部分でもある。さらにそれとシンクロするように、兵十もまた、自―自コミュニケーションと加助との自―他コミュニケーションとして相手に対する呼びかけを喚起することになる。つまり、この物語は、【コミュニケーションの物語】としてその可能性と不可能性に関する物語としても捉えることができるね！」

「たしかに兵十の加助への告白は〈秘密裡〉に行われたはずなのに、ごんが隠れて聞いていることによって、知られることになる。かりに、ごんが聴いていなければ、くりを置く行為は自分の行為であり続けられたはずであり、神様に横取りされることはなかったわ。そして、兵十に対して償いを続けているという自覚を持ち続けることが出来たはずだわ！」

「ここでは、言語によるコミュニケーションが〈片務性〉を持っていることに留意する必要があるね。ごんは偏った形でのコミュニケーション能力を持っていると考えられる。つまり、兵十の話を聞くことはできるけど、人の言葉を話すことはできない。また、文字については、ここでは明確には書かれていないけど、ごんが後ろに隠れる六地蔵には何か文字が刻まれている可能性はあるのかな？　それとお宮に幟とあるように、儀礼に伴う文化的なものについての認識があるものとしてごんは初期設定されている。村人の文化について知っている存在として形象化されているね」

「そうだね。これだけ村の風俗や文化に対する理解があり、その上で考察を加えるという〈知識人〉としてのごんの在り様が示されているよね」

「この物語は単なるごんの〈伝承〉ではなくて、【ごんの鎮魂の物語】でもあるよ。無念の思いを抱いたまま亡くなった【ごんを追悼する物語】でもあるし、【成仏を願う物語】とも言えるね」

「そうすると、鎮魂が〈告白〉からなっていることにも着目できるわ。この中には告白ともいうべきところがごんのあなの中の自己省察の形として捉えられているし、くりをもらった兵十が加助に対して相談のために話をする場面もある。さらに言えば、ごんの死の後に想定されるのが、兵十による加助に対するごんの死の伝達だわ。くり運びが神様の仕業ではなく、ごんの行いそのものが神様の仕業として認定されるわ。つまり、この物語は、ごんが神の立場に列座されることになるという意味で【列座の物語】と捉えることもできるかもしれないわ。そのときに、〈実は〉という形でもたらされる兵十の語りが動き出し、喪によって伝えられ、神に列せられたごんが〈ごんぎつね〉として【祀られる物語】が成立することになると思うの。ごんは繰り返し〈わたし〉によって語られるとともに、〈記述言語〉によって文字化され、書字の形をとることになるわ。口承から文字による記述を経て、私たちの目の前に存在することになる。つまり、ごんの物語は、口承のみでなく、〈今書かれたものとして〉目の前にあると考えられるかしら」

「うん。ごんは聞くことはできても、話せない。兵十はごんの話を聞くことはできても理解できないという相互に〈コミュニケーション不全〉の形で登場していることは興味深いね。双方ともに告白をするけれど、擦れ違っている。立ち位置においてもごん特有の身体表現がラストの場面に表れているね」

「そう。兵十の問いかけに対して答えているごんの表現だね。ここでは、人間の言葉を受け止め、それを理解したことを示しているよ。駆除の対象としての害獣・きつねが人間に対してくりを持ってきているという動物と人との関わり合いは多くの物語を生み出しているけど、多くは、動物も人の心が通い合うという前提に立っているようにも思えるよ」

「人間の優しさや振る舞いが動物に感じられる〈報恩の物語〉という型があるわ。昔話の系譜にも動物と人間との様々な関係が示されていると思うの」

「ごんは、人のこころや言葉に通じていたけど、どこまでも動物のエリアからしか行動できずにいる。文化的理解は十分に果たしていながらなぜこのような形になったのかなあ？」

「たしかにごんは、葬儀についてもよく知っているわ。そうした中で、〈償い〉を重ねていってその行為が認められず自分だと思ってもらえなかったことが大きな溝となってそれを乗り越えることが出来ないでいると思うの。語りのギャップはどこに出て来るかしら。書きつつあるときと実際の出来事との間で〈時差〉が生じている部分ってどう考えればいいのかな？」

「そのことと関係するかどうかは分からないけど、語り手にとって不明なところがあることが気になっていたんだけど、聞いてくれる？〈大きななべの中では、何かぐずぐずにえていました〉という部分の表現なんだ。ここでは、語り手はなべまでは近づいているけど、その奥にあるなべの中には入っていないんだよ。不明なものが描かれていることに注目したい。これは語りの次元で言えば、分かるところで書くはずだったところだよ。でも、語りが繰り返される中で中身が問われ、それは不明であることを事後に説明的に書き加えているという二重構造になっているとも言えるね。その前にある〈表のかまどで火をたいています〉という端的な表現と比べると、明らかにそこには超えられないものが存在しているように思えるんだ。〈何かぐずぐずにえていました〉という文末の過去形についても否定形までは至らなくても、中身を問うことなく、何かは分からないが、というように詳細な表現を避けているね。この見えないものを表現する形式によって分かるのは、ごんを見つつ全体をごんの視線で追っているので視線では最後まで追跡しきれないという〈限界〉が示されているとも言えるよ」

「誰だかわからないことを徐々に明らかにする場面は、〈四〉にもあるわ。〈細い道の向こうから、だれか来るようです。話し声が聞こえます〉とある。ここでは、聴覚によって捉えられた情報が提示され、すでに分かっている兵十と加助とが登場する場面なの。こうした情報量の多い少ないは、他の部分でもあるかしら。ここでは、語っているけど語りが徐々に進んでいく過程をそのまま辿っているようにも思えるわ。そして、その〈なにか〉〈だれか〉が少しずつ溶けていくという【謎解き物語】ということができるかもしれないわ。物語の中では分からないものがあって、それが徐々に分かっていくプロセスは語り手が決めることかしら?」

「本文の〈だれか来るようです〉というときには、ごんの目と語り手の目の両方の情報は重なり合っているかもしれないね。広さからいうと、語り手のレンジがごんのレンジより深く、広く初期設定されていると考えられるよ。したがって、向こう側から見ると、見ている側の後ろにもう一人の見る者が控えていることになる。二重の視点から見られるという構造がそこに成立することになるね。語り手の始点が人物の目と共に重なり合って見つめるという形をとることにより、語りに複数性が生じてくるね。つまり、〈わたし〉から〈私たち〉への飛躍が生じるわけだ」

「そうね。たしかに複数性が生じてくると思うわ。それと関係するかどうか分からないけど、文末の〈ます／です〉の対比が気になるの。過去と現在の対比としては、〈ます／ました〉〈です／でした〉があるけど、物語の中では、〈ます系〉が丁寧語の形をとって描写を行っている。そして、〈です系〉が常体によって語り手による解説の形になっているわ。つまり、言葉遣いとして、〈ます系〉は、丁寧語であり聴き手を想定しており、機能としては、叙述、描写、説明、外面描写などに用いられている。また、〈です系〉は、常体であり、叙述、解説、情報、告知などに用いられている。〈です系〉を拾ってみると、次のようになるわ。

聞いたお話です。〈一〉
中山様というおとの様がおられたそうです。〈一〉
ある秋のことでした。〈一〉
いつもは水が少ないのですが…〈一〉
ちょいと、いたずらがしたくなったのです。〈一〉
ごんの首にまきついたままはなれません。〈一〉
兵十は追っかけてはきませんでした。〈一〉

そう式の出る合図です。〈二〉
もうひとりぼっちでした。〈三〉
月のいいばんでした。〈四〉
だれか来るようです。〈四〉
それは、兵十と、加助というおひゃくしょうでした。〈四〉

それ以外の部分はすべて〈ます／ました系〉になっているの。基本が〈です／でした系〉の文が途中に入っているときのことを考えてみると、叙述が共感的に対象に入り込みつつも、事象を解説しているように思えるの。そして常体で語られ、書かれているから淡々と事実を述べるとともに、言外にその事象のことを説明していると考えられるわ。それに対して〈ます／ました系〉の方は、丁寧語を用いているから語っている相手に対して状況を説明し描写しているように感じられる。外面から特に行動面を描写するときに用いられている。目に見えたものをカメラで写しているような感じがするの。カメラは一点に留まらないで、舐めるように人物や様子を映し捉えているの。そうすると、〈です／でした系〉の方は、カメラで言うと、〈字幕〉のように画面の中で、スーパーインポーズが入ったような感じで、その場にいながらも解説者口調で述べているような風でもあるわ。つまり、役者や人物にスポットを当てているカメラの動きとは別の次元でそのような様子を踏まえて、〈実は、それは…〉というように解釈したり、解説を加えたりしているようなの。画面には映らないけど、背景と共に、〈声〉が被せられているような印象を受けるの！」

「たしかにね。それは興味深いね。ところで、この物語には〈遁走〉とともに〈相似形的反復〉が見受けられるように感じられるんだ。葬列についても、兵十が行う葬儀はもしかしたら、〈ごんの葬儀の前触れ〉かもしれないし、その前兆、ないしは試行というようにも見えるんだ。同じことが繰り返されているところもあるし、その先例によって相似形が形成されている。こうした相似した形によって読者はすでに見た姿と新たな姿をだぶらせていくことになる」

「そう。語りが一回性を持ちながらも、何か結末に向かってダイナミックに動いていってるという感覚が感じられるわ」

「物語が結末に向かって進んでいくとともに、何かすでに見たことの繰り返しというようにも思えるね。〈既視感＝デジャ・ビュ（déjà-vu）〉のように感じることもある。そして、それは、結末から振り返ることによって、シーンが生き生きとしてくるという、回想を含んだ映画のワンシーンのようにも考えられるね」

「そして、一瞬、時間が止まる。その瞬間で物語が終わってしまっている部分もあるわ」

「例えばこんな読み方もあるかな。ラストの一文を読んで、あれ、ごんは火縄じゅうで撃たれるんだ。へえ。なんで？　どうしてかなあという読み方。これだと一つ一つがすべて逆に布石として見えて来るよ。布石されたものを謎として解いていく方法だね」

「そう。それって面白い読み方だと思うわ」

アキは、また、ノートにいくつかの「?・」を書き留めながらメモをとりました。
ごんといっしょに時が過ぎていきます。

六 〈隠れた神〉

アキは、ノートを開きながら話を続けています。

「【謎解きの物語】の形！　そうすると、まず兵十との出会いの前にごんの紹介があって、その後に、兵十のびくから魚やうなぎを逃がすこともあるし、まずもってごんが〈いたずらぎつね〉であることが示されているよね。つまり、道草していくといろいろなものが意味を持ってくるわ。本文を遡って読むことによって見えない糸でつながってくるようにも思えるし、謎解きにもなるね」

「そうだね。ごんが兵十の火縄じゅうで撃たれるまでの経過を辿ることになるね。そして、ジグソーパズルの一つ一つのピースがはまるような感じがする。描写すべてに通奏低音のように響く音が感じられるよ。さらに言うと、物語のバックに葬送曲が流れているようにも思えるね。映像化すると曲を背後に流すことができるけど、実際の語りと文字に起こされたときの背景のＢＧＭ効果は興味深いね」

「たしかに、物語には音楽が流れているようにも感じられるわ。葬列が進むときのかねの音はあるけど、その他にも背景に流れる音楽が感じられるかもしれないね」
「音に関連する表現について本文を見てみると次のようになっているよ」

ごんは、ぴょいと草の中から飛び出して、…〈一〉
どの魚も、「トボン」と音を立てながら…〈一〉
うなぎは、キュッといって、…〈一〉
どなり立てました。〈一〉
祭りなら、たいこや笛の音がしそうなものだ。〈二〉
大きななべの中では、何かぐずぐずにえていました。〈二〉
と、村の方から、カーン、カーンと、かねが鳴ってきました。〈二〉
話し声も近くなりました。〈二〉
どこかでいわしを売る声がします。〈三〉
ごんは、その、いせいのいい声のする方へ走っていきました。〈三〉
細い道の向こうから、だれか来るようです。話し声が聞こえます。〈四〉
チンチロリン、チンチロリンと、松虫が鳴いています。〈四〉
話し声は、だんだん近くなりました。〈四〉
それなり、二人はだまって歩いていきました。〈四〉
加助が、ひょいと後ろを見ました。〈四〉

ポンポンポンポンと、木魚の音がしています。〈四〉
おきょうを読む声が聞こえてきました。〈四〉
ごんを、ドンと、うちました。〈六〉
ごんは、ばたりとたおれました。〈六〉
兵十は、火縄じゅうをばたりと、取り落としました。〈六〉

「ええ、たしかにたくさんあるわ。音による広がりと行動の背景として擬音表現をとっているパターンがある。音による世界が物語を支えているようだわ。いわば〈ソニック・ワールド(sonic world)〉みたいに！」

「それと、〈知の背景・文化の背景〉もあるようだよ」

「どういうこと？」

「つまり、ごんが〈伝承者〉として文化的なものや仏教的なものを伝えている当事者だということだね。もっと言うと、ごん自身が仮託された〈文化の伝承者〉としての機能を有するわけだ。それが【知の伝承者の物語】を生み出しているということだね」

「つまり、物語は、ごんによる【知の獲得と知の伝承の物語】とも言えるということね。ふうん。ごんはたしかに推論を働かせている。そう式に至るまでに祭りを想定し、それに付随するいくつかの要素を検証しながらそう式に至るというプロセスを辿っているわ。そのとき文化的価値や葬儀であることの必要十分条件を一つ一つ検討しながら結論に至るまで思考を繰り返している。ここには、〈知恵者〉としてのごんの姿が垣間見られるし、その知恵をもってすれば、想像の範囲内に文化的素養が体得されていると考えられるわ。そして、その素養がどこでどのようにして形成されてきたかという来歴ね。ごんの特徴の一つは、思考の深さと浅さの〈同居性〉にあると思うの。浅いところとしては、例えばいわしを兵十の家に投げ込んでよしとすることが挙げられるし、兵十の母の死への思いを巡らせるときに見られるような順を追った論理的思考の型を持っているということが挙げられる。つまり、ごんの思考は、生得的なものではなく、修正を繰り返す中で徐々に形成され、村人との共生の中で育まれてきた〈相互依存型〉の文化形成を具現化していると言えるわ」

「ごんの側だけでなく、村人の側からも文化伝承がなされていることが示されることにより、文化という枠組みの中で、相互の儀礼や伝承がなされていくという枠が形成されているように思える。つまり、ごんは〈文化人〉としての側面も有しているということだよ。この物語は単に一匹のきつねが銃で撃たれたということではなく、新しい文化が生まれ、〈伝承と再生産〉が行われる現場を再現し、子どもたち一人ひとりがその中に含まれているという村落集合体の共同社会の生成に関わっているという【組み込まれ、身体化された文化を味わわせる契機としての物語】とも言えるね。【物語の発生の物語】としての【メタ物語】の成立の意味合いもあるよ」

「とすると、物語を生成する中心は誰になるのかな。ごんの側、つまり、動物としてのきつねの側からの物語と考えたらどうかな？　ごんの側にも他のきつねが存在し、そのきつねの側の世界観からすると、人間世界は不可解さを持っている。その危うさを示したのが、南吉の『手袋を買いに』（岩波書店、一九九六年、一二三―一三一頁）という物語だよね。あそこに描かれているのは、同じきつねを扱いながらも、人間文化の象徴である〈手袋〉を通して、人間社会に対する子狐と母狐の認識の壁が軽減していくプロセスを体験として描いている物語だわ」

「人間というのは信頼に足るものではないとする母狐と、人間は信頼に足る存在であるとの認識体験を通して得た子狐との世代間のギャップを描いた物語とも言える。つまり、人ときつねという境界ときつねの中の母子の間における境界という二重の境界において、相互に絡み合った認識の差が表現されていると言えるよ。そのとき、両者には〈手袋〉と〈銃〉という人間社会を象徴するものが二つ出てきていることが興味深いと思うよ。手袋は身体の一部を防いで包んでくれるものとして、動物にはないものだよ。それに対して、銃は相手を殺傷してしまう力を持った、動物にとって危険極まりないものだね。ごんは銃を出されるとは思っていなかったに違いないよ。そして、それは、人間の文化を一面でしか観察していなかった結果かもしれない。人間社会の葬儀のことは知り、念仏講のことも理解しているごんが、銃のことやいたずらの持つ懲らしめの手法としての銃に思いが至らなかったとしたら、それは悲劇の始まりと言える。銃の存在が突然であり、生と死を分かつほどの力をもって出現していることに驚くのは、人ときつねとの間に乗り越えられない壁が存在しているからかもしれない。そして、それが魚とりのはりきり網にも、首に巻かれたうなぎの描写においても、〈殺生〉の様子はユーモラスに描かれており、表からは隠され、忌避されてきたと考えられるがゆえに、ギャップが大きいね。いたずらのエスカレーションが突如、生と死を分かつほどの大事に至ることになるわけだからね。ごんは人間の文化的背景を理解しつつも、極限の中で、起こされる銃の持つ〈最終的な兵器〉へ思いを致すことができなかった。そういう意味では、この物語は、日常の生活の中で〈食う／食われる〉〈撃つ／撃たれる〉〈獲る／獲られる〉という【峻厳な関係性が露わになっていく物語】とも言えるね」

「たしかに物語にはいくつかの人間社会の文物が出て来ているね」

「信仰に関係するものが二つ挙げられているね。一つは葬儀、そして、もう一つはお念仏だね。この二つは、ともに生死にまつわる儀式の一環として捉えることができるよ。それが伏線となって物語の軸を形成していると言えるね」

「ごんは、そうした社会の中で、人間文化を外から観察する〈観察者〉としての立ち位置にいるわけね。その観察者から〈行動者〉あるいは〈当事者〉性を発揮することが人間文化と衝突する中で行われた出来事がこの物語の基底をなしているわ。人間社会・文化の〈理解者〉であったはずのごんは、人間文化のすべてを知ることなく、死を受け入れざるを得なかった。それは、〈接近〉と〈遁走〉という境界をめぐる二つの運動とも絡み合っていると思うの。ごんは接近する行動者でもあるわ。人間社会に接近したいという意志とそこに入っては拒否されるという運動があるわけ。つまり、第一段階としての越境は、視覚によるものであり、接近という行動による越境ね。次に第二段階としての越境は、聴覚によるものであり、内部を通過する形を取っている。そして、第三段階としての越境は、物理的侵犯としての銃撃になるの。接近しようとする意志の大元になっているのは、人間世界への知的好奇心であり、文化的なものへの憧れと言えるのかもしれないわ。動物世界と人間世界との境界が端的に表れているのが、六地蔵ね。そこは人間を守る地蔵の形をして人間世界と動物の世界との間に立つ存在であり、接近しようとする意志は月夜の行動に現れているわ。ごんの思いを兵十に拒否されることと、拒絶された後に再度立ち向かうごんの行動における止むにやまれない心情には、〈偏執的〉な面も看取されるように思うの」

「ところで、読書会で小学生の参加者がごんはなぜ兵十にお手紙を書かなかったのだろうかと言っていたって言ったよね」

「うん。私はすごく面白いと思う。たしかに、ごんが手紙を書くっていう方法もなくはないよね。手紙以外にも足跡とかきつねの証明ができるものを置いておくとか。くりや松たけには名前は書いてないものね」

「うん。きつねが来ましたと書いてあれば、兵十も分かったはずだからね。そうすると理由まで言表できるね。浜田廣介『ないた赤おに』(金の星社、二〇〇五年)でも、書かれた表札の書きものが真実かどうかが問われて、その友だちであることを証明するために青鬼が身を挺して赤鬼を助けるという構図があるけど、ごんは真実の証明を生涯かけて行っているね。くりを持ってきているのは自分だということを、他者、それも神様ではなくて自分が、ということを証明しようとしている。そういう意味では、この物語は、【ごんのごんによるごんのための証明の物語】とも言えるよ。それまでは透明な存在だったのが、リアルな存在として姿を伴った存在に変貌するところにも物語の転換があるように感じられるんだ」

「ええ。見えない存在、しかし、ちょっかいを出す存在がリアルに目の前に現れたというその〈監視〉しているものが神様によって把捉された物語とも言えるわね。視線上位の者から、見つめられる者へと転換するところに物語の枠組みが設定されているように思えるわ」

「とすると、その監視の〈偏り〉こそが物語を生んだことになるね。相互性で交流するのではなく、一方が一方を見つめるという〈偏務性〉が全体に描かれる中で唐突に相互の関係が転換され、見られていたものが、見る側に立ち、【究極の視線の延長としての銃によって〈刺される＝撃たれる〉物語】が成立しているかもしれないよ。視線はつねに攻撃性をもっているわけではなく、相手を見守るときもある。しかし、攻撃性をもって発動されたとき、兵十は、〈目〉と〈手〉が連動して対象であるごんに向かって一直線に弾丸が放たれているね」

「ええ。一旦放たれた弾は弾道を変えることなく対象に向かって飛んで行ったわ。平穏な村人の中に突如現れた〈兵器〉が、ここに現れるのは、【文明と野蛮との相克物語】として捉えることもできると思うの。村人の生活の中の〈火〉は、〈柔らかな火〉であったと思うわ。食事のためやごんのいたずらでもなたねがらはあるけど、生死を分かつほどのものではなかったの。でも、それが一転して、一気に攻撃性を帯びたものに変化したことに物語の背景としての〈守るための攻撃〉である銃が登場する素地となるのね。銃の力は大きい。殺すための道具であって、それは威圧するものであり、〈荒ぶる火〉として、すぐに生を死に転じる力を持っているものね」

「銃が日常を支えているということをごんは失念していたのかなあ？」

「そう。文化的理解の範疇としての知識はあったはずだろうけど、むしろ、自分の行為を〈償い〉として捉えている自己認識そのものが甘いと言えば甘いとも言えるわね」

「償いが認められるという〈コード〉がすでにごんの中で形成されていたとしたら、そのコードが裏からあるいは根底から崩されるところに、この物語の一つの姿があるね。つまり、ごんが有していた【コード崩壊の物語】だね。ギャップといってもいいけど、内的に良いことをしているんだという認識が外的には相貌を異にしているという表裏の乖離、あるいはタイムラグが生じることによる【時差の物語】とでも言える物語の〈型〉が見られるね」

「そう、〈時差〉、あるいは、〈擦れ違い〉、〈フーガ的構造〉も一つの見方として分かりやすい気がするの」

「そういえば、追いついていくという〈遁走・追いかけ〉が行われることにも物語の特徴があるね。弾は誰も追いつけない！　つまり、この物語は、【思いが発せられて届くこと、あるいは思いを届ける物語】でもあるね。弾が届くまでの時間的刹那が哀しいね」

「兵十から発せられた弾がごんに届くまでの物語に凝縮され、さらに、ラストのけむりにまで昇華されていっているわ。蓮實重彦『「ボヴァリー夫人」論』（筑摩書房、二〇一四年、六七六―六八〇頁）の〈気化〉という概念ともつながるように思えるの」

「弾の行方かあ。けむりは銃から出ているね。けむりという表現は印象的だね」

「そう。けむりという、銃口から出たものが余韻を残して表現されるところに、この物語の〈深み〉が出ているように思えるの」

「本体から離れたものが大きな意味を持つというのは印象深いね。しかも、それで物語が唐突に終わっていることが挙げられるからね。終わった後の物語自身の完結性はどうかな。前のエピソードでいわしの投げ込みにしても、瞬間に行われた後、余韻に浸っているようにも思えるね。

対比的になっているようでもあるし、〈瞬間と余韻〉という対比がここには表現されているようにも思えるけど？」

「行動とそれを見守る目ということや、語り手の意識ともつながるわ。映像化するとほんの一瞬が永く残されている〈引き伸ばし〉効果にも繋がっていくの。ところで、けむりを見ているのはだれかな？　兵十の目は、ごんに注がれているからこのけむりは、それを通して見ているというよりむしろ、周りに散在している〈複数の目〉として、語りを聞いている聴衆の目とも重なっているわ。けむりが広がることで瞬間の重さが逆に表されているようでもあるね。不可逆的な動きで生と死とを分かち切る〈横断線〉のように、二つの世界を切り裂いているようにも思えるし、けむりとして拡散することで、両方の思いが溶け合っていくようにも解釈することができるわ。いずれにしても、けむりが見えていることに視点を集中することで、〈こと〉が遂行されてしまった〈名残り〉の印象が強まっていると思うわ」

「全体が〈悔恨〉に裏打ちされている感じがあるね。どんどん進行する物語、しかもそれは、語られた物語であるがゆえに〈真実味〉を帯びているとともに、繰り返し語られることによって、複数の視線が混じり合って一つの世界を形成しているようにも思える。声と同じように、表現としても〈オーバーラップ〉の手法がとられ、複数映像が音と〈共鳴・共奏〉していくようにも見えるね。単一ではなく、錯綜し、輻輳する感じはどこから出ているのかなあ？」

「語りのレベルや音声のレベル、そして、映像のレベルがそれぞれの世界を組み立てているようにも思えるわ。〈多声・ポリフォニック（polyphonic）〉形式で書かれているのではないけど、心中についても〈自由間接話法〉を用いた表現などは、〈自己劇〉や〈告白劇〉、あるいは自分の声を自分が聴くことによって、〈鏡〉のように反射し合うようにも思えるの。さらに言えば、こだまが響くように繰り返し、鳴り響いている印象があるわ。残像とも重なるけど、音と映像が干渉し合うような場がラストシーンに見られるね」

「たしかにね。弾の音は〈ドン〉と表現されている。ドンという鈍い音。一瞬ではあるけれど、銃弾の痕跡がそこに残り、音響と共に、弾はごんに命中したと考えられる。他の方法ではなく、銃というものが狩りに使われており、その威力は動物を殺傷するのに十分な力を有していると言えるね。追い払うだけなら、わなや石など他の手段もあったはずだよね。それが急に生死を分かつ〈銃〉になったところに大きな飛躍が生じているようにも思える。それまでの日常生活が営まれる村の生活の中で火縄じゅうに弾を込めることが一種の日常として受け止められていることが、文化的背景にあるとしたら、ごんはすでにそれを聡明な〈知の持ち主〉として知悉していてもおかしくはないのではとも感じられる。それを前提として考えると、ごんは死と隣り合わせの生活をしていて、接近しては離れるなど近接しながら社会とは距離を置いて生活している。そして、身の危険への処理もできるだけの注意深さは持ち合わせていたはずだね。裏から回って村人の視線からは逃れるように、表立った行動はせずに生きていた。それが一瞬ではあるが、隙をついて兵十の視線に捕らわれてしまい、投げ入れず、くりを丁寧に固めて置いたことにより兵十に時間的余裕を与えてしまうことによって、自分の姿を露わにされ、火縄じゅうの標的になってしまった。文化的背景を読み切れずにいたごんにとって、兵十の思いにまでは行き着いていなかったことが、銃による弾を受けることとの一因となる。さらに、兵十の思いはうなぎで止まっていたことも重要だね。つまり、この物語は、【〈うなぎ以後のごん〉と〈うなぎ事件以前のごん〉との乖離がもたらした物語】と捉えることもできる。認識の飛躍が一方で起こり、一方では継続した形で現状に留まっていることの〈落差〉が生み出した出来事だとも言えるね」

「両者の落差は大きいわ。ギャップと言ってもいいけど、うなぎをめぐる考えには二つのベクトルの向きがある。それぞれが異なった方向に向かって進んでいくことによって、大きな懸隔が生じ、認識は大きく別の方向に向かっていっているわ。つまり、同じ〈うなぎ事件〉にしてもそれを契機に、ごんは〈償い〉に向かい、兵十はいたずらとそれに伴う〈懲らしめ〉に向かっていく。そして、〈ようし〉という言葉が引き金となって兵十は、弾を込めることになる。そのときの心のありようまでは書かれていないけれど、すでにこの決断の時において、兵十にはごんを懲らしめてやろうという思いがあり、ごんには兵十の母への思いがリアリティーをもって存在していることも想定されるわ。復讐あるいは仕返し、そして、懲罰を加えようとする〈審判者〉としての立場にある兵十がごんを罰する立場に立っている。しかし、懲罰のための弾が、あたかも自分の方に返ってくるような鏡像を形成するところに悲劇の深さが隠されていると思うの。撃った一撃はごんを直接の対象として撃たれているけど、そのあとに撃った弾がそのまま跳ね返ってくるように、兵十自身に向けて架空の空間から返ってくる。それが、〈ごん、おまえだったのか。いつも、くりをくれたのは〉という、絞り出すような言葉だと思うの。ここでは、〈いつも〉、〈くれた〉という二つの言葉が、前日の〈毎日、毎日、くれるんだよ〉と呼応している。ここでは、前日の加助との会話の中で問われた不思議に対する真の〈解〉がごんであったことが明かされるわけね。しかも、加助が毎日、お礼を言うがいいよとアドバイスをすることで、毎日の繰り返しが意味を持つことになる。また、〈くれる〉という〈やりもらい表現〉を用いることで、相互の認識の共通土台が育まれていることが分かる。仮にただ単に〈よこした〉のであれば、それまでのくり届けの行為は、現象として扱われるにすぎないわ。しかし、〈加助の解釈〉という〈補助線〉が引かれることにより、ごんの行為が、ただ単に〈置いた〉のではなく、意図をもって〈くれた〉という一つ上のレベルでの授与になっていることを想定させるわ。兵十の境遇に対する一次的解釈を加助が示すことによって、二次的解釈である〈隠れた解〉が〈隠れた神〉として降臨することになるの。仮の解が〈真の解〉にとって代わられた衝撃の大きさから、ここでごんの〈神格化〉が行われると考えることは飛躍のし過ぎだとは思うけど、この物語が繰り返し語られたものであるのは、そうした一匹のきつねが神と同等の行為を行い、神と同座に連なっていくことと解釈することもできるかもしれないわ」

「〈隠れた神〉か。日々の中で神様にお礼を言うことという前触れが加助から投ぜられたことで、ごんを撃った兵十は、その弾を自己の胸に反動として受け止めることになったのかもしれないね。したがって、〈ごん、おまえだったのか〉における〈か〉という言葉は、ごんに対する疑問の形であるとともに、兵十が自問する疑問の終助詞とも考えられるよ。そして、他者としてのごんに向けて発せられた言葉であるとともに、自己自身への問い直しとしての言葉は、自分の胸に放たれた言葉の銃弾とも言えるかもしれないね。その結果、神様を殺してしまった衝撃により、〈ばたりと取り落としました〉という行動が生まれる。神という言葉を発したのは加助だけど、神という存在を胸中に埋め込まれた兵十にとって、自分への憐れみを垂れて、恵んでくれる存在としての【ごんが〈ぬすとぎつね＝盗人〉から一転して、〈神の座〉に立つ物語】が成立するとも言えるよ。そして、ごんの立場から考えると、日常の中でうなぎを介して悔悛した結果、他者であった神様、しかも、草稿（『校定新美南吉全集』第十巻、一九八一年、六五六頁）では〈いつそ神様がなけりやい、のに〉〈權狐は、神様がうらめしくなりました〉とまで表現していた存在に自分自身が昇華される物語として捉えることも可能になると思うんだ」

「盗人が悔悛して善人になるという話型はよくあるけど、ここでは、物語のラストで神と同座に列する形でごんが兵十によって捉えられていることに注目してみたいわ。宗教的なものが背景にあるかどうかは別にして、〈神様〉という言葉が唐突に加助の口から発せられているけど、最後の部分で兵十の茫然とした様子が極めて大きな衝撃であることは、ごんと神様という両者の〈ギャップ〉によると考えられるわ。つまり、兵十は、害をなす動物としてのきつねを撃つことにさほどの困難やショックを受けることはなかったと考えられるの。それは素早く弾を込める動作からも伺えるわ。でも、銃をばたりと取り落とすほどに受けた衝撃とは、撃った相手が単なるきつねではなく、くりを毎日くれる者として加助が断じた〈神〉へと姿を変え、しかも、〈仮に・権に〉この世に姿を現したきつねである〈ごん＝権〉という名前のきつねを撃ってしまったということの重大さを込めていると考えられるわ」

「〈権現様としてのきつね〉というわけだね。たしかに仮にこの世に現れたごんを加助の解釈によって、再編成したとすれば、むしろ、この物語の〈ライター〉は加助と言えるかもしれないよ。加助の解釈によってごんの物語が生まれ、流布し、再度話を整理し、いたずらばかりするきつねが神として仮の姿として現れてくるという【ごんが神としての姿を現す物語】として読んでいくことも可能なのかもしれないね」

「そして、最後のけむりについて考えると、それは、ごんの魂に向けた兵十の〈弔いのお香〉であり、神様に供える仏具から発生するお香の立ち上る姿ともダブルイメージとして受け止められるわ」

「そうだね。この物語は、こうして、加助の解釈によって事前に予告され、それが顕現する形で謎が解かれていくよ。初めの物語としての一文はそういう意味で、〈これ〉の指す内容は単なるごんの出来事というより、ダイナミックに生成し、発見を伴った物語でもあるね」

「それらを含めて〈これ〉と指すのかもしれないわ。私がいつも読む度に何か引っかかると感じていたのはそういうことかもしれないわ。〈これ〉の持つ意味は深い！　この〈お話〉には、単なるストーリーというより、深い意味が込められていたのかもしれないね。単なるきつねの話ではなく、きつねがごんぎつねに〈なる〉物語、つまり、【ごんぎつね〈の〉物語】から、【ごんぎつね〈に〉なる物語】というふうに、創生、その度に立ち上がり神話として語り継がれる一つの実験場のようなダイナミックな仕掛けを伴った物語が生成されていると言えるわ」

「そうすると、加助って大切な役目を果たしているね。加助が友達として一緒にいるということはどういう意味を持つかなあ？」

「加助の存在は、兵十にとっては影響力のある存在だと言えるわ。兵十が普段考えていたことを一緒に考えてくれて、その上で結論を下しているから。そこには、〈先導者〉としての一面もあるし、〈アドバイザー〉としての意見や考えを表出する存在でもあるわ。そして、兵十の姿を合わせ鏡のように映してくれる存在でもあるの。自己の疑問を一緒に考えてくれるという点では、〈父親〉のような父性を体現した存在〈パテルニテ（paternité）〉とも言えるし、あるいは、兄のような存在〈フラテルニテ（fraternité）〉でもあるかもしれないわ」

「ところで、〈二〉の場面では、ごんが兵十の母親のことをあなの中で真剣に考えていることが書かれているね」

「たしかにごんは、〈考えるきつね〉として描かれているわ。一つ一つの外部状況を見て判断を下しているという点で〈情のきつね〉でありながら、知的判断に長けた〈知のきつね〉として造形されているわ！　あなの中で考えているごんは、順を追って論理的に思考をめぐらせているし、原因や結果を次々と考えているわね。その起点になったのが、〈兵十のおっかあは、とこについていて〉という表現だと思うの。兵十の母親が床についていることについては、一般的な考え方から着想したのかもしれないけど、外に出ていなかったという観察があったのかもしれないわ。病気で床についていて、元気になるためにうなぎを切望するというのは、人間の生活でもよくある滋養の取り方を元にしているわ。ここでは、はりきり網やうなぎという〈一〉の場面での出来事が直接言及されているの。つまり、回想場面にしても、一つの出来事が繰り返し使われてそれが布石となって後になって意味を持ってくるという構造的な手法になっていると思うの。読者、あるいは、聞き手は、まず順番として〈うなぎ事件〉があって、いたずらの例として捉えることになるわ。しかし、その話が後になってからとても重大な意味を持つことに気付くという〈時差〉を取り入れていると思うの。例えば、〈ちょいと、いたずらがしたくなったのです〉とあるところも、その時点ではちょっとしたいたずらに過ぎなかったうなぎの姿が、ごんの思いの中では、いたずら以上の意味を持ってしまうという、繰り返しにより意味の深さが露わになるの。しかも、それは、後になって振り返ってみると、という条件設定がなされているところに特徴があるわ。他にも、魚はいるのにうなぎを中心にして話が進んでいるの。このあなの中の思考の部分だけでも五回にわたって〈うなぎ〉という言葉が用いられているわ。本当にごんが償いを考えたのであれば、償いや供養にうなぎを捕まえてもいいのかもしれない。そう考えると、ごんがうなぎをあなの中に入れずに〈あなの外の草の葉の上に〉のせて置いたのも、後で考えれば、兵十の母親に対する〈お供え〉になったと考えられるかもしれない。自分では口にしていないんだから。ごんは、なぜうなぎを取ろうとしないでくりや松たけという山のものを持っていくようにしたのかなあ?」

「いわしという魚を手始めにしているから、ごんの中ではいわしがうなぎにかわる代替物であったとも考えられるね。ただ、置き方が無造作で投げ込んでいることから、おざなりで誠意という点ではやや欠けている表現になっているね。次の日には、くりを〈どっさり拾っている〉ことから、量的にもごんの誠意は尽くされていると考えられるね」

「ごんがあなの中で母親にすぐに結びつけたのは、兵十の生活を見守っていたとも考えられないかな。兵十への思いが特別なものであったことは確かだね。兵十にターゲットを絞っているのは偶然かもしれないけど、兵十らしきものに向かって言っていることは確かだね。兵十が兵十として存在しているのは、〈欠如態〉としての〈ひとりぼっち〉としての在り様が大きいわ。当初、登場した時には、特段の関心が寄せられていたわけではないの。でも、無意識のうちに、ごんは〈いつのまにか〉兵十の家の前に来ている。ここでは、人が集まっていたからという理由が先に書かれてはおらず、偶々来たら大勢の人が集まっていたとなっているの。そして、兵十の家のそう式に思い当たるという叙述になっている。物語では順々に出来事が描かれており、不可逆的な時の流れに沿っているわ。〈実は〉というような後付けの理由が書かれるよりも、まず視線の動きに沿って出来事が書かれているの。でも、本当にそのように見ているのかしら？　ごんの思考は、出来事と並行している場合と、出来事とは逆の方向で、時を遡る場合との二つのパターンがあると思うわ。出来事の順を逆に遡って理由を考えるときと、出来事が過ぎてしまって、今、現在の時点で考えが停止しているものとがチャンネルを変えるように併存しているところにも特徴があると思うの」

「ごんの行動と思考とが、ベクトルの向きを異にしているということだね。行動は時の流れ、思考は逆になっているというのは興味深いかもしれない。そして、この物語を語り、書いている〈語り手／書き手〉からしたら、その調整は、どうしているのかな？　そして、それは、また、〈知の行方〉とも関連してくる問題でもあるね」

「葬儀だとごんが確認する前から、すでに村人の中では、〈触れ〉が出され、葬儀の準備が行われているはずだわ。そのことについては、一切記述がなされずマスキングされているよね。ごんには隠されたまま事態は推移し、村人の葬儀に関する話などは一切省略されているわけなの。ごんが見ることが出来るフィールドでの出来事もまた繰り返されているわ。野辺の送りと月夜の晩の念仏講もやはり家の外、しかも、ごんが〈通行〉する中で行われているわ」

「〈お城の下を通って、少し行くと〉とあるけど、その後、〈だれか来るようです〉とある。物語は〈行く〉〈来る〉ということに焦点が絞られているようにも思われるよ」

「というと、どういうこと?」

「要所要所でごんや兵十は〈来る〉つまり、事物や人物に接近する運動をするよね。その〈来る〉ことが物語を動かし、物語を活性化することにつながるように思えるんだ。しかも、〈来る〉という、相手を待つ姿勢という一面とともに、その場に居合わせるためにごんが行くという行動を取る。つまり、この物語は、【〈行く〉ことによって成立する物語】という一面もあるね。ごんがあなの外に向かって出て行き、村に来ることが物語の背景構造として控えているようだよ」

「ええ。たしかに〈行き/来〉をすること、往還の物語というのは、瀬田貞二『幼い子の文学』(中公新書、一九八〇年、四―三二頁)の〈行きて帰りし物語〉と同じ構造だわ。それとともに、中心としてのごんが同心円を形成し、その円自体が移動していくということもイメージとして浮かんでくるわ。つまり、同心円の広がりが行ったり来たりする中で、【他の者や他の領域とぶつかり合う物語】が成立していると言えるかもしれないわ」

「そう。ごんの世界においては、そのテリトリーは視覚によって一部は肥大化するけど、一部は欠けているなど、歪な形をしている。アメーバが移動するように変化していくプロセスが物語を駆動することになるのかもしれないね」

「そうね」

「歪んだというのは、五感に即して言えば、知覚をいつもフルに、かつ、均等に使っているのではなく、一つが肥大していくことによってその情報が認知作用に大きな影を落としていくということだよね。さきのアメーバ状の移動を伴った歪んだ認識体という考え方に沿って言うなら、ごんと兵十の世界はその一点が微かに触れる程度の第一次コンタクトから始まって、ごんの一方的な思いの籠った第二次コンタクト、さらには、くりを介した第三次コンタクト、そして、最終的に兵十の火縄じゅうによる弾丸を介した第四次コンタクトというように、段階的にコンタクトを繰り返しているよ。さらに不在の相手を想像するという第五次コンタクト、そして、最終的には、相手の不在を埋めるように、求め続ける語りの旅である第六次コンタクトも想定することができる。人間同士のコンタクトも全面的な形でなされる前に、表層に留まるコンタクトから相互浸透による一体化とも言うべき浸透というコンタクトまでグラデーションを有した異なる相貌を見せているね。そして、その相互浸透の度合いが出来事の捉え方にも関わってくるよ」

「そうね。ごんは兵十との〈接近〉を試みると同時に、次第に相手のエリアに入り込んでいるの。そして、ついに相手を包み込むまでに至った後で、内部から撃たれてしまうと考えられるかもしれないわ。そして、その後の兵十は、相手の不在を求めて、【失われたごんを求める語りの旅】、つまり、永遠のごんへのコンタクトとして【失われたごんの思いを探し続ける兵十の旅】に出て行くことになるわ」

「〈コンタクト〉という考え方は、行動希求ともつながるね。未知なるものへのアクセス、あるいは、追い求める思い、それは一つのことに拘泥することにも現れているよ。〈兵十だな〉という視線の動きは、兵十への〈愛着〉、あるいは、〈執着〉としてのコンタクトが開始された証だね」

「そう考えると、この物語は【距離と時間と方向の物語】でもあるわ。そして、既に物語が開始される契機となるものが胚胎している。内にあるものが広がっていくプロセスが物語の〈種〉であり、その〈種〉の発芽を助けるものが物語の中にちりばめられている感じがするわ」

「そして、物語は舞台の幕が上がると同時に新たに生成していくようだね。例えば、ごんの兵十への執心については、根本的な理由が明らかにされず、事後的に、読み続け解釈を行う中で成立していく。そして、登場の段階ではすでに物語のスイッチは押されており、物語が一気に進んでいっている印象が残る。その中で、ごんはごんを演じているけど、ごんの中にある兵十への接近の度合い、あるいは、接近への意思は〈プレ兵十〉へのアクセスとして成立している。〈反復〉という形式を通してごんと兵十との物語は繰り返されていく。合わせ鏡のように相互に相互の模倣を通して通じ合っていくというそのプロセス自体が両者の生き方を示している。この物語は、反復とその差異とによって生じる〈ギャップ〉による物語の発生プロセスを踏んでいるようだね。その時に語りは、現在進行形を保つとともに、未来完了形という〈先取りの視座〉に立って物語の行方を指し示している。潜在的に最終形から組み立てられた物語の様相が、ここでは前倒しされている感じがするんだ。悔恨という感情もまた、物語の中で〈時差〉、ないしは〈反実仮想〉の形をとって深まっていく。合致することなく、ずれたり、仮にこうであったならばという願望や実現の不可能な様相をとったりしながら局面を認めていく形式をとることが物語の形式を決定付けているね」

アキは、また、ノートの新しいページにメモを書き込みました。

七 〈共振する〉身体

アキとトオルは、リビングでくつろいでいます。

話は相変わらず〈ごん〉をめぐって交わされています。

「〈ごんぎつね〉は、ごんを中心とした同心円が一つのエリアを形成しているように思えるんだけど」

「というと、どういうこと?」

「〈四〉に空間性をうかがわせる表現があるの。ごんを中心とした一点に留まりながら音を聞いている部分。〈だれか来るようです〉という表現から、分からないものの存在が接近する様子が徐々に明らかになり、静止しているごんの元に情報が集まってくる様子が描かれていると思うんだけど。登場の仕方という点で見事だし、同時に、ごんの知覚を通して語られることによって、舞台装置を設定し、聞き手も同じ場に居合わせる臨場感が出ているとも言えるわ。ここでも〈道のかた側にかくれて〉という表現によって、ごんが黒衣に徹して表にある二人の人物の対話に耳を澄ましていることが分かる。しかも、ここからは、加助に着目していることがよく分かるの。

〈ひょいと後ろを見ました〉という加助の行為の理由は書かれていないけど、ごんの反応が〈びくっとして〉〈小さくなって〉立ち止まる様子が描かれ、加助とごんとの一瞬の接点が示されているわ。加助がごんに〈気がつかないで〉いることも明示されている。加助の存在は、〈四〉〈五〉において兵十が聴き手になって加助の論理を聞くことになり、その大きさを増すことになるの。加助の論法は、いわば消去法による理詰めの考え方と言えるわ。しかも、理由付けとして持ち出してきたのが、〈神様〉という超越的な存在の導入ね。ここで物語には、ごんと兵十という二者の関係から第三の展開者が現れることになる。加助が〈ひょいと後ろを見ました〉という何気ない表現は、加助の用心深さとともに、ごんに対する〈視線〉を配るという意味でごんとの新たな関係を呼び出す〈仕草〉と考えられると思うの」

「たしかにね。球体の中心に位置するイメージで形成されるエリアを確保していたごんは、〈透明な存在〉〈神出鬼没の存在〉であったわけだよね。そうした〈隠れ家〉の中にいる〈隠者〉としてのごんの感覚が行き届くエリアの拡大が物語の展開を支えているかもしれないね」

「ごんの視覚、聴覚、触覚、味覚などがそれぞれのところで伸縮性をもって〈接近〉と〈侵入〉と〈衝突〉を繰り返していくことが物語を構成し、その〈同心円的世界〉を明らかにするときに用いられるのが〈副詞〉の役割だわ。そして、内部の思考体系を中心的に担うのが、〈論理の人〉として〈考えるごん〉の在り方と言えると思うの。さらに、副詞は一種の空中ドローンのように、平面的なものを立体化する働きを持っていて、描写において浮き彫り効果を発揮しているわ。副詞は、文章における〈裂け目〉であったり、〈切れ込み〉であったりする効果を持っているの」

「たしかに、球体としてのごんをイメージすると、エリアに入る様々な情報を解釈するメタ的な存在としてのごんという一面も見えてくるね。ごんの身体に関しては、〈しゃがむ〉ことも見逃せない行動の一つだと考えられるよ。立つ、歩く、寝る、獲るなど動物の特性とともに〈しゃがむ〉という行為は『新明解国語辞典　第八版』（三省堂、二〇二〇年）では、〈腰を落とし、膝を曲げ、尻を下げた格好をする〉とあるけど、動作としては基本的な〈待ち〉の格好だね。この待ちながら身体を低く保っているのは、ごんの気持ちがそのまま身体化されていると考えられる。そして、姿勢における向きも大切になるね。後ろと前という空間の前後の方向と上下の視線ということからすると、物語には、水平性と垂直性という関係で、一つのゾーンが形成されているようだね。前方に向かって視線を動かし、聴覚を働かせながら、世界像を広げていく。ごん独自の世界像と兵十のそれが互いに接する地点が家の入口になる。入り口で時間的にごんは兵十と〈正対〉することになる。それまでは視野に入らなかった正面の兵十と初めて対峙することになる。ごんにとって、兵十の目や銃が見えたかどうかは定かではないけれど、撃たれた瞬間には、相手が兵十だと認知している可能性が高い。一瞬にせよ、ごんと兵十との接点が生じている。身体は移動せず静止の形を取り、目も閉じられており、ごんから兵十への視線は失われている。唯一耳に届いたのは、兵十の問いかけと自身への念押しなのか判然としない倒置法を用いた〈ごん、おまえだったのか、いつも、くりをくれたのは〉という言葉であり、それに対してごんは〈目をつぶったまま〉うなずくことになるね。言語によるコミュニケーションの可能性とその非対称性が問題となるにしても、ここでは、ごんは兵十の言葉と唯一通い合い、人語を理解しているという証左を示している。と同時に、くりをいつも持ってきた者が加助の言う〈神様〉ではなく、〈いたずらをしにきた〉〈あのごんぎつねめ〉と一瞬前まで考えていた〈ごん〉であるという事実に対して認識の修正を迫られる状況に追い込まれることになる。もちろん正しいかどうかを確かめることはできないけど、ごんが持ってきたことは、兵十にとって明白だね。フーガのように追いかけ追いつき追い越すという加速度的に接近していく二人の関係は、長いスパンを経て相互に正対することなく続けられて、ラストシーンにおいて初めて銃弾を通してではあるけれど、対峙することになる。〈うなずく〉ことによって、ごんは身体レベルで呼応し、兵十と向き合うことになるね。身体表現は一種の〈共鳴装置〉として機能しているね。

ごんは、ぐったりと目をつぶったまま、うなずきました。〈六〉

兵十は、火縄じゅうをばたりと、取り落としました。〈六〉

この二つの文を見ると、ごんの身体の動きが兵十の身体へ波及しているように感じられる。身体レベルの〈呼応〉及び〈共鳴〉は、〈共感〉を引き起こし、行動を促進する。身体表現に着目することによって、ごんと兵十との接近と相互の随伴、離反が明確になるかもしれないね」

「たしかに〈共振〉〈共鳴〉するということは、物語の一つの軸になるかもしれないわ。一つの出来事が別の出来事を惹き起こすこともあれば、共感を覚える中で相手のことと自己同一化したり、鏡像をもとにして自己の像を形成したりすることもあり得るね」

「ごんと兵十は、一対の〈鏡像的な存在〉かもしれない。少なくとも、ごんについて、共振の度合いが高まるのは、あなの中での思索がそのスタートとなるけど、葬列を見て兵十の母の弔いを胸にとどめ、失われた母への思いを自らも引き受けていくことによって、共振の幅は大きくなるわ。共振し、共鳴することにより償いの行為が拡大され、より増幅の度合いを増すと思う。最後は、増幅された思いが制御できず破局を迎えるという展開になっていっているとも言えるね」

「ごんの兵十への思いは、一直線に突き進む行動を生み出しているわ」

「そういう意味で〈六〉の始めの〈その明くる日も〉という一文は大切だね。共振のエネルギーは、加助の神様への感謝に転じられた翌日にも減じることがないよ。兵十の姿と自身を重ね合わせているごんにとって、自己像を肥大させていくことになる。また、〈三〉にも〈いわし屋にぶんなぐられて、あんなきずまでつけられたのか〉という表現があり、その冒頭には、〈かわいそうに〉という共感の言葉が付されている。一般にかわいそうにという言葉は、『新明解国語辞典第八版』によれば、〈弱い立場や逆境にある者に対して、できるなら何とか救ってやりたいという気持を抱く様子〉とあり、立場の上下、強弱が前提とされているね。つまり、兵十に対して、ごんは先に既に一人でいるという孤独に関しては〈先輩〉であり、一人きりの心を体験しているという立場になるね」

「ええ。先に体験していることから生じる共鳴であり、身体全体として共振する〈震え〉がここには描かれているかもしれないわ」

「そして、〈そっと置いて〉ではなく、〈そっと物置の方へ回って〉についても、注意した方がいい。『新明解国語辞典第八版』によれば、〈そっと〉は、〈そとの強調型、人に気付かれないようにひそかに事をする様子。そのものをいたわるように、注意深く扱う様子〉とある」

「ええ。兵十への思いが、労りの気持ちをもって迂回してくりを置くという行為に結び付いているわ。この場合の〈そっと〉も、ごんの心中に入り込んだ表現であると同時に、外面的な行動にも規制がかかっている表現だと思うの。副詞の中でも、内と外とが密接につながっている言葉であり、内の目と外の目とが融合して一体となっているところに特徴がある。語り手は、ごんの内面に寄り添いつつも、外から状況を見守っていることになるわ」

「そう。ごんが、裏側に回っていることは、ごんが〈道のかた側にかくれて、じっとしていました〉の部分にある〈かくれて〉という表現にも表れているよ。〈かくれる〉について『新明解国語辞典第八版』によれば、〈外から見えない状態になる。人目に付かない状態に身を置く〉との説明があるけど、この主体的に選んで外から見えない状態になるという状況は、ごんの意識を反映した表現とも言えるよ。実質、身を潜めているのは、人間に対する警戒心から発した行動ではあるけれど、ここには、ある期待もまた、読み取ることができる。なぜなら、もし身の安全を第一に考えるならば、兵十から〈うわあ、ぬすとぎつねめ〉と叫ばれた折に、命からがら逃げたように、接近する必要はない。隠れてじっとしているのは、何か起こることとの予兆を感じ取る感性があるからだとも言える。しかも、その期待を前面に押し出すことは困難であるがゆえに身を潜めて警戒しつつ、事の成り行きを窺う行為となる。動詞〈隠れる〉〈じっとしている〉は、ともに守りの、言い換えれば、防御の姿勢をごんが貫いていることを示している。その守りの姿勢のままにいたごんの存在を分かっていたのが加助ということもできる。兵十はごんの背後に目が向いていない。目が向いたときは銃で背中を狙う時だね。一方、加助はこのとき無意識のうちに、ひょいと後ろを見る。この〈ふり返る〉という行為も〈一〉で、ごん自身が行っていた〈ふり返ってみました〉という表現の反復になる。本文では、この部分は大きな意味を持った部分とは一般的には考えられていない。でも、加助がふと無意識のうちに振り返ったという事実を記載しているのはなぜだろうか？　しかも、ごんには気がつかないでとわざわざ註書きのような一文が添えられていることにも着目する必要があるね。ごんの立場に立ちながらも、加助の目線に一時入りつつ、そこでは、認知されていないとする表現をあえて書き記していることが大切だと思えるんだ」

「ごんの立場からすると、〈びくっとして〉とあるように、二人の会話に聞き入っているごんの様子を表現しようとする意図は感じられるわ。ここでは、〈加助が〉〈加助は〉という文が二つ続いている。もちろん書かれている通り加助はごんには気がついていない。であるがゆえに、〈さっさと歩きました〉との表現があるわけね。ここにも一方の行為に付された副詞がそれ自体を表現するだけでなく、むしろ対象となる存在以外の特徴を浮き彫りにする効果を有していることに注目すべきだと考えられるわ。加助をめぐるこの一連の動きは、全体の物語の中ではやや〈浮いた〉感じのするところでもあるわね」

「でも、それが物語の生成については大きな意味を持つことになるかもしれないね」

「ところで、私は、聴覚による世界像とともに、だれの耳に聞こえていたのかということも気になっているの」

「そうだね。〈四〉の最後の一文には、〈おきょうを読む声が聞こえてきました〉とあるよ。井戸の傍にしゃがんでいるごんの耳に聞こえてきたということかな」

「ええ。でもここでは、〈ごんの耳には〉と書いてあるわけではないから、何か、読者である私たちにも聞こえているようなの。どこに響いているのかな？〈聞こえてきました〉とあるから、確実に言えることは、方向として遠方から語りの主体に向かってということになるわ」

「うん。音が発生しているのは、お経を読む人の口からだね。そこから同心円状に広がっている。音の広がりと方向によってこれが語り手ないしごんの側に向かっていることが分かるね」

「たしかに、それが分かることでどういうことが言えるのかな？」

「〈聞こえる〉という表現は、音が届けられた結果、成り立つ関係にあるよね。そして、ここで大切なのは、語り手もごんの立場に立って共に聞いているという効果がもたらされていることだと思うんだ。語り手は、ごんと一体化してお経に耳を澄ましていると言えるね。しかも、お経を読む声が主語として提示され、自然に耳に感じられることになる。〈聞こえる〉という言葉から、読む声だけが外に向かって部屋の中から外に広がっていく様子が窺えるね」

「やはり気になるのは、〈聞こえてきました〉というところなの。〈聞こえていました〉ではないよね。〈聞こえていました〉となったときは、語り手なり、ごんなりがいる場所を通過点として、さらに後ろの方にまで音は広がっているという感じがするの。一方、〈聞こえてきました〉になると、音の波は確実に届いており、通過点というより、終着点として辿り着いたという感覚が強い。しかも、それが〈ごん〉という語によって示されず〈匿名性〉をまといながら辺り全体に響いているわ」

「たしかにね。〈語りの匿名性〉ということも大切だけど、〈空間の匿名性〉ということも興味深いね」

「主語が明らかに無生物の叙述はこれ以外にもあるかな?」

「〈二〉の〈いいお天気で、遠く向こうには、お城の屋根がわらが光っています〉という描写は、まさに視点と聴点とが移動する様子が実況中継されていると言えるね」

「たしかにそうだわ。ここでは、墓地に先回りしたごんに向かって聞こえてくるかねの音や、白い着物を着た葬列の者たちの移動が叙述されているわ。特に、〈来る〉〈入る〉という語によってごんの目の前で展開される様子が映像として描かれている。空間が物語の舞台として機能しているわ」

「しかも、〈と〉という表現があるね。ここには臨場性が際立っていると思うよ。語りが現在に引き戻されている感じがするね」

「語りが中断され、時が一時中断されて、視覚から聴覚に向かって唐突に断ち切られている感じもあるわ。前半が視覚による描写であり、聴覚的な描写への【移行〈トランジション(transition)〉の物語】が形成されているかもしれない。もちろん時間的に事実として述べられているにしても、ここでは、視覚から聴覚への移行がスムーズに行われて、両者の移行が全体的な描写の〈核〉をなしていると感じるわ」

「〈六〉の最後の部分では、〈と、きつねがうちの中へ入ったではありませんか〉とあって、視覚における突然の闖入になっているね。この間の時間はどうだろうね?」

「視線は〈……います〉〈……いました〉とあるように、一連の動きとして捉えられているように思える。〈しかし、……と〉という表現によって、中断されているようにも思えるわ。つまり、〈そう式の出る合図です〉というところに至るまでのプロセスという印象を与えている。順次描かれるとともに、一つの点に向かって叙述の重さが変わってくるということかもしれないわ。〈と〉という言葉によって、介入の事実が生じてきているように思えるの。起伏が生じて凸凹が等高線のように浮き出して表現されているわ」

「〈語りの等高線〉か。たしかに、表現が平らなところから一つ上がったように浮き出しているね。透かし彫りや浮彫の手法のようでもあるね。〈と〉によって階段を一つ上がっていくような印象を受けるね」

「物語の中には、そうした起伏が感じられる部分があるの。起伏を感じるのは、一人一人違うかもしれないわ。でも、起伏と捉えることで物語の流れが大きく異なってくるように感じるの。ちょうど地形を横から見るのと空中からドローンで撮影するのとでは異なるような感じかもしれないわ」

「そうした物理的な上下の関係について考えてみると、俯瞰したり、下から見上げたりしているところがあるし、人間の身体的特徴としての五感の捉え方によって制限されているようにも思えるね」

「副詞は、前にも話したように、一種、ドローンのように立体性を浮き彫りにするシステムとも言えるわ。一気に文章を地上から引き揚げ、それまでとは別の〈風景〉を見せてくれるの。〈二〉の兵十の顔が〈今日は、何だかしおれていました〉という表現も、視線誘導の後に、〈います〉〈いました〉とされるのは、ごんが伸びあがって見たことによって発見された出来事の叙述だけど、そこには、語り手を通した〈跡〉が刻まれているようにも思えるわ」

「共感的に見つめるごんの眼差しには、見えているものはあるけど、それを〈いました〉と叙述するのは、だれか？　〈しおれて〉という受け止めを、〈ました〉と過去形で語るとき、両者はどこで分離するのか？　そこには、第一次認知と第二次認知という認知レベルのフェーズの違いが感じられるね」

「〈なんだか〉というのは、『新明解国語辞典第八版』によれば、〈理由は分からないが、そのように感じられる様子〉とある。ここでも〈不可知〉の領域が広がっているわ」

「外から見るしかない兵十を推察しているというような形だね。そして、その次に〈ははん〉というごんの言葉が続くけど、〈ははん〉というのは、その原因がごんに分かったということにつながる布石でもある。そうした外からの視点と重ねられた語り手の視点がここでは一つになっている。外的な描写というだけでなく、内と重ね合わせて、それを受けて、〈ははん〉という表現が来る。ここでは、叙述に起伏が感じられるね。現在進行形の中継映像に昔のイメージがカットバックされているようでもあるね。目の前に見える〈位はい〉を捧げる兵十のしおれた顔の下に、いつもの赤いさつまいもという兵十の明るいイメージをダブらせているね。ごんがそうしたダブルイメージをもっているのか、判然とせず、見ているごんの目に読者の視座も重ねられて、三重化しているようだよ」

「たしかに【重ねの物語】という特徴が現れていると思うわ。それが語りの〈声〉とも重なるとさらに四重化にもなるかもしれないしね」

「複数の声や映像の重なり。一回きりの声や映像が、何度も〈谺〉のように繰り返される中で、何重にも被さっていく様子が目に浮かぶね。〈そのとき〉〈ます〉〈ました〉において、〈います〉という場合、現在進行している様子を描いており、逐次継起している様子と同調している。〈います〉という進行形を伴った表現を〈ゼロ地点〉ないし〈ゼロ平面〉だとすると、その〈ゼロ平面〉の上と下には、別の層の様子が描かれている。それが浮き上がってくる印象だね。位はいを捧げて〈いる〉兵十は、自分がそのように描かれていることを知らない！　つまり、語られ、語られている側としては、自分がどのレベルで描かれているかは、認知の枠外にある。一方、語りの側としては、位はいを捧げている様子を外的に見て一義的には表現しつつ、それを前提に解説を加える形で叙述が進められている。この二重性を〈ゼロ平面〉からの浮き彫りと捉えると、実況中継する語りとは別に、〈しおれて〉いるという状況認識について内面で受け止めながら指摘をするという構造になっている。それは、同一人物からの認識の深まりと言える。外面からの評言と内側からの認識は異なり、〈しおれる〉という内心が、外貌に影響を与えた可能性がここでは考えられる。〈しおれて〉いたかどうかは正確には判断できなくても、〈今日は〉というダイクシス（deixis）表現が、〈いました〉という過去時制として捉えられている。語りは、現在時点に視座を据えながら、しかし、〈今日は〉というその当日に視座を置き、中間地点から語っているようにも思える。複雑な時間構造と言えるね。つまり、〈いつもは〉〈今日も〉〈今日以降の語りの現在〉〈物語の中の現在〉が一体化している感じだね」

「そういえば、〈時〉は、この物語の中にどういう形で収まっているのかな？」

「昔のことを語っている〈わたし〉がいて、語られている物語内の時間は、実はすでに結末が分かっているけれど、聞いている人にとって初めてのこととして捉えられているよ。主旋律に対して、重なるように旋律が被さってきている。〈対位法〉的な時の表現かもしれないね。繰り返された物語がさらに重なりあっているところに、物語の構造の鍵があるのかもしれないね。つまり、ごんの〈前史〉と兵十の〈前史〉、そして、重なる本編とその後の物語という三つが重なり合い、引き継がれていくことにより、その三つが時を経て一つの物語の中に織り込まれている。ごんの前史と加助の物語がその後の物語をリレーするように語り継がれ、語り直されていく。それが顕著に表れているのが、文中の過去形と現在形の二つの時制の併存だね。両方が一元的に書かれ、語られたというより、双方が一つの層をなして認知され、双方が重なり合うように一つの物語の中に溶け込んでいる。人物同士の重なり合いとともに、時制の重なり合い、そして、現在の持つ時の広がりがその後の物語を呼び寄せている。物語の中に〈解説〉が入るのも一つの特徴で、そこは〈超時間性〉が組み込まれている」

「そこに宿るのは、語り手意識であり、物語自体が持つ〈浮遊感〉のようなものとも言えるわ」

「うん。それが無意識的に行われたものとして一つの〈裂け目〉として残っている。そして、それは〈違和感〉として顕現する。地学的なアナロジーとして考えると、地層、断層、褶曲とともに、〈化石〉などのイメージが物語全体において布置されているね」

「そうかもしれないわ。地平線や地面は平坦だけど、その下には様々な地層が重なり合っているようにも思えるわ」

「そう。物語において、副詞などの語りの〈裂け目〉には注目したいね」

アキは、繰り返し物語を読むことによって理解が深まってきたように思いました。

アキのノートには様々な言葉が書き加えられていきました。

八　フローベール

アキとトオルとの対話は続いています。

「ところで、南吉の作品とフローベールの作品には似たところが見られると思うんだよ」
「えっ？　フローベールって、『ボヴァリー夫人』、『感情教育』や『三つの物語』を書いたフランスの小説家？」
「そう。『校定新美南吉全集第十一巻』には〈フローベール〉という記述が出ているんだ。「抄録ノート一九三八年」、つまり、南吉が二十五歳になる年の記述だね。『全集』の【解題】によれば、「抄録ノート」は南吉の読書記録を中心にしたもので、「抄録ノート」を底本として作成した。この「抄録ノート」は南吉の読書記録を中心にしたもので、単行本・新聞等からの抜き書きである〉とある。三六三頁には次のような記載があるよ。

Comme c'était loin, tout cela! Comme c'était loin!
あゝそれはすべて遠い昔の事であった！　あゝ遠い昔の事であった！

(Madame Bovary pp.48)

そして、【解題】では、次の記述がなされているよ。

ギュスターヴ・フローベル「Madame Bovary」……原著と思われるが、所収書名不明。

ところで、中村星湖譯『ボヴリイ夫人』(新潮社、一九二〇年)では、次の記述があり、南吉は、星湖譯をそのまま記載していると考えられるよ。

あゝそれはすべて遠い昔の事であった！あゝ遠い昔の事であった！

(中村星湖譯『ボヴリイ夫人』第一編七 (新潮社、一九二〇年、六九頁)

そして、フローベールの原著に当たってみると、最新版のPléiade版では、次のように示されているよ。

Comme c'etait loin, tout cela! comme c'etait loin! (Pléiade: p.188)

その当時に訳出されていた『ボヴリイ夫人』については、今後とも、確認を継続する必要があるね。もちろん『ごんぎつね』は雑誌『赤い鳥』一九三二年一月号に掲載されており、南吉十八歳の時の作品だから、その時点でフローベールの作品を読んでいたとは断言することはできないけど、いずれにしても、南吉が『ボヴァリー夫人』を読んでいて、その一節の中でも特に〈昔のこと〉〈遠さ〉に注目していたことには目を留める必要があるかもしれないね。なお、【解題】において〈三六三ページ上一四行〜上一六行不明〉との記述があり、それぞれの作品のどの部分が筆者されているかの典拠は不明とされているよ。いずれにしても、手元にあったフランス語原著をもとにしたのか、あるいは、翻訳をもとにそれの仏訳を南吉自身が書き記したかのいずれかだと考えられる。いずれにしても、昭和二年（一九二七年）に中村星湖譯『ボヴリイ夫人』が新潮社から出版されているけど、それを南吉が手に入れていたかは不明だし、仮に手元にあったとしても、かなりの長編小説だし、その一部から引き出すというのも無理はあるなあとは思っているんだけどね……」

「影響と言えるかどうかは別として、少し比べてみてもいいかもしれないわ。また、南吉のフランス語の大学時代の成績について、『別冊太陽 日本のこころ二一〇 新美南吉「ごんぎつね」「手袋を買いに」そして「でんでんむしのかなしみ」―悲哀と愛の童話作家』（平凡社、二〇一三年、一五四―一五五頁）によると、次の記述があるわ。とても興味深いと思うの」

一九三四〈昭和九〉年　二一歳

第二外国語仏語・優

国語・優
文学史・優
心理学・優

一九三五〈昭和一〇〉年　二二歳
第二外国語仏語・良
国語・優
文学史・良
哲学概論・良

一九三六〈昭和一一〉年　二三歳
第二外国語仏語・優
国語・優
言語学・優

「南吉はフローベールの弟子であるモーパッサンの『ピエロ』（『全集第九巻』四五〇―四五五頁）を日本語に訳出しているしね。大学時代ではあるけれど、このように西洋文学とりわけフランス文学にも親炙しているし、それが作品へも投影されている可能性が考えられるね。ちなみに昭和十五年（一九四〇年）一月二十五日付け日記（『全集第十二巻』一六四―一六六頁）には、フローベールの「三つの物語」及びその中の一編「一つの單純な心」について記載されているよ」

「たしかにそうだわ。『ボヴァリー夫人』の描写との関連性で言うと、ごんの目を通して見ているところとごんの見えるはずのないところとが併存していることね。そして、川の部分と青いけむりと葬列のかねの部分の描写などは類似性があるように思えるわ。中村星湖譯『ボヴリイ夫人』（新潮社、一九二〇年）から少し見てみると次の表現があるの」

かれ等は河岸傳ひにヨンヴィルまで歸つて來た。暑い時節で、ずつと擴がつた岸は、河へ幾段かの梯子を下げて置く庭園ひの塀の根元まで露出してゐた。河は音も無く、早く、しかも見る目に冷たく流れてゐた。長いなよ〳〵とした草は、流に押さるゝまゝに、ぐしや〳〵と折れ曲つて、うち棄てられた綠の髪のやうに透きとほつた中に漂つてゐた。時として、藺の葉ずゐや睡蓮の葉づらを、細い脚の昆蟲が歩いてゐたり止まつてゐたりした。日の光は、碎けては續く波々の青い小さい水球を貫いてゐた。枝を拂はれた老柳は灰色の樹皮を水中に寫してゐた。むかう岸一帯の草場には何者も見えなかつた。ちやうど農家の食事時で、この若い女とその道連れとは小徑の地面を踏むかれ等の跫音と、かれ等の話す言葉とかの女のまはりに音を立てるエンマの衣摺れとの外は道々何も聞かなかつた。

（同書Ⅱ - 三、一四七―一四八頁）

匂ひ草はまだ煙つてゐた。そして青みを帶びた蒸發氣の渦は入つて來る靄と窓框の縁で混ざり合つた。いくつかの星が見えて、夜は穩やかであつた。（…）水形模樣が月光のやうに白い繻子の上衣の上で顫へてゐた。エンマはその下に消えてゐた。そしてかの女自身から擴がり出て、取卷いてをるなかへ、沈默のなかへ、夜のなかへ、吹き過ぎる風のなかへ、立ちのぼるしつとりした香のなかへ紛れ込むかとかれには思われた。（同書Ⅲ・九、五七〇―五七一頁）

鐘が鳴った。すべての準備は出來た。出發しなければならなかつた。
（同書Ⅲ・十、五七六頁）

人々は行列の通るのを見ようとして窓に倚り懸つてゐた。シャルルは身を反らして先頭に立つた。かれは元氣を裝うて、路地や戸口から溢れ出て群衆のなかに並んでをる人々に點頭で挨拶した。片側に三人づゝ六人の者は、小刻みに、いくらか喘ぎながら進んでゐた。
（同書Ⅲ・十、五七七―五七八頁）

さはやかな微風が吹いてゐた。裸麥や油菜やが青んでゐた。露の雫は道ばたや荊棘の生籬の上に顫へてゐた。あらゆる楽しげな物音は、地平線を滿たしてゐた。遠く轍のうちを軋つて行く二輪車の響とか、繰返す鶏の叫び聲とか、林間の木の下へ逃げ込むのが見られた仔馬の驅歩とか。晴れた天は薔薇色で處々をぼかされてゐた。青白い燈心草は菖蒲で蔽はれた茅屋の上に折れ返つてゐた。シャルルは、道すがら、方々の中庭に見覺えがあつた。かれはちやうどこんな朝に、患者を往診した後で、こゝらの庭を離れてかの女の方へ歸つて行つた事を思ひ出した。（同書Ⅲ - 十、五七八頁）

「たしかにいくつかの表現が類似しているようにも思えるね。でも、こうした表現から、フローベールの作品を参看して作品を創作したとは言い切れないけどね」

「そうなの。作品を読んでいくと描写部分にはかなりの範囲で類似の表現がなされているということは感じられるわ。その一つとして、『ボヴァリー夫人』などの作品も南吉に影を落としているように思えるの」

「そうだね。今後の課題としては、まず、南吉が中村星湖譯『ボヴリイ夫人』（新潮社、一九二〇年）を読んだ可能性があるかどうか、そして、二点目としては、なぜこの部分に執着ないし注目したかという点だね。さらに、それらの効果について主題としても共通性が見られるかどうかについても検証が必要だね。一点目がクリアしない限り、いわゆる影響関係は言えなくなり、単なる同じような場面で、同じような表現があったという偶然としてしか扱えないね。社会における儀式などで、冠婚葬祭は、どの時代の国においても類似の様相を呈している場合があるからね」

「ええ。それはその通りだわ。葬儀にかねの音はつきものだし、火縄じゅうのつつ口から出るのは、火薬によって洋の東西を問わず、色が決まっている可能性が高いしね」

「そう。どのような影響を受けたかを直接的に検証することは容易ではないけど、似た表現から共通の部分を抽出することで、個別の作品の〈独自性〉が見えてくることもあるからね」

「一連の影響関係を作品成立のプロセスとして検証することもあり得るわね」

「〈六〉の場面の終わり方もとても印象的で、それが〈色彩〉によって余韻を醸し出しているとすると、〈青いけむり〉の持つ普遍性とその独自性を他の文学作品との文脈の中で考えていくことも研究テーマになるように思うね」

「分かったわ。少しずつフランス語の本も読んでみたくなったわ！」

「そうだね。ところで、フローベールに関連して言うと、〈ある秋のことでした〉以下の文章が前から気になっていたんだ。あなから這い出たごんの姿が描かれているけど、ごんの目に映った辺りの様子について言うと、ここには、ごんが目にとめないけれども辺りの様子を描いた文章が続いているように思えるんだ。〈兵十だな〉とごんが認めるまでの〈一〉における動きを見てみると、次のようになっているよね。

外へも出られなくて

あなからはい出ました
村の小川のつつみまで出てきました
川下の方へと
ぬかるみ道を歩いていきました
草の深い所へ歩きよって
そこからじっとのぞいてみました

ここでは、空間の広がりが順に明かされるとともに、それに伴う運動が見られるよ」

「そうね。ごんといっしょに動く〈目〉があるわ」

「その目がごんと重なっているけど、決定的なのは、ごんの目を通しているところと、ごんの目を通していないところがあるのではないかというところなんだよ」

「ごんの目を通していないところ?」

「つまり、ごんが見るはずのない、あるいは、見ることが出来ないところまで書かれて、語られているということかな。例えば、〈辺りのすすきのほには、まだ、雨のしずくが光っていました〉というところは、ごんが見ているというより、ごんをとりまく状況を知らせている〈第三の目〉があって、それが示しているというように見えるね。そうすると、他の物語でも言えるけど、客観的に見える描写と作中人物が見ている目とが、共に重なり合って併存し、一つの世界を二重に、ちょうどライカなど、レンジファインダーカメラのように一つに重ね合わせているようにも思えるよ。二つの像が次第に重なったり離れたりするようにも思えるんだ」

「南吉はライカのカメラを持っていたのかな？」

「どうかな。そういえば、はりきり網を揺すぶっている兵十の顔の横にある円い萩の葉に焦点を合わせているところは、まさに望遠レンズを使用しているような描写だね。南吉とライカ！　少し探ってみたくなってきたよ」

「ええ。視線がそこでは遠くから近くへと寄っていっている。そこに焦点化している。また、兵十の意識とは別に、〈でも〉という表現から、当初着目していたものから、重点を置き替えて〈白いもの〉に視線を移動させているわ。この〈でも〉という表現には、ある力が働いている。つまり、一つのものを見つめ続けるのではなく、別の者へ焦点を移動する〈転換の力〉ともいうべきものがあって、別の者に視点を移動させている。つまり、雑多に集められた〈しばの根〉や〈草の葉〉ではなく、そこから今後大切になるであろう〈うなぎ〉に向かう流れが表面化することになる。物語全文の中で、十四回現れてくる〈うなぎ〉という言葉の中心は、当時の食生活と結びついていたと考えられるけど、〈太い〉と形容されていることから、栄養価の高いうなぎが重宝がられていて、村人にとって重要なものとして捉えられていることが分かるわ。しかも、兵十が〈六〉でごんを見つけた時に、〈こないだ、うなぎをぬすみやがったあのごんぎつねめ〉と強い口調で語っている言葉にも、うなぎの持つ力や価値が現れていると思うの。順序をもって述べるという手法は、映像をより明確に示す効果を持つとともに、中心となるものとしてのうなぎに向かってカメラワークを駆使して追尾していこうとする意識が感じられるわ」

「そうだね。〈でも〉という言葉が使われているのはとても興味深いね。客観的に述べながらも実は選択しつつ焦点を当てていることが分かるね。叙述が平板に続くのではなくて、むしろ、先を見て、語りからすると、取捨選択を経た上で事態を〈事後的〉に見積もっていることが分かるんだ。語りとともに、進行する語りが逆方向を向いて振り返っている。つまり、一つの語りには、〈語りつつある時〉と、〈後に語られるであろう時〉とが重ねられ、構造化され、複合的に形成された時が繰り広げられている。〈でした〉という言葉は、その指標となっているね。文末に表れているのが、時の指標であるとともに、〈きらきら光っています〉と述べられている現在形表現とも時の系列をなしている。視線の揺らぎとともに、語りの現在が進行しつつ、語りはそれらを超越していく。〈光っている〉と述べている現在表現も、言外には過去の時点の表現と括ることはできるけれど、字義どおりに考えると、光っている状態に対する視線の対象に対する密着度、あるいは、随伴性については揺るぎがなく、あくまで、〈光っている〉という形で事象を言い表している。しかし、〈それは〉という語とともに介入する視線が時を攪拌する。事後を通り越して、語りの繰り返された現在、わたしにつながる今に向かって放たれた時の矢が、ここには少なくとも三重になっている。つまり、〈兵十がごんとともにいる時間〉〈語っているわたしの時間〉〈語り書かれたものを読む我々の時間〉の三つに重ねられた時によって貫かれている開示の〈でした〉は、見えないものを見て判断し、解説する者の存在を前提としている」

「〈そして、また〉という言葉も、やはり、兵十からの評言と考えられるわ。そして、〈また〉も共に継起をまとった表現だけど、ここでも時を巻き戻して語っている緊張感が感じられるの。ここでは、語りの現在における〈平衡〉と、言葉の脱着による前後の〈平衡〉が際立っていると思うの」

「うん。〈平衡〉という考えは面白いね。単純な現在、過去ではなく、それが双方からの力を受けて、静止状態を示していても、実は語りの圧力によって相互に引き合う形になっているということだね」

「それが端的に表れているのが、〈何をさがしにか〉に見られるような、見えない、聞こえない、知られない、言えないなど、〈否定の物語性〉とも言えるべきものだと思うの」

「そう。否定というより〈不可知の物語性〉ということもできるよ。漱石の『心』（岩波書店、二〇一七年、二八六頁）にも〈何事も知らない妻〉という表現があるけど、何も知らないでいることをあえて書き語ろうということは、そういう設定になっていることを告知するためかもしれないね」

「そう。ここでは、ごんの目、ごんの立場から語っているようでもあるし、〈何をさがしにか〉という表現がなくても、川上へ行ったとすればいいところだよね。それをあえて書いているのは、〈兵十がいなくなると〉を引き出すためでもあるわ。外形的には、その場を離れるという行為を描けばいいところなの。でも、理由は分からないけれど、その視点からはわからないという〈描写の限界性〉を指示しているの。〈何を探しにか〉という表現の奥には、限界を設定することで、むしろ作者の姿を韜晦する意図ないし結果的に存在を意図的に〈隠す〉ことになるという効果が生じているると言えるんじゃないのかしら」

「〈見えない神の手〉のように、ここには、限界が張り巡らせられているということだね！」

「ええ。〈何をさがしにか〉の後には、〈分からないけど〉という言葉が省略されていると考えられるわ」

「そう。ここでも分からないという〈不可知の領域〉が提示されていると言えるね。物語の中にいくつか提示されている〈見えない部分〉〈分からない部分〉がさりげなく挿入されていることにはどういう意味があるのかな？」

「一番分かりやすいのは、〈書いてあること〉と〈書いていないこと〉という括りがあると思う。そこでは書かないという〈意志選択〉がなされ、書くべきこと、語るべきこととが重なり合っている。つまり、〈語られているし分かっている〉〈分かっているが語られていない〉〈分かっているが語られず〉〈語られないし分からない〉という四つの象限に分けて考えられるわ。語られるということは、分かっているものばかりということではなく、心情のどこまで入っていくかは、表現によって深さが調整されていると思う。〈うなぎをふりすててにげようとしましたが〉の部分に見られるように、〈にげよう〉という意志は外面ではなく、内面に踏み込んでいるわ」

「動詞自体にも〈遠近〉〈接近〉〈離反〉はあるけど、動詞の部分には人の感情や意志が色濃く反映されているね。と同時に、〈いたずらがしたくなった〉というのは、語り手として聞き手に向かって解説したり、ごんの代わりになって説明したりしているようにも思えるよ。つまり、ここでも語り自体が二重化され、〈のです〉という形式を伴って解説による介入を行っていると言えるね」

「たしかに、ここでは、ごんの内面に入って説明しているのであって、〈あなの中の哲学〉とは別に、ごんに成り代わって解説を加えていると言えるわ。ごんが自ら説明する形を取らないで外形的にごんの内心を吐露する形態を取ることは、文章において丘陵的な段差をもたらすとともに、物語の外にいる読者、ないしは〈わたし〉の話を聞いている読者に対しての解説という二重性を孕んでいるとも言えるわ」

「そう。物語の文を貫通して一気に物語が、読み手にまで貫かれてしまっているとも言えるね。〈のです〉という解説型の文末表現は、他にも〈ました〉〈ません〉〈います〉などがあるね」

「〈二〉に〈そう式の出る合図です〉という表現があるわ。また、音声や声については、〈木魚の音がしています〉と現在形になっているけど、文末が一つの体系をなしていると思うの。文末の型は、〈ました〉という行動叙述をベースとして、〈います〉という現在形による臨場性及び聴覚叙述、さらには、〈です〉という外部からの解説叙述などが考えられる。冒頭の〈おじいさんから聞いたお話です〉〈おられたそうです〉と、〈ちょいと、いたずらがしたくなったのです〉という部分が物語の中で〈です形〉で終わっているところだわ」

「そう。それ以外の地の文は、ほとんどすべてが〈ました〉という丁寧語の過去形を用いている。そして、その現在形である〈ます〉という表現が用いられているのは、視覚表現と聴覚表現による部分であるという傾向を読み取ることができるんだ。一方、語りの現在が意識されている部分とは別に、一般的には、臨場感を抱かせるために用いられるとされている〈今〉というダイクシス表現と文末が〈ました〉と共起している部分があるよ」

「それは、ラストシーンの部分ね。この部分は、他の叙述と少し〈臨場性〉という観点としては異質だと感じられるけど、差し迫った緊張感は伝わってくるの。つまり、〈足音をしのばせて近よって〉というように物音を立てずに対象に向かって接近しようとする過程が明確に示され、戸口に焦点化しつつ、空間的な境界を越えようとする地点を特定し、そのラインを超える時間を見計らっていることが分かる表現だわ。空間を規定し、その地点に照準を合わせる形で〈今〉という時が浮き上がるようになっていると思うの」

「こうしてみると、物語には、〈接近と離反〉〈流れる時間と切断された時間〉という、時間と空間の両面からの仕掛けが施されているようにも思えるね」

「たしかに。物語の時空についてさらに考えてみたくなってきたわ！」


アキは何か心がわくわくしてきました。

テキストを広げながら、窓の外を見つめています。

Ⅲ

九　〈ある秋〉のこと

トオルは、アキと一緒に『校定新美南吉全集』を手にしながら話しています。

「物語は時間と空間によって枠取られているね。まず〈これは、わたしが小さいとき〉という言葉によって提示されているように、幼少期の出来事として物語が枠取られているんだ。わたしが小さい時に聞いたお話と括られている〈これ〉とは、一回きりのものか、それとも、今提示しようとする間際になって作られようとしているのかは、大きな問いを喚起し、小さい時の記憶という原体験が何らかのフィルターを通して語られていることは、物語の語りに介在する要素として見逃せないと思うんだ」

「そうね。また、物語が〈次の日も〉という形で繋がれていることも特徴だと思うわ。〈次の日も〉は、一日の出来事を総括しつつ、次の展開を促す働きがあると同時に、繰り返され積み上げられていく時間の象徴にもなっているように思うの。そして、今日とつながっているときの感覚が醸成されているため、最後の次の日〈も〉という助詞がさらにごんの行動の積み重ねを表現しているとも言えるわ。〈次〉という言葉には、順序性とともに、繰り返され、継続された回数の重さが示されてもいると思うの。〈毎日毎日〉という言葉によって、兵十がその重さを受け止めているように、この反復が一回きりの偶然ではなく、不思議な現象として受け止められていることが大切だわ。繰り返される日々の営みの中で、この【隠れた善行の物語】が表面化する契機があると思うの」

「たしかに。〈隠れた〉という点は、物語全体にも関わってくるね。目に見えない網が張り巡らされていて、その網にかかった形で一つ一つの行為が明らかにされるという感じがするよ。しかも、その網の目を知っているのは、語っている〈わたし〉であり、語り手の裏に全体を知悉している〈者〉がいる。しかし、語りの限界はあり、それは、この物語の形成過程そのものにも起因していると言える。〈書かない〉〈語らない〉ということとも関係してくるけど、時間の経過とともに、不思議さが開示されていくプロセスが、ここには見て取れるね。〈でした〉という表現が意味を持つのは、それまでに未知のものが開示され、顕現することの指標になっているということだと思うよ。〈それは、兵十と、加助というおひゃくしょうでした〉という〈四〉に見られる表現では、じっとしているごんに対して、話し声が徐々に接近してくる様子が描かれている。すでにその人物は、語りつつあるときは、予感され、予見されるべきにもかかわらず、語りは先を見越して表現するというより、流れる時の中で、〈現在〉を克明に表現しているね」

「克明さということに関して言うと、一つの視点から徐々に全体像が表現されていくところと連動しているわ。〈兵十と加助が歩いて来ます〉というように直接的には表現せず、ごんの立ち位置に視座を据えて語っている。そして、この〈月のいいばんでした〉という語り始めは、語り起こしとして〈登場の儀式〉とも言えると思うの」

「そうだね。物語の発端を形成するとともに、舞台を形成する働きとして〈でした〉という表現があるね。そして、舞台を形作ることによって事件性が高まり、なんらかの出来事が始まることを予感させる語りの手法にもなっている。ごんが夕方になってから出かけることで、辺りは昼とは異なる様相を示すことになる。目に見えるものが限定され、聴覚を際立たせる効果があるとも言えるし、現に、〈だれか〉という表現から、昼の視覚確保の状態から一転して、視覚ではとらえきれない情報を聴覚によって得ようとする姿勢が見て取れるね。そして、二人の人物に焦点化され、二人の姿が前景化することになる。視覚をそぎ落として、聴覚から入るという〈四〉の構造は、音と声による舞台形成という観点からすると興味深いね。ここでは、二人の会話を傍で聞くという介入性のない舞台設定によって、ごんが聞く立場に立たされ、行動のステージを知られていないという裏の舞台をさらすことになり、次の行動としての〈過剰な〉くり運びを促す契機となっている。音と声という伝達手段は、コミュニケーション形式として対面で行われる場合と、それを傍らで聞く場合とに分類されるね。音声の持つこの第三者性、そして、傍で盗み聞きをするという音声の〈拡散・拡大〉が、視覚のそれとは位相を異にしているようだね」

「ところで、ごんの行動には、〈過剰性〉が目立つわ。〈三〉に〈次の日も、その次の日も〉〈その次の日には、松たけも〉とあるけれど、畳みかけるように付け加えてごんの行動が頻繁に行われていることが分かるの。こうした行動と思考の過剰性こそがごんの行動原理を支えているし、それによって引き起こされる悲劇とも言えるわ」

はあるね」

「〈過剰性〉あるいは、一種の〈強迫観念（obsession）〉を伴った心的バランスを欠いた行動で

「たしかに、ごんの償いは、いわし屋の時の失敗を繰り返すうちに、山からの戴き物であるくりや松たけに変貌していくけど、〈過剰さ〉という点については、全く変わりはないわ」

「少し変だけど、もしこのまま兵十が気付いてくれず、山が冬になったとしたらどうなるのかな？　償いのためのくりや松たけのない冬枯れになればもう物を運ぶことはできないね。そして、ずっと気付いてもらえないままごんは春まで無為に過ごさざるを得ないかもしれないよ」

「そう考えると、この〈ある秋のことでした〉と示される季節設定は大切だわ。豊かな実りの季節であると同時に、冬が来てしまうという切迫感も、ごんの過剰性を促す要因かもしれないから」

「そうだね。性格ということばかりでなく、季節の持つ〈残酷性〉もまた物語を裏から支えていると言えるかもしれない。ごんにとって冬を前にして貴重な食糧としてのくりや松たけを自分のものとしてではなく、償いのためのものとして貢ぐということ自体が、命を削ることにつながるからね。季節が進む中で、ごん自身には危機感はないように見えるけれど、季節と生命の循環の輪は確実に進行しているよ」

「秋の祭り、つまり収穫祭のイメージもあるわ。ここには、食とそれをめぐる〈大きな物語〉があるとも言えるかもしれないわ。食糧としてのうなぎを失ったことにより命を奪われたという脅威を感覚として抱いたごんが、【自らの命を賭して食糧を相手に貢ごうとする物語】とも読める

わ」

「たしかに、ここには、季節の推移の中で【命をめぐる物語】が展開されているわけだ。そして、自然が背景として作用しているとも言える。くりについても、重要な役割が付与されているね。いたずらによって母の糧にするはずの魚を逃がしてしまった償いとして、ごんはまずいわしを選んでいる。安価ないわしがうなぎの償いとして捉えられており、〈等価交換的な関係〉を見て取ることができる。ここでは、返礼がその域を超えてある限界にまでエスカレートしている様子が見えている。そして次の日には、山でくりをどっさり拾い、それを抱えて兵十の家へ向かっている。その発端は一途なごんの気持ちとして捉えられるけれど、一定の限度を著しく超えていることに注目すべきだと思うね。〈くりを拾っては、兵十のうちへ持ってきてやりました〉とあるけど、多くの栗の実を拾うことは容易なことではないのに、その行動は、毎日毎日繰り返されていくことになるね」

「命あるいは食物の循環という観点から考えると、食が、〈うなぎ〉から〈いわし〉へ、〈いわし〉から〈くり〉へと変貌しているわ」

「ごんの心の中では、当初のいたずらから始まって、いたずらが高じて兵十の母の死に結び付いていってしまったという省察があり、そこから循環の輪への参入がスタートしているね。ごんの行動は、何か償いに〈取りつかれた者〉の様相を示しているとも言えるよ。この繰り返しが〈次の日も〉〈その次の日も〉〈その次の日にも〉と切迫感を持って表現されている。つまり、ここでは、季節や生命の循環が意識され、栗を拾って届けるという行為が自らの〈生〉と結び付いてい

加助・兵十だと言えるね。語り手が死後のごんを見てその弔いをするとしたら、ごんを単なるいたずらをするだけの存在としてだけでは捉えられない可能性がある。偶然の積み重ねが織りなすのは、ごんが兵十に見つかってしまうという一点ではあるけど、兵十が物置でなわをなっていたのは、百姓の一人として生を営むための当然の仕事であり、偶々、そこに居合わせたことも、結果的にはごんが兵十に会うための偶然とも考えられる。しかし、実際は、兵十に見とがめられることとなり、火縄じゅうによって撃たれる。この偶然がなければ、ごんの行為は繰り返し行われ、その後もくり運びは〈匿名のまま〉続けられ、兵十は、〈神様のしわざ〉であるとの加助の言葉に従って心の中で神様を拝むことになる。ごんが現れたのは偶然ではあるけど、くり運びとしての正体を明らかにするための〈儀礼〉の一つとも捉えられるね。〈偶然で始まる物語〉は、偶然から必然を呼び寄せる。偶然を象徴する〈と〉という言葉が二回にわたって用いられているのも、〈唐突性〉と瞬間に凝縮された〈偶然性〉を強く意識したものと言えるかもしれないね」

「そうね。選択された言葉には、表の意味とは異なる裏面での言葉のネットワークが存在しているとも考えられるしね」

「たしかに。〈偶然性〉が物語に与えている意味について考えることも興味深いね！」

アキは、ノートに〈偶然〉という文字と〈必然〉という文字を書いて、大きく丸で囲みました。

一〇　〈加助〉考

アキはトオルとリビングで話しています。

「物語の中で、加助の働きって大きいと思うんだけど、どうかしら？」

「そうだね。物語では、〈考える場面〉が二つ設定されているね。一つはあなの中で考えるごん、そしてもう一つが兵十から相談を受けて念仏講の間に考える加助の二つだね」

「ごんの考えた内容は、心内語として提示されているけど、加助の途中の思考は書かれていないわ」

「そう。しかし、言葉としては〈神様のしわざ〉として表現されているね。そこに至る道筋はどうかな？」

「例えば次のような感じでいるかもしれないわ。兵十に毎日くりや松たけを拾って持って来ている。誰かなあ。そして、何のためかなあ。一番の親友の自分もこうして一緒にはいるけど、くりや松たけを持って行ってやってはいない。自分以外にいるとしたら、村人の誰かだな。でもどの家もやりくりが厳しいし、栗拾いなんかをしていないしなあ。あるいは兵十のことを思っている女性でもいるのかなあ。それとも、村を訪れた旅人かなあ。それも考えられないし、お坊さんでもないようだし、こうして念仏講に集まって来ている人たちはどうかなあ。念仏講の人でもなさそうだな。不思議だなあ。村の人たちとは考えられないとしたら、他に考えられるのは人間以外かなあ。いたずらぎつねのごんは悪いことばかりしているから当然してくれるはずもないし、他に動物が持ってきてくれるなんて考えられないよなあ。そうすると、村の人でも、旅の人や動物でもないとすれば、お上はどうかなあ。兵十はおっかあ思いの孝行息子だから、お上の知るところとなってお上から報奨金でももらうこともあるかもしれないけど、もしそうならお触れが出るはずだし、庄屋からも聞いていないしなあ。お上でもお寺さんでもなし、とすると、もう神様しかいないなあ。兵十はおっかあ孝行だし、そのおっかあが亡くなってしまってそれを哀れに思って神様がおめぐみを遣わしてくれたんじゃないかなあ。お遣いとして誰かがくれたとしたら符合が合うかもしれないなあ、というように考えたかもしれないね」

「たしかに。加助が選択肢を一つ一つ消していく作業をしていることが分かるね」

「それは兵十の代わりに考えていることでもあるわ。そして、大切なことは、解釈を通して、兵十に神様の存在を明らかにし、指し示していることだと思うの。唐突ではあるけれど、〈神様〉という超越者、しかもそれは当時の社会において最上位を占めるお上を通り越した存在でもあり、それを提示することによって不可解な出来事を受け入れるための鍵を差し出していることになるわ。それ以後、兵十にとって自分の周りには神様の存在が色濃く漂うことになるの。と同時に、ごんにとっても変容をもたらす可能性があるわ。つまり、こうしてくりを拾っては兵十のもとに届ける行為が償いとしての意味から、神様からの憐れみと恵みとしての意味へと方向が変わってきているということね。くりは、〈償い〉から〈恵み〉へと変容すると考えられるわ」

「うん。加助は、こうして、兵十と神様との関係性を明らかにする〈仲介者〉の役割を果たすとともに、現実の出来事に対する〈解釈者〉としての働きも担っていると考えられるね」

「加助は少ない情報を基に、消去法を用いながら、推理を働かせて論理の鋭さをもって〈答え〉を割り出すという仕事をしているわ。知りうること、知っていること、知らないこと、知っていても隠していることなど、限定された情報の中で、一つの結論を導き出すという意味で、〈探偵(detective)〉のような存在でもあるかしら」

「大切なことは、そうした解釈を第三者的に盗み聞きしているごんを傍らにおいて話しているということだね。〈いわし事件〉の時、兵十の独り言のつぶやきをごんが聞いていなければ、〈くり〉にまでは至らない可能性があり、〈魚から魚〉への道義的な償いで終わっていた可能性があるね。魚からくりへと償いの品目が変わったのは、いわし屋によって盗人とされたことが契機となっている。無造作に人のものを盗んで乱暴に兵十の家に投げ込んでいくことから、くりや松たけを自然の恵みとして頂いてそれを〈とどける〉という行為にまで次元が上がる契機となったのは、兵十の〈独り言〉だったね。つまり、〈盗み聞き〉をするという設定は、表にあらわれることのできないごんの在り様による必然の形ではあるけれど、それこそ、ごんの行動変容をもたらす徴表だったと言えるね」

「そうすると、〈ぶらぶら遊び〉と書かれている〈逍遥〉も大切になると思うの。ごんが〈あな〉の中で思考を巡らせる場面とともに、お念仏を終えた後、〈兵十のかげぼうしをふみふみ〉行くという場面で、ごんが聞かされたのが、加助による〈神様のしわざ〉という解釈だわ。〈ぶらぶら遊び〉によって得られたのは、自分への評価でなく、自分の行為が神様のしわざとして全く異なる位相で捉えられることね。ごんの歩行は、情報の収集であるという点が、大切なポイントでもあるわ。逍遥することによって物語が動き出すという意味では、物語の発端であり、結末にまで影響を及ぼす行為でもあると思うの。出歩くことにより事件に遭遇し、自らの行為についての解釈を耳にするという【歩行にまつわる物語】としての性格が表れているわ」

「そうだね。ただ、一方、〈六〉の始めにある〈その明くる日も〉という表現の後に、〈ごんは、くりを持って、兵十のうちへ出かけました〉とあり、偶然に辿りついたというより目的をもって意図的に歩いて行っているのがわかるね。歩行が〈逍遥〉という形をとらず、目的的に行われていることが明示されている。うなぎのときに、〈にげて〉いったことから考えるとごんの行動は、接近への意志に貫かれているとも言えるね」

「ごんの行動はたしかに〈接近と離反〉を繰り返し、あなから出てくりや松たけを拾っては兵十の家に届けるという経路を辿っているわ。ごんがくりを拾う行為そのものの場所は明示されていないけど、〈山でくりをどっさり拾って〉と書かれているように、山に向かっていって、そこを起点として兵十の家に向かったことが推察されるわ。この経路の繰り返しがごんのいわばルーティンになっているの」

「神様のしわざと言われ、解釈され、自分は〈引き合わない〉とするごんにとって翌日のくり届けは、どういう心境から行われているのかな？」

「まず言えるのは、兵十に分かってほしいということだと思うわ。〈お礼〉を言う対象は本来自分であるはずなのに、その〈空白の場〉に神様がい続けられたのでは、自分の本来の〈立場〉が失われてしまっているわけだから。〈つまらない〉という言葉にも残念さが滲み出ているわ。兵十に接近したいという思いと分かってほしいという思いとが溢れている表現になっているのが〈五〉の最後の部分の〈おれは、引き合わないなあ〉であるとしたら、〈五〉と〈六〉との間にあったごんの思い、兵十の思い、加助の思いを想像することが大切になるわ。そして、その想像こそが〈六〉との落差となり、物語におけるギャップを生み出し、物語の進行と時間の進行との乖離と驚きを生み出す原動力になると思うの。兵十は〈五〉の後、何を考えていたのかしら？」

「兵十は、〈うん〉という言葉を残しているよ。この〈うん〉という返事のニュアンスは明示されていない。でも、〈だよ〉〈いいよ〉という加助の言葉の強さによって、〈そうかなあ〉〈うん〉という返事をしているね。ここには、加助の解釈に対する百パーセントの納得感があるわけではないという心の揺れが見てとれるよ。様々な可能性を排除した時に辿りついた一つの結論として提出された〈神様のしわざ〉が妥当かどうか、兵十にははっきりとはしていないように感じられる。でも、加助の言う〈たった一人になった〉〈あわれ〉〈めぐんでくださる〉という根拠を出された結果、納得感は一定満たされたと考えられるね。しかし、全面的な納得には至っているとは言えないね。一方、加助は、くりについて、友人として、村人の一人として、そして、随伴者として支えている一人として忠告を与えていて、その解釈を兵十が受け入れたと考えて安心していると思われるよ。明日、そのくりを見に兵十の家に行くことも可能性としては排除できない。一方、ごんは、〈引き合わないなあ〉と嘆きつつ、いつかは分かってくれるかと考えていることもあり得るけど、分かってもらおうとして、前日の加助の言葉をひっくり返すだけの新しい試みをしてみようと思っているとは考えられず、〈つまらないな〉というあきらめに近い思いが表出されている。そうした中で、翌日にくりをもって兵十のうちへ出かけようと決断するのはいつの段階だろうね。〈あな〉の中では何を考えていたんだろうか?」

「そうね。迷ってはいると思う。自分がくりを持って行ってやっていると分かってくれないままくりを届けることは、償いとして自らに課していることであり、兵十の母への償いは終了していないと感じていると思うわ。でも、いつかは分かってくれるはずという思いが神様によって代替され、兵十の解釈からは、自分がくり運びをしているという可能性が排除されたことによる落胆は大きいわ」

「兵十の〈不思議なこと〉の探索において、ごんはくり届けの候補者としては想定されていない。ましてや、母の死、母の死の原因としてのうなぎ、この一連の出来事からなる連鎖は、表面には出てこない物語であり、〈六〉において示されるまでは想定外の〈解釈X〉でしかない。したがって、〈五〉と〈六〉との間では、兵十の思考は、〈不思議〉さを残している余地があると言えるね。そして、当日を迎えることになる。加助にとっては、自分の解釈を兵十が受け入れた満足感とともに、介添えをして、あるいは後見人として一定の面倒をみているアドバイザーとしての役割を果したという〈満足感〉があったのかもしれないね」

「〈五〉と〈六〉の間にあるそれぞれの思いが別々に存在している中、〈六〉になると、ごんが行動を起こし、偶然に導かれるようにごんが兵十の前に身を顕すことになるわ。現実的に〈身を顕す〉ということが決定的に大切だと思うの。記憶の想起という点で、ごんを目にした時、神様とは対極にある〈盗人〉の物語が発動するの。この両極と思われる存在の反転こそが、ごんの悲劇の文字通り引き金となるわ」

「そうだね。神と盗人の反転のエネルギーは大きいね。盗人ぎつねが実は神であり、兵十による【神殺しの物語】としての相貌がここで現出している！」

「たしかに。神の使いとしての〈きつね信仰〉があるとしたら、その神様と同じ位階に立つごんを兵十は殺してしまったわけであり、その【兵十による罪の償いの物語】がここで動き出すことになるわ」

「つまり、物語では、兵十の母の死への償いと神の遣いとしてのごんの死への償いという【二つの償いの物語】がメビウスの輪のように表裏を共にして連動し合っているね」

「この間の読書会でも話題になったけど、この後、兵十がごんの墓を作ってやるという後日譚が授業などでも行われているようだけど、ごんの墓というより、兵十にとっては【神を殺したことの償いの物語】が始まっているということの方が、より深刻な受け止め方と言ってもいいんじゃないのかしら？」

「確かに、この物語には、一種のシンメトリー形態を取りながら、相互往還する構造が見て取れるね。それは〈循環の環〉を形成しているかもしれないな。そして、物語の後日の話は、たしかにごんの墓を作るというより、加助から神様と言われたしわざが、〈ぬすとぎつね〉と呼んでいたごんによってなされたものであり、神の地位にある者を殺してしまったという〈後悔の念〉によって形づくられているかもしれないね。自分の行為が、神を殺めるという〈許されざる行為〉であるというところから出発した物語というのも興味深いね」

「悲しいものになると思うわ。加助に初めに告げるのは、〈神は、ごんだった〉ということになるわよね。加助はあのごんがくりをくれていたのかと驚くだろうし、兵十も信じられないけど、実は、ごんが正体だと告げるはずよ。そうすると、二人の間で交わされる会話としては、神様の遣いとしてのごんに対する償いに何をしてあげようかということになると思うわ。ごんが償いとして始めたことがここから導き出される。つまり、物語の萌芽は、ごんが〈神様のしわざ〉を行っていたにもかかわらず、兵十がその行為を知らずに殺してしまったということから逆算して、ごんに償いという〈価値体系〉を付与したところから構築されると思うの。償いという言葉が出て来るのは、ごんが神のような行いをしていたことを兵十が知らないままに殺してしまったことに端を発しており、それを償うための物語を求めたところからスタートするかもしれないわ。そのため、ごんの行為を解き明かすための物語が生まれたと言える。つまり、物語の発端は、ごんとうなぎの場面ではなく、ぬすとぎつねとされるごんが火縄じゅうで撃たれた場面から始まったと言えると思うの。強い後悔と償いによって生まれた【神殺しの物語】がまずあって、その償いのために語られ、書かれたごんの物語として新たにあなから出てきたごんの物語が創作されていくという円環、つまり、尾を口にくわえているウロボロス型の構造をした物語が成立するとは考えられないかしら。ごんの真実とは、表裏が一体化しているクラインの壺（Klein bottle）のような構造をしているわ！」

「一つの形がそれ自体で完成せず、入口と出口を異にしつつ、相互に補い合って一つの形をなすという〈相補型の構造〉を形作っているということだね。流れを考えると、次のメモのようになるかもしれないね。」

ごんの死／くり届けの不思議の解明／ごん＝ぬすとぎつね／神＝ごん／神殺しの罪と罪人・兵十／ごん＝ぬすとぎつね＝神殺しのしわざ／改心・償いとしての物語／空白としてのごんのくりの理由／仮想理論としての償い？／空白を埋めるための物語構造／仮説としてのごんの物語＝原（origin）物語／うなぎを契機とする母の死因探索／うなぎの代替としてのくりの存在措定／償いの証としてのくりの物語／相互貫入型の思念／ごんのあなと加助の歩行

「つまり、この物語は、循環構造的に構成されていて、一つの物語がもう一つの物語を取り込むことによって生成され、新たな謎を解き明かすという〈包含的な相互嵌入型〉の構造を有しているわけね」

「特に〈六〉の最後が〈青いけむりが、まだ、つつ口から細く出ていました〉で終わっているところについては、この後、神のしわざとして認識していたくり届けが、ごんのしわざとして把握されることによって、一つの償いを求められる行為として物語の新たな起点となっていくと思うんだ。起点と到達点とが相互に入れ替わって立ち上がっていくダイナミズムが生じるのも、この相互嵌入型の物語における反転のメカニズムによると考えられるね。図と地とが一転して変化するように、あるいはオセロゲームで白が黒との間に挟まれることによってすべて裏返って黒に変わるようにその反転は一瞬にして行われている。神のしわざとされたものが、一転して動物の、しかも、〈ぬすと〉という神とは対極にあるごんによって行われてきたという真実が明らかにされることにより、兵十のものの見方は百八十度変わることとなるよ。その変化によって、ごんに対するこれまでの出来事が全く別の様相を呈することになるわけだ。一つの行為が異なるパースペクティブのもとで照らし出され、新たな解釈を生み、ごんの姿も全く新しいものとして捉えられるというコペルニクス的転換が起こる。そこから生じた物語は、起点としてのラストシーンから発生し、冒頭の物語へと連なっていく。〈一〉の冒頭に置かれている〈これは、わたしが小さいときに、村の茂平というおじいさんから聞いたお話です〉の〈これ〉とは、一度は甦った物語を前提として、終わりからスタートした物語と言えるような開始の仕方をしている。〈これ〉が含んでいるのは、逆転され、反転されたごんの物語を含んだ、ラストからスタートして、新たに開かれた解釈の相に立つ〈ごん〉の物語だね。つまり、この物語は、【ラストから始まった物語】であり、徐々に【解き明かされつつある物語】だと考えられるんじゃないかな！」

「つまり〈閉じられた物語〉ではなく、〈開かれた物語〉だということね！」

「うん。完結しつつも生成しつつあり、内部的に常に始まりが終わりを呼び、終わりが始まりを予告する、〈相互循環的・相互嵌入型の物語〉としてダイナミックな生きた構造をしていると言

える ね」

「変転するという形で問いや疑問が投げ込まれた後で、その謎が解かれた段階で新たな問いが仕掛けられているようにも思えるわ」

「そのダイナミズムが〈思考〉という一点に集中しているね。さらに、ごんのあなの中や兵十と加助の歩行という〈仕草〉にも表れている」

「そうした何気ない仕草の中に、次の行動の契機が宿っているという〈継起性を伴った物語〉と言えるような特徴があるわ。さらに、一つ一つの物語の細部が全体に波及していっているとも言える。細部が重なり、細部が全体へと広がっていくということになる。ごんの物語そのものが、細部において開始され、大きな物語、つまり、【償いと救いの物語】へと転じていくとも言えるかもしれないわ」

「救いの物語というのは、兵十の側から見た時の物語の一系統と言えるね。ごんの物語を語っている〈わたし〉とともに【加助が語る神の物語】とも言えるよね。唯一、ごんの物語を他者に語ることができるのは兵十だけれど、兵十の物語内容を他の人に解釈していくのは、加助以外にはいないと思う。加助の発した〈神様〉という言葉こそ、ごんに置き換えられた物語が求められる所以だね。冒頭の〈これ〉に集約されるのは、死後に明らかになった事実、つまり、ごんが神の立場に立ったということを知ってしまった加助が、自らの体験、つまり、一人きりになった兵十を憐れんでめぐんでくれているということを修正し、新たな解釈として、不可知な部分を補填した形の物語を形成していることにある。そうでなければ、ごんの側の物語は成立することは永久にありえない。ごんの物語が成立し、繰り返されるために求められるのは、ごんがくりを運んできたという事実であり、〈ぬすとぎつね〉と呼ばれていた事実とは全く異なる相貌を我々の前に示したという一点だね。とすると、〈編集者〉としての加助が語る上で大切になるのは、まさにごんの心の動きであり、ごんの心中を慮ることにつながるよ。ごんのあなの中での思いは、ごんの心中を推し量るべく、加助が想像し、加助が解釈した、〈ごん像〉に他ならない。ニュートラルで表層に示されたように見えるごんの行為は、単なるごんによる心中吐露ではなく、〈これ〉と総称される物語を語り始めた〈原・物語〉〈原点としての物語の発生〉を担う〈加助によって聞き取られた物語〉が源流をなしている。そして、その源流から発せられた物語は、加助というフィルターを通して、ごんを事後的に造型し、性格を付与し、その全貌を我々の前に現してくることになる。一義的なごんの姿ではなく、〈ごんは、ぐったりと目をつぶったまま、うなずきました〉という一点においてのみ成立したごんと兵十との接点が、すべての物語のスタートになり、後に墓を作るなどという些末な出来事に結び付けるのではなく、【失われたごんの真実を求める旅としての物語】がここから開始されるのかもしれないね！」

「たしかに。ごんと兵十との接点は、うなぎを盗んだごんに対して浴びせかけた罵声である〈うわあ、ぬすとぎつねめ〉と、ラストの〈うなずいた〉ところに集約されるわ。この二つの接触以外には、兵十がごんの存在に対する認識をする場面はそぎ落とされていて、兵十がごんの思いを知る術はないの。それを加助の解釈によって事後的に〈ひとりぼっち〉〈たった一人〉という解釈によってごんの姿を描き出していると言えるわ。兵十の姿を直接に描いているのは、神様に関する加助の解釈がすべてであり、そこでは、〈一人〉〈あわれ〉〈めぐむ〉という三つのキーワードによって兵十の置かれている状況が示されている。それと軌を一にして、ごんの造型が逆に鏡像のように示され、〈ひとりぼっちの小ぎつね〉であると語られることになる。つまり、物語の発生という観点で言えば、この物語のスタートは、まさに死んだごんに寄せる兵十の〈不思議〉を解釈する加助によって解き明かす作業の中で生まれてきたものと言えるわ。ごんの死から物語は始まり、ごんの死の原因とその真相を解き明かすための鎮魂の書が〈これ〉と称される【ごんの物語へのオマージュとしての物語】であると言えるかもしれない」

「鎮魂という営みは、物語る行為によって真実に近づこうとすることでもあり、ごんに寄り添うことによって初めて成立するものであり、むしろ、加助は〈随伴者〉として兵十に寄り添っているし、加助は、ごんに気が付かないで、〈加助は、ごんに気がつかないで、そのままさっさと歩きました〉という部分の違和感がその糸口になっているね。つまり、加助はごんに気付いていないという当たり前のことをあえてここで語っていること自体が、実は、加助がこの物語の核心を担い、物語全体の語り手であることを示しているようにも思えるんだ！」

「たしかにこの一文には何か座りの悪い印象を持っていたけど、ここには、〈語り手としての加助〉という考えからすると、無意識の内にごんへの眼差しを込めているとも考えられるわ」

「物語にはごんの内面が描かれているけど、それらは加助が兵十に語っていったと考えられる。ごんの眼差しを通して見ているのは加助だということだね。〈わたし〉は、その〈末裔〉と考えられるかもしれないね」

「そう、〈わたし〉として登場する人物は、〈原・物語〉としての加助の解釈、及びその話をもとにして成立した〈第一次ごん〉を継承するものとして成立した物語の伝承者かもしれないわ」

「ごんの内面というのは、この物語の中心でもあるよね。その解釈に至るためには、末尾の〈くり運び〉がごんのしわざであったということを、〈神＝くり運び〉という式に代入する必要がある。すると、〈神＝ごん〉という等式が成立する。神としてのごんという、等号で繋がれた関係性は、〈償い〉とは別の動機によっていることになるね」

「たしかに。末尾では、あくまでたった一人になってしまった兵十のことを哀れに思って、くりをめぐんでくださるという解釈になっているわ。でも、本文で、ごんは、うなぎを契機としてうなぎを食することができない事態に追い込み、兵十の母親を死なせてしまったという負い目から償いの行動を開始しているの。とすると、加助の解釈では解決できない問題が残っていることになるわ」

「たしかにそうだね。末尾では、神様が哀れに思い、恵んでくれるとなっているけど、実は、ごんだった。また、文頭では、ごんは〈いたずらぎつね〉となっており、うなぎ事件の後、いわしなどで償い、さらにそれが、くり、松たけの償いになっており、その行為はそのまま神の行為として認定されている。ごんの内面と兵十や加助にとっての神様との関係がここでは問われることになるね。物語の最後で神と同列に列せられたごんが、どこで変容したのか。ごんは、単純にいたずらをしに来ていたとされる。むしろ、無意識のうちに行動しているものとして描かれている。そして、兵十の家の葬儀を見て、解釈するごんが示されている。提出しているのは、語り手であり、その語りを生み出したのは、〈原〈origin〉・物語〉の成立に関わることができた加助・兵十の共同者である。とすると、ごんの心中を推し量りつつ、ごんが兵十の母の死と結びつけて一つの解釈を提示しているとも言えるね。ごん解釈としての【メタ物語・ごんぎつね】という形になる。ごんは、兵十のことを〈一人ぼっち〉だと解釈したであろう物語がここでは成立している。加助・兵十共同ラインによる【ごんの解釈としての物語】が語り手によって措定された上で、物語が成立しているように考えられる。つまり、ごんの心情は、兵十・加助によって創作されたものとしてあくまで提示されているということだね」

「そうすると、ごんの心情は、一義的には〈可能態〉として提示されたものと言えるのかしら？　誰がごんを語ったのかしら？　誰がごんの内面を捉えたのかの解釈として浮かび上がるが、兵十・加助ラインだとしたら、二人の解釈にとって、ごんの行動とその心理はあくまで推察の域を出ないわ。しかし、限りなくごんに寄り添っていった跡が語りに表現されていくという構造になっているように思えるけど……」

「ごんの内面に寄り添いつつ、ごんと同様に心情と随伴することが語りにおける一つの解釈、つまり、可能態としてのごんの姿を形作る一つの手段になっているね。ごんは、ここでは、独立した存在として自由に行動をしているけど、それを見ているのは、誰もいない。村において行われている出来事をごんは解釈しながら内面化している。そして、その解釈は、ごんの行動を直接的に説明したものとして確定できず、あくまで語られたもの、語る者の解釈として提示されることになる。つまり、【ごんの手記】という形ではなく、ごんがこう考え、行動したであろうはずの

【ごんの告白の物語】が提出されており、そこには、ごんの手記に当たる内面吐露が、バイアスを伴って提示されていると考えられるね」

「ええ。でも、ごんの内面を語っているのは、誰なのかという疑問は残るわね。〈神様＝ごん〉という等号は付けられたけど、物語の語り始めにおいて、ごんの物語を進行させるのは、どんな立場の人になるのかしら?」

「ごんの内面を描くという点では、〈ごんによる手記〉、あるいは〈ごんの日記〉という形式もあり得るね。その形ではなく、ごんの内側を覗いてみると、〈ごんのくり〉⇓〈何らかの理由〉⇓〈いたずらからの改心〉⇓〈ごんのつぐない〉という形での推論がなされる必要がある。つまり、物語はまずごんの死とごんのくり届けがまずあったと考えられる。その理由を事後的に解き明かしていく過程が【物語としてのごんぎつね】だね。クラインの壺のように始められた物語がラストの物語から始まっているという感じを醸し出しているのは、こうした〈ある秋〉〈何か〉〈思いました〉などの【認識系の言葉】によって、焦点を結ぶ前の認識が描かれているからだね。焦点化されず、曖昧なままで表現されているものが、次第に形を整え、焦点化されることにより事後的に一つの形象を形作っていくという表現の在り方、つまり、その〈生成プロセス〉そのものが〈テクスト内に露わになる〉現象として結晶化した結果が〈ごんぎつねというテクスト〉だよね」

「〈生成するテクスト〉……。内部に凹凸を持った生成する過程を含んだテクストというのは魅力的だわ!　ごんのくり届けの行為がどういう理由でなされたかは、兵十・加助にとって一つの謎だった。加助の解釈としては、一人になった兵十への憐れみが神様の心として提示されているわ。

ごんの行為は神様と同義だとしたら、憐れみが生じるためには、ごんの共感が必要とされ、ごんの共感の源になるのは、〈一人ぼっち〉という共通項ね。そして、一人になった理由としてごんが考えたのが、うなぎの存在だわ。でも、兵十は、母の死因について言及しない立場をとっている。ごんの推理を提示し、真実を明かしているのはなぜなのかしら？」

「物語が、兵十・加助による解釈による物語とするならば、加助の解釈があってもいいし、兵十が後に、〈おっかあが死んでからは〉と述べる前に、地の文で、〈兵十は今まで、おっかあと二人きりで〉〈おっかあが死んでしまっては〉という表現によって共通の認識には立っている。ごんは、そのナレーションを受けて、〈おれと同じ、ひとりぼっちの〉という修飾語を付した上で、兵十のことを認識しているね。同時性の物語として共感をベースにしているこの物語において、ごんがあなの中で考える推察としての〈ちがいない〉〈だろう〉という文末の表現から分かるように、ここでのごんの推察は単独で行われており、他者による介入はない。しかし、もし兵十・加助の語りが〈原（origin）・物語〉としての〈ごん語り〉を開始したとしたら、この部分の語りぶりと書きぶりは異なったものとなりはしないだろうか。つまり、ごんにとって不可解な理由部分を兵十たちがその空白を埋める形では補塡していないというテキスト上の現実がある。語ったであろう物語には、語り手・兵十のすべてが反映しているとは言えないわけだ」

「相互に造型の上で情報として把握できている部分とそうではない部分とが物語の中において、併存していると言えるわ。でも、物語を支配しているのは、〈原（origin）・物語〉の語り手である兵十・加助だとすると、〈語り残し、語り忘れ、語り尽くせない部分〉をどう捉えるかが課題になるわね」

「兵十たちには分からない、ごんによって認知されたものと、ごんには分からない、兵十たちによる認知領域とが語りの中においても錯綜としている。もし演劇化するとしたら、舞台の上でごんは独自する形で内心の動きを吐露することになるね。そして、ナレーターが天上からの声として〈兵十は、今まで〜でした〉という解説を加えていくけど、このナレーションをごんも兵十もともに聞いていると言えるだろうか?」

「ナレーションは、ニュートラルなものとしてではなく、ごんに寄り添った形でごんに接近して語られている印象が強いと思うわ。いわしについても、ごんの行為は叙述として淡々と描かれているけど、兵十はその時の動きは一切知らされていない。したがって、〈ぬす人と思われて〉という表現があり、いわし屋もまた、ごんの衝動的な行動が償いの発動によって生起したことについては知る由もない。終章から解き起こされたごんの物語は、すべてが解き明かされ分明にされた上で語り始められているのではなく、むしろ、空白、あな、壁などの〈遮蔽物〉や〈遮蔽幕〉によって視界を遮られたまま語られているとも言える構造になっているわ」

「たしかに、ナレーターは、兵十・加助を超えた存在が担っていると言えるけど、ここでは、一部が分かったという形で捉えられるとともに、一部は不明なままで語られているね。語られ、伝播していくプロセスの中で、ごんの行動の理由に焦点が当てられるとすると、鍵になるのは、うなぎに対する母の死への弁済が肝になると思う。それが、ごんの償いの主たる動機として描かれ、兵十らによって、村人に語られることになる。そして、ごんの行為の基底にあるのが、一人ぼっちになった兵十自身に寄せる思いであるとしたら、ごんの行動の理由に結び付けるものとしては、いたずらとしての〈うなぎ事件〉が、実は、生死に関わる極めて重い理由を形づくり、その偶然の出来事、しかも意図的ないたずらとしての〈それ〉が起点となって物語が進行するという原型を作りあげることになるかもしれないね！」

「そうすると、【後日譚としてのごん物語】は、こうして、【くり届けの原因と理由を遡る旅】として考えることが出来るかもしれないわ。そして、その確認の旅でもあるわね！」

アキは、大きく息をはきながらトオルと窓の外の樹木を見つめました。

ノートには、〈ごんの旅〉という言葉が大きく書き留められています。

一一　〈ごん、おまえだったのか〉

アキはノートをまとめながらトオルと話をしています。


「ごんについては、ほんとうにいろいろ考えることが多いわ。どんどん疑問が湧いてくるの！」

「うん。そうだね。また、南吉の日記や書き留めたものを読むと、当時の様子が想像させられるね」

「本もたくさん読んでいるし、海外の作品だけでなく、『全集』を読むと日本の作家についての言及もかなり辛辣なものがあるし、英米文学作品に対する感想なども面白いわ」

「三十歳になる前に亡くなるという悲しい出来事があるけど、創作意欲は旺盛だったことが読み取れるね。高等女学校で教師をしていたころが、何か一番明るい様子を感じられる。その当時、今の磐城高校の英語教師の就職口を斡旋してもらっていたことも福島県とのつながりを考えると不思議な縁があるね。実現はしなかったけど、もし実現していたら福島県やいわきの地で新たな創作活動が行われていた可能性があるしね」

「ええ。そうね。」

「ごんのふるさとも何度でも訪れてみたいよ」

「そう。新美南吉記念館の展示が南吉生誕百十年を迎えリニューアルしたから、ぜひ行ってみたいね。あそこで南吉がどんなことを考えていたか想像する時間を大切にしたい！」

「ところで、さっきの〈原（origin）・物語〉から説き起こした時、ナレーションを行っているのは、兵十・加助の共同作業だと思うんだ。兵十は事実を伝える第一発話者であり、加助はそれについて昨日の解釈を再解釈することになるよ。そして、二人が共同して解釈した物語こそが、〈第一次原（origin）・物語〉としての〈ごんぎつね〉になるね。物語は拡散し、繰り返されて村人に流布する。流布された物語が次世代へと伝承され、さらに聞く人に拡大していく。その中で兵十・加助共同体の【解釈としてのごんの物語】は、必然的に一つの見方から解釈されることになり、物語において残されているいくつかの〈不可知部分〉がいくつかの層によって分類される。解釈者としての兵十・加助共同体にとって共通に認知されている季節の推移、村人の振る舞い、そして、ごんの行動とごんの心の中という三層に分けて考えた時、まず、年代と季節の提示がなされた後でごんの紹介が行われている。〈ある秋のことでした〉と語られている時期の特定は、死を前にしたごんの物語がスタートする時点を示しているね。これは、偶然ではなく、ごんの亡くなったまさしく〈その秋〉のことであるとの指標が施された上でなされている〈ある秋〉の提示だね。それは、ごんの死によって彩られ、〈他の秋〉とは別に区分けをされた〈秋〉を指しているよ。そして、このように語る語り手にとって、ごんの行為を想像する上で大切になるのが、副詞の持つ意味だったね。そこにナレーターの心的態度が図らずも表面に滲み出てくる。物語はいずれにしても〈この物語＝これ〉が先行して語られていることに注目する必要があり、その語りがすでに〈なされている〉ことからスタートしている。〈これ〉を語り続けるためには、〈語っている者＝ナレーター〉の存在は欠かせない。そして、語る者の心的態度が表出し、滲み出てしまう〈裂け目〉こそが副詞と言える。ちなみに、『赤い鳥』に投じられた〈権狐〉では、〈一〉の前の冒頭の文章は次のように始まっているよ。

茂助と云ふお爺さんが、私達の小さかつた時、村にゐました。「茂助爺」と私達は呼んでゐました。茂助爺は、年とつてゐて、仕事が出来ないから子守ばかりしてゐました。若衆倉の前の日溜で、私達はよく茂助爺と遊びました。

わたしはもう茂助爺の顔を覚えてゐません。唯、茂助爺が、夏みかんの皮をむく時の手の大きかつた事だけ覚えてゐます。茂助爺は、若い時、猟師だつたさうです。私が、次にお話するのは、私が小さかつた時、若衆倉の前で、茂助爺からきいた話なんです。（『校本新美南吉全集第十巻』六四九―六五七頁）

そして、〈ある秋のことでした〉と記されているように、秋の出来事に焦点化されていることに着目する必要があるね。話はすべて語られている。その語られた話を、今、もう一度語ろうとするところに、この物語の〈循環性〉が表れているよ。話は繰り返し語られ、その語りの反復の中で、一回性を持つ物語の切迫感との間で宙吊りになっている。ちょうど、昔話が何度も繰り返し語られたはずの物語の繰り返しでありながら、〈今・ここに〉という一回限りの物語の中に閉じ込められているようにね。しかも、ごんの死は、一回きりであるという制限をまさに示しており、死の一回性の中に閉じ込められつつ、反復性という繰り返しに〈開かれて〉いる。死の一回性が何度も繰り返されるのは、そこに向かって物語が収斂するからに他ならないよ。語り始めにおいて示された〈これ〉〈話〉とは、【ごんの死の物語】であると同時に、【ごんの誕生の物語】でもある。ごんは死によって人々の記憶の中に現れ、その死に向かって生きることによって何度も甦ると言えるかもしれないね」

「そう。ごんの死は語られる前にすでに皆が知っているにもかかわらず、その結末を期待しつつそうあってほしくないというアンビバレントな感情に包み込まれているわ」

「その感覚はたしかにあるね。〈これ〉は、というように提示されることによって、ごんの全体像がまとまりのあるものとして提示される。そして、この物語は、語られることによって生じるうした〈これ〉の持つ全体性・完結性に対する〈未完成性〉とも言うべき要求が根底に横たわって〈先へ〉とつながっていく。〈その明くる日〉も〈次の日も〉という続きを促す言葉の連続は、こていることを示している。未完のままで終わることのできない完成への要求が〈次の日〉を招き寄せ、事態を動かしていくことになる。ごんは、未完成という初期の状態から死によって生を全うし、完成されるための一つのピースを自ら置いていくことになる。つまり、物語を動かす原動力は、〈これ〉に端を発していると言っても過言ではないね」

「〈これ〉と提示すること、そして、〈これ〉として完成させようとすること、それが一つの物語を進行させていくことになるわけね。物語にある〈何か〉〈どうしてか〉などの不明な部分についても、〈これ〉と関係するのかな？」

「たしかに、語り手は事態をすべて把握して語っているのではなく、むしろ、〈ごんのくり届け〉の理由を探るための旅に出ていると言えるよ。ごん自体が〈書いたり〉〈語ったり〉しているわけではないけど、〈ごんの語る物語〉としてこの物語を捉えるとすると、〈何をさがしにか〉などの部分における不可知の領域の説明としては、整合性がとれていると言えるね。ごんが語る物語として、ごんには見えず、分からない世界がそこに広がっており、兵十の意識もここでは分からないものとして把握されているからね。とすると、ごんの語る物語のエリアと兵十・加助の語る物語のエリアとが並行世界のように展開されているとも言えるね。ごんに見えない兵十の世界があり、兵十に見えないごんの世界がそれぞれ並行して存在し、その往来が行われないままに並走しているという世界が〈これ〉には存在しているようだね」

「とすると、その両方が重なり合って、ともに自らの世界を主張する場はあるのかしら？」

「一つは、〈うわあ、ぬすとぎつねめ〉であり、ラストの〈おまえだったのか〉という他者認知の言葉だね。そういう意味でやはりこの物語は、【相互認知の物語】【他者をその本質において知る物語】と言えるね。しかも認知は深まり、一つのレベルにとどまらず、深化していっているね」

「そうすると、〈別のごん〉もあり得るのかな？　一つのごんの物語があり、それによって暴き出されたごんの可能性に対して、もう一つのごんの別の視点から見つめられたごんが表面に出て来る物語があるのかしら？」

「うん。一つの像には確定できない語りによって出現してくるごんの物語があるかもしれないね。それは多様な読みということではなく、両者の語りによって生じて来る物語であり、隠れて見えることなく、並行して存在し続ける世界の在り様と言えるかもしれないね」

「そう。徐々に見えてくるものというより、その〈角度〉からしか見えない〈見方〉があり、その見方以外の〈角度〉からは見えない世界がこの物語を形作っているとも言えるわ」

「うん。見えないところが残されていることそのものが、この物語の奥行きを深くしているとも言えるね。絵画表現を借りていえば、平板な絵に人物が描かれているのではなく、一人一人の像が立体化し、その奥に幾つもの色が幾重にも重ねられている様子が見られるようにも思えるんだ」

「ごんの物語には、そうした深みや厚みが隠されているようね」

「南吉がこの作品を書いたのが十八歳の頃だったというのは衝撃的だね！」

「うん。十八歳にしてその完成度の高い物語として出来上がっていると思うわ！　そして、物語が私たちを惹きつける理由の一つは、ごんの行動に見られる心理的な動きと結末とのギャップかな？」

「たしかに、ラストの場面は子どもたちにとっても驚きの幕切れだと思うよ。それ以外の結末は思い浮かばないけど、考えてみると、ここで兵十たちにとって〈火縄じゅう〉が日常生活の中でごく自然に捉えられているということが不思議でもあるね。大声で怒鳴っている兵十が銃で撃つ。

しかも、その殺傷能力の高い武器が日常生活を営む村人の手元に平然として存在する環境だということが、この時代を生きる村の持つ〈社会的な現実〉を示しているとも言えるね」

「十六世紀に伝えられた銃の歴史が、こんな田舎の村においてごく自然に人に対してではなく、動物、とりわけ害をなす動物相手に用いられているという現実に改めて歴史の在り方を感じさせられるわ」

「うん。以前、大学のゼミで、永島慎二の『漫画家残酷物語完全版③』（ジャイブ、二〇一〇年）の漫画に関するレポートを提出したことがあるんだ。その中で、子どもと仲良く過ごしていた子熊が、大きくなったので村人から銃で撃たれるという場面（同書、一八六―一九五頁）があったけど、子どもたちの何人かは、ごんが撃たれるラストシーンでショックを受ける人もいるかもしれないね。中山のお殿さまがいたというこの作品の背景からは、江戸時代の話と考えられるけれど、この物語の中で殺生に関わるところでは、銃の登場は突然であり、生死を簡単に分けるという意味で重要な要素であることは否めないね」

「ええ。兵十自身も自ら懲らしめのために撃ったごんをどう捉えていたかは微妙なところになるわ。特に〈ごん、おまえだったのか。いつも、くりをくれたのは〉という発話が口に上る時、直接話法で書かれていることから考えると、〈ごん〉と発話していることに着目すると、〈ごんぎつね〉ではなく、〈ごん〉と通称、愛称として呼んでいることに大きな意味があるわ。それは、この物語全体の語りとも関係付けられるべきものね。つまり、物語において、〈これは〉〈お話です〉とした後、紹介を受ける〈「ごんぎつね」というきつね〉と述べた後に、〈ごんは〉と語り手自身が言い換えている。懲らしめのために〈ぬすとぎつね〉と言いながら、〈ごん〉と呼び掛けていることから考えると、兵十自身もその結果を受け止めるに当たっては、ギャップを感じていると言えないかしら。〈ごん〉という愛称的な呼びかけは、草稿においても、〈権〉と述べられており、とっさの呼びかけによるとも言えるわ。草稿では、〈茂助爺〉は〈若い時、猟師だつた〉とされているから、語り手も猟師、広く言えば狩猟を主とする人、魚とりも含め、動物の命を奪うことを主とした仕事を営む人たちの物語であるとも言えるわ」

「魚を自前で取るとともに、いわしを日常的に売り買いしている行商人がいるということから、この村が山の中であるとともに、一定の近さに海を控えているという〈地理的な〉位置が推察できるね」

「火縄じゅうが身近にあって日常化されていること、動物との交流がごく自然に行われていること、しかも、動物の側からのコミュニケーションがむしろ人間の側からのコミュニケーションよりも優位性を有していること、さらに葬儀を含め、村人の習俗、文化、伝統についての知見を有しているのがきつねであることなどが前提とされているね。一方、村人の側からしたら、動物が人に対して恵みをもたらしたり、哀れに思ったりする対象としては想定していない。あくまで人間、しかも村人を考えた時に、自分が親友であるにもかかわらず、自分以上に兵十のことを考えてくれる者は人間にはいないという加助の論理と思考の在り方があるね。それから考えれば、動物の一つであるごんがくりを届けるということは、コペルニクス的転回（Copernican turn）をもたらすほどの衝撃とも言える。想定外の出来事であり、想定することすら、兵十もしていなかったことでもあるね。とすると、くりを届けたのがまぎれもなくごんだとしたら、それは〈神のしわざ〉を体現する行為であるとともに、動物がなぜそういうことをしているのかという懐疑をも生み出すことになるかな?」

「ここでは、人間、動物、神という三者が互いに混淆している状態が現れているわ。つまり、出来事を中心に考えると、母の死、くり届け、神の恵み、ごんによる行為の判明、神の行いはごんの仕業、という出来事の一連が一つのリングとして連なることになるわね」

「たしかに、環が一つになるという感じだね。しかも、失われていた環の欠けた部分がつながって一つの形に収束しているとも言えるね。ラストで〈ごん〉と呼び掛ける兵十の言葉には、〈ぬすとぎつね〉という一般化された言葉ではなく、まぎれもなくくり届けという行為の主体者である者への〈敬意〉や〈リスペクト〉が込められているよ。ごんに対する確認であり、確証である助詞の〈か〉は念押しにも捉えられる。ここでは、疑問や感動詞という考え方もあるけど、念押しの終助詞の用法と考えられるね。しかも、後ろからではなく、ごんと向かい合わせて目を見ながら正対して言葉がけをしていることも大切な点だね。ごんも隠れて裏からだけしかその姿を現さなかったから、逃げる姿だけがごんを捉える視界に入ってきていたけれど、銃の標的になって逃れることができなくなって、その場に留まらざるを得なくなったことが、二人が正対する契機になっているよ」

「たしかに兵十は〈ごん〉と呼び掛けているわ。ごんに直接的に語ってしまったのか、それとも反応を求めて問いかけたのかについて考えると、結果から判断すると、〈問い/答え〉という形式には収まっているかもしれないけれど、もともと独り言を言ってそれに付随してごんがうなずいたとも考えられないかしら？　ましてや、兵十にとって、ごんに代表される動物が人語を解するとすることは一般的ではないでしょう。フィクショナルな面とリアルな面とが共存しているところに着目することが大切だと思うの。ここでは、ごんが兵十にとって、自分の言葉を解すると捉えたのではなく、思わず話しかけたと捉えることも一つの見方だと思うけど？」

「草稿では〈権狐は、ぐつたりなつたまゝ、うれしくなりました〉とごんの側の内面が表出されているけど、兵十に向かって話しかけて、〈うれしいよ〉と応答が言語化されているわけではないね。つまり、ここでも、〈原（origin）・物語〉のスタートの場につながる【ループする物語】が始まっている感じがするね。物語は、人語を解するきつねの物語として捉えることができるよ。しかも、それは、人ときつねの両者が了解している上でのことではない。むしろ、〈片務性〉を有している。ごんの側の一面は鏡の中に映し出されており、片方はその像を生み出す現実世界そのものであり、そこに全世界があるとしたら、その一端のみが抽出された物語と言えるかもしれないね」

「ええ。人ときつねの両者が相互に乗り合うように照らし合うのは源流に向かって遡っているからであり、〈原（origin）・物語〉から〈neo物語〉への飛躍が存在する感じがする。もっと言うと、この物語は、二回、三回、四回と繰り返し語られるたびに、その内容が重層的に重なり合って読みを駆動しているとも言えるわ。そして、文脈には二回目の読みと三回目の読みとが重なり合っている感じがするの！」

「うん。言語コミュニケーションがいかにして物語の中で捉えられているのか、そして、言語の持つ〈可能性と不可能性〉との狭間で成り立っているのがこの物語の特徴と言えるね」

「言語によるコミュニケーションの可能性という点では、ラストの言葉は、ごんと兵十の両者が分かり合えたのかどうかという論点ともつながるわ。兵十の発した言葉が、回答を予期して発せられたとすると、ごんのうなずきは、その回答としてくり届けの主体は自分であるとの相互理解あるいは事実に関する〈自己表出の行為〉と捉えることができるんじゃないかしら。一方、兵十の言葉が自分に向かって発せられた自問形式であり、自己確認、念押しの言葉や発見に伴う感嘆の言葉であったとすれば、ごんに目を落とした後のごんのうなずきは、付随的なものの一つであり、語りかけた後の、生物としての反応の一つと捉えることもできる。そして、銃を〈ばたり〉と取り落としたのもその延長線上にあり、ごんのうなずきとは直接関係しないという考えもあるかもしれないわ」

「一般的には、兵十が問いかけて、ごんが言葉ではなく動作で応答したと考えられているけどね」

「その応答の行き来が大切だわ。語り手は、ごんが兵十に対して答えたことしか記述していない。そして、物語はそこで終わっていて、語り手もそこから離れている。語り手のナレーションがあるとしたら、よくマンガなどで表現されているけど、地の中のコマ以外のところに、〈……〉などという文字による書き込み表現が行われるかもしれない。あるいは、絵本でラストシーンを描くとしたら、亡骸になったごんと、立ち尽くしている兵十との間に〈青いけむり〉が細く出ている様子を描くかもしれないね」

「うん。実際、新美南吉・作、黒井健・絵『ごんぎつね』（偕成社、一九八六年、三八頁）の挿絵では、ごんと兵十の中間点から俯瞰した視座から描かれているね。そこにあたかも語り手が存在するかのようにね」

「仏教における〈衆生が死んで次の生を受けるまでの間（『広辞苑第七版』岩波書店、二〇一八年）〉という〈中有〉にいる雰囲気が語り手にも伝わっているわ。ごんの魂とオーバーラップするとしたら、ごんの魂が抜けだして、撃った兵十の様子を中空から見つめている姿として残っているとも言えるの。いずれにしても、それまでのごんとのコミュニケーションのレベルとは数段ステージのあがったレベルに格上げされているというようにも感じられるわ。ごんの視座に立つ表現から、ごんと兵十の両者を包み込み、それを俯瞰するような形として捉えられているの。その終焉を受けて、物語は再度冒頭に戻っていく。物語を聞き終えた子どもたちが、おねだりをし、繰り返しを要求するように、この物語は、前に話題にしたけど、尻尾を口にするウロボロスの蛇のように結末と冒頭とが一体化しているような印象を受けるわ」

「たしかに語りにおける〈結末・尾〉と〈冒頭・頭〉との循環性は気になるね」

「そう。余韻が残るとともに、また、初めの部分に行って始まりの物語が聞きたくなる感覚があるわ」

「聞きたくなるっていうことは大切だね。さらに、物語自体が人物を突き動かしていくような感じもあるね。物語の循環性は他の物語でも見られることだし、一つの語りが他の物語を紡ぎだしていくことは、繰り返された物語の特徴と言えるかもしれないね。そして、紡ぎだされた物語が他の人へと伝わりさらに広がっていく形をとることも物語自体が持つ力なのかもしれないね。そう考えると語りの持つ力が最大限生かされている終わり方だと言えるよ」

「ええ。コミュニケーションをとること、村の中で同じ時空で生きていながらも、異なる世界と異なる考えの下で生きているごんと兵十たちとの間に一本の〈道〉があるとしたら、それは〈言語化〉という視点かもしれないわ。言葉にすることによって認知が深まり、関係性が生じて来る。ごんの認知と言葉の習得は、見聞きする中で獲得されてきたものと考えられるわ。ところで、ごんと村人との間にある〈道〉について考えてみると、ごんが兵十を見つける場面に川下の方へと〈ぬかるみ道〉とあるわ。また、〈人々が通ったあとには、ひがん花がふみ折られていました〉ともあるの。前者は長雨でぬかるんだとあるように、本来の道を指していると言えるわ。それに対して墓地への道は、整備されたものというより、赤いきれのように彼岸花が咲いているところを踏みながら歩く道と考えられるわ。さらに〈三〉では、いわし売りがいわしのかごを積んだ車を〈道ばた〉に置いていることから、荷車があり、それを止めておく道と道端がある道として一定の整備が済んでいることが分かる。さらに、〈とちゅうの坂の上〉で振り返ることから、ここでもごんは、何らかの形として道を通って行ったと考えられるけど、人々が通う道とは言えない。〈四〉には、月のいい晩に、ごんが〈ぶらぶら遊び〉に出かけることが示されているわ。〈細い道〉とあり、向こうから誰か来ることが描かれている。当時、道はすでに成立しており、往来が行われている。ごんのくり届けは、あなと山と兵十の家という経路によって成り立っており、ごんは道を利用していると考えられるわ。けものたちの使う道ではなく、社会の基盤を形作っている公共財である道を通ってやって来るごんは、村の社会基盤である〈道〉にすでに依存しているように思われるの。そうしたいわば、〈公共インフラ〉を利用しつつ、裏側から村人との関わりを持とうとするところにごんの持つ悲劇の一端があるんじゃないかしら！　同様に社会を形成する葬儀や祭りという冠婚葬祭という〈共同体との共有性〉を元に、住居や食事など日常生活で培われてきた社会風俗を描きながら、ごんの目を借りつつ、物語は語られていくわ。社会となじみ深い関係を持つことがごんの接近の度合いを深め、さらに自分の世界を拡大するプロセスで道を通ることによって、人間社会におけるコミュニケーションを模倣しているようにも思われるわ！」

「道は、共有財であり、他者に至る道筋であり、その道を毎日通ることによって、ものを運ぶことが日々行われることになるね。道の持つ機能から物語を見ることも一つの方法と言えるかもしれないよ。物語にはいくつもの仕掛けがあって〈道〉はその一つだね。あまり普段は意識していないけど、ごんが辿ってくる通路という意味で物語の底流に流れているものの一つだね。ごんが歩いてくる道筋には何が見えているのか。そして、道に関する描写には何か関係するものがあるのかな。前にフローベールとの関係を考えた時、見つめる目、人物の目と語り手の目との両者によって、共有される場合と分断されている場合とでは異なる印象を持つと話し合ったけど、この場合、道についてもごんの辿っている普段の道の様子と、それ以外にごんが見ることのない道との間には差異があるかもしれないね。道と同様に川の様子もごんが兵十と出会う場面で重要な場になっているからね」
「川の場合には、その場にいない人の目かそれともごんが見つめてその流れを共にしているのか地の文では判断がつかない場面もあるわ。両者の間にある共通の目がそこには感じられるの。川と違うのは、道は実際に歩行するという身体の運動性をより直接的に持っているということね。それに対して川にまつわる出来事については、視界の中に現れるものとして捉えられていると言えるかもしれないわ！」

アキは、興奮気味にノートに川の流れと道筋を書き加えました。

一二 〈これ〉という物語

アキの研究ノートはかなり分厚くなりました。

ノートを持って今日も兄と話しています。


「いろいろ気付いたことが関連付けられて物語の世界が面白く感じられてきたわ」

「うん。ごんをどう捉えるか、そして、ごんを語ることとの意味が少しずつ深まったようにも思えるね。ごんの生き方とごんを当時の人がどう捉えているかというういくつもの層に囲まれて物語が今日に至るまで続いていることが分かるようにも思えるね」

「ごんはいたずらをして村の人に害をなす動物だと考えられているけど、むしろ良い動物であり、神様の遣いとして崇められる存在だと解釈できるかもしれないわ」

「ごんの像が変貌を遂げていることは確かだね。それまでの姿から一気に神様にまで変貌しているとも考えられるし、害をなすものから、糧となるくりや松たけという保存食を分配し、民を救ってくれる〈救世主〉としての相貌も持っていると言えるかもしれない。そして、そのこと自体がごんを通して、きつねとしてのごん自体の価値を高めることにつながっている」

「ごんの転換・変貌が遂げられたことを読みとしてはどう考えたらいいのかしら？」

「再読ということが一つ話題になると思う。繰り返し読んでいくと物語の周辺が見えてくる気がするし、舞台が浮き上がってくるようにも思えるよ。一回の読みと複数回の読みとがどう関係するのかという読書行為の在り方にも関わってくるように思えるね」

「たしかに作品を読むという時、一部だけでなく、全体を読み、その流れと構造と関係など複合体としての読みが可能性として出てくるわ。しかも、読書が時を経て行われることを考えると、読む側の変化もまた、要素の一つとして浮き上がってくると思うの。読書そのもの、作品世界そのものが一つのいわば生命体として捉えられるようね」

「たしかにそうした面はあるかもしれない。読む行為そのものが個別から全体に向かっていき、全体がまた一部となるような動的な動きを持った〈運動体〉として捉えられるね。読み終えた体験が〈跡〉として残り、さらに再度読み終えると読みの円環が形成される。そして、その円環が一つの形としてさらにもう一つの円環を形作るというように増殖が行われるイメージだね」

「読みの〈一回性〉〈瞬間性〉〈全体性〉など様々な形で読みは形を変えているように思えるわ」

「うん。〈これは〉という言葉は、そうした読みの持つ〈迷宮性〉や〈多胎性〉あるいは〈逆流性〉〈飛躍性〉などを生じさせる〈場〉でもあるね」

「読みが重ねられることにより、深化したり飛躍したりすることがあるわ。ちょうど、古典落語の〈下げ〉を知っていながら繰り返し聞くような感じがあるの。一度目の読みでは、話の筋の流れを知っていく。二回目以降の読みでは同じところを読んでいても前と同じ読みではなく、読みが上書きされるとともに、新たな感覚が重ねられていく。さらに、それが繰り返されると幾重にも読みが重ねられて、一つの世界が形成されていく。地層のように重ねられた経験そのものが読みという世界を構成し、物語の世界を更新するの！　読みは一回性のものではなく、生成されつつあるものとして生まれていくように思えるわ」

「そうすると、一人一人の読みも蓄積され、重ねられて、さらにそうした一人一人の読みの統合体が読みの空間として形成され、時代を超えて積み重ねられ、〈全・物語〉として形を表すかもしれないね」

「〈全・物語〉というのは面白い考えね」

「うん。読みは生成し、常に新たな発見を伴うものだからね。読みが開始されるたびに起動スイッチが入るようなイメージかな。同時多発的に世界が立ち上がり、振動し始め、共振する感じだね」

「しかも、個人内の振動と他の場で生じる〈異時・異所〉での共振もあり得るわ」

「そう。読みは単一ではなく、複合・重層的な構造を持ち、生成し続けるということだね」

「読みは、変化し、積み重ねられていく。読みの世界はいわば無限に広く〈開かれている〉と言えるわ。一人の人間の読みですら、時と場所とを違えた中で新たな世界を形作るのだから、さらに多くの人たちにとっての読みが重なり合うとどうなるのか。それらの総体が物語の読みに関わっていくわ。一つというよりむしろ、〈無限の読みの世界〉が広がっているように感じるわ」

「読みによってその都度、世界が出現するということに関連して言うと、この物語も〈ふと〉兵十が顔を上げることによって新たな世界が出現しているね」

「〈これは〉という言葉もそうだわ。話す以前の世界、伝承前のリアルな〈原（origin）・現実〉が一回性のものとしてあった。それは、一回きりのものであって、繰り返されるものではないの。でもその一回性のものが、こうして語られることで何度も何度もそこに立ち返っていくという反復構造は、ある意味、物語発生そのものとも言えるわ。そして、それは、私たちの前に広がるごんの物語だけに留まらず、多くの物語の発生へと結びついていくの」

「そうだね。そうすると、ここで大切なことは、【物語発生の物語】をどう捉えるか、語り始め、あるいは語りの生成の物語が、どのように構造化できるかがポイントになるね。つまり、〈物語意思〉とも言えるものが発生していくプロセス、さらに言えば、物語を生み出すエネルギー、創作への意思のようなものが捉えられていったら面白いかもしれないね」

「ええ。物語は多様なマグマ状のものが煮えたぎっていて、それらが発生と消滅を繰り返す中で、揺蕩っているという様子がイメージされるの。そうした形状が物語の一つの形と言えるかもしれないわ」

「たしかにね。宇宙の生成に似てきたようだよ。宇宙の生成のきっかけははっきりとは分からないけど、物語世界、物語宇宙が生まれるためには、混沌とした世界があって、その混沌から一つの物語が生じて来る契機があり、そこから生成が始まるようにも思えるよ。この物語で言えば、〈これは〉と始まる時の前ステージがあって、そこから物語が起ち上がるまでの時間、つまり、熟成の時を経ているようにも思われる。そして、ごんの物語が生まれる〈前の世界〉が存在しているようにも思えるね」

「たしかに。〈ごん以前の世界〉。面白いかもしれないわ。この物語の世界の出来事は、ごん以前とごん以後に分けられるというわけね」

「うん。自分としては、ごん以前の世界には戻れない感じがする。ごんのまなざし、ごんの見ていた世界、ごんが撃たれた時に感じたであろう〈熱さ、痛み〉の中で問いかけられた言葉、そうしたものが体感としてまざまざと感じられる」

「たしかにそうね」

「うん。これは記憶とも関係するけど、読書体験によって身体や脳は実際の現実の体験と同様の刺激を受けていると言えるかもしれないね。〈以前／以後〉ということで言うと、物語の体験は人生そのものの体験と等価とも言えるかもしれない」

「そうね。物語を読むことで世界の見え方が変わっていくといってもいいかもしれないわ。ところで、物語が生まれる契機となったのは何かしら？」

「一つはごんの死、そして、それに関する説明かな。ごんの死とそれを悼む心からその死を語ることに向かうね。しかも、語ることは、再生を願う行為でもあり、物語によって死からの再生を企図することになる。場合によれば、聖書などにも連なる考え方がここに現れているかもしれない。物語レベルは全く異なるけれど、人の心情、ないし、人が行う行為ということで言えば、聖書に書かれていることもまた、死と再生の物語とも捉えられるしね」

「ごんの死とイエスの死とは比べられるものではないけど、〈物語の発生〉ということで言うと、ごんの死からの熟成の時は、一つの流れとして示されているわ。死の直後に起こったこと、それは、水面に広がる波紋のようにひたひたと〈語り〉として始まり、しだいに声高に語られることにより、形を整えていく。そして、物語としての姿をとるようになるかもしれないわ」

「初期の発想レベルでの〈ごん〉だね。初期の〈想〉としてのごん、実際の出来事としてのごんについては、各自にそれぞれ受け止められていた。それが形になり、茂平に連なる。茂平は〈仲介点〉として機能し、そこから子どもたちの〈記憶〉を介して連続して広がっていったと考えられるね」

「そして、その中の一人として〈語り手〉が〈これは〉という表現として語り始めるという〈前史〉が想定されるわけね」

「前史は想像の世界かもしれないけど、それによって物語がいくつもの可能性として生じてくるかもしれないね。可能態としての物語というのは、興味深い。草稿では、茂助爺から聞いた話となっていることが強く印象付けられているけど、〈聞いた〉という伝達の方法は、聞くことの一人称性とともに、拡散の度合いが際立つとも言えるね。一人に伝える形ではなく、若衆倉という〈共有空間〉において個としてではなく、公としての伝達が行われたと考えると、【もう一つのごんの物語】もあり得たと言える。つまり、一つの場で共有された物語が、泡のように発生しつつ確かな形をとっていく可能性を孕んでいるという、物語生成の一つの原型を示しているということだね！」

「ええ。だから、【無限のごんの物語】があり得る。一つ一つの捉え方にせよ、語られたごんの物語が一つの形になるためには、どこに焦点を合わせるか、聞いていた人が、茂平の言葉をどのように受け止めていたかによって、〈ヴァリアント（variant）〉が生じると考えることもできるわ。そして、今、手にしているのがそのヴァリアントの一つであるということだわ」

「特に語られたものを伝えていくということはそう簡単なものではなく、確認することをその都度行うわけではないとも言えるね。生成プロセスでは、選択も行われ、それ自体で一つの物語が〈系〉として亜種を生じることもあり得る」

「そうね。そう考えると、〈一〉から〈六〉までの区切りも大切になってくるわ。草稿との違いは、まず冒頭が地の文になっていて、〈一〉に属していないということね。〈一〉とすることにも意味がある。構成をどうするか、話は変わらずに流れていて、区切りはないのかもしれない。けれどもそれを一つの区切りにすることでまた考えられる形で区切る。区切りは時間概念を中心に行われているし、〈翌日〉という語がたくさん用いられているように、一日の区切りが物語の区切りの一つとして機能しているわ。茂平爺にとって、翌日ということは意識にのぼっていたかどうかわからないけれど、次の日という一日単位のまとまりから物語が進行していることは確かなの。次の日に起こることが〈すでに〉分かっていながら、それを区切ることになる。区切りについての考察も必要だと思うわ！」

「そうだね。〈六〉までの流れの中で、話と文章とでは流れる時は異なるかもしれないね。時の経過によって区切りを入れるということは確かにあり得るけれど、それだけでなく、〈四〉と〈五〉は同一の日の出来事を描いているので、草稿においては、一つの章があてられており、

〈四〉になっているね。現在のテキストにおいては、二つに分けられているわけだね。実際のところ、〈四〉と〈五〉によって分けられていることによって、ごんが待つ時間が生じている。この〈待つ〉ということは、ごんの像を考えるときにはかなり重要な意味を持っていると言えるよ。〈六〉の中で考えていた時のことも、沈黙の時を経て、行動が開始されるという経過を経ていると考えると、常に思考と行動が一つのパッケージになっているとも言える。そして、行為の前の思考と行為を終えた後の思考とが重ねられている場合があるね」

「つまり、〈間〉があること、それは、〈語り〉の現場ではどう考えればいいのかな?」

「人が語る時のリズムあるいは語り口においては、区切りは必要になるけど、合いの手を入れたり、出来事の終末に向かって進んでいったりする時に、少し時間的な経過が生じてくるけど、それと人物との関係がシンクロすることもあり得るね!」

「そうね。語り手の時と物語作品の時とが呼応しながら進んでいくわけね!」

「語り手を取り巻く時の流れ、時の感覚と物語の中における語りについては、物理的時間だけでなく、〈伸縮する時〉として考えることもできるかもしれないよ」

「語りから記述への飛躍と書記言語的な考えについても、書き留めることによって生じる音声との差異という観点で考えることもできるかもしれないわ」

「〈これ〉という言葉は、〈語られた〉ものを基にして書かれたものであるという表明として捉えられるけど、また一方では、〈これ〉は、語られたものであり続けるということでもある。いわゆる手紙や文章化を厳密に示していないという点において、これが〈出版〉という形で流布する過程において、書かれる前に読まれていた、あるいは、聞かされていたとも考えられるね」

「他の作品でも、今、この文字が読まれている時という作品と出会っている〈現在〉に関する〈時空の建付け〉が問題として挙げられる場合もあるね。一方、物語世界がそれ自体として、立ち上がってくる世界もまたあり得る。語られ、伝えられるということの一回性が〈誕生〉の時だとすると、一回性を持った出来事がすべての初めだとしても、語りの拡散性や語りの持つ反復性から考えて、幾つもの年月を経て、〈無数のごんぎつね〉というヴァリアント、例えば、トーンにしても、間にしても、無限のニュアンスを伴ったものとして立ち上がってくるという事態が現出する可能性がある。そして、それらが一つの作品として享受されることになる。文字化、書記化されることにより、一つの形に収まったかに見える物語も、それを読むときには無限の要素によって流れを伴い、ある時には分断され、一時的に記憶され、全く異なった文脈の中で結びつけられ、体験を通して広がり、飛躍し、情報として集められ、相互にぶつかり合いながら、一つの世界を形作ることがあるわけだね」

「ええ、たしかに一つ一つの断片が一つの形として現れてくると同時に、一つ一つが重なり合い、記憶の中で前と後とが結び付いて読者あるいは聞き手の印象を深め、一つの形として迫ってくることはあり得るわ！　形式によらず、文字列として表記された時に生じるのは、それらがいくつもの〈記憶〉を保った言葉の渦であり、どこまでも手垢の付いた、そして、意味の固有化を伴ったものとして、素材を形作りながらも、物語の全体を形成していくプロセスと言えるの。だから、物語には始まりがあるけど、その始まりに至るまでの〈前史〉とも言うべきいくつもの生成運動を経ることによって、物語の〈第一文〉に辿りつくことができるし、また、第一文から最終文に至るまでに辿り続けるプロセスには、まさに〈無限〉の読みの世界が広がっていると言えるわ！」

「特に、読書は〈中断〉ということが可能であることが、音楽や映画、舞台芸術とは異なるね。それは、絵画と似たように、立ち止まることができ、中断することの可能性に裏打ちされているとも言える。大切なことは、物語の進行を担っているのは、作品世界ではなく、読む行為をする者の側にあるということであり、読み続けるか、読み進めないかの判断は、読む人、あるいは、読みつつある主体に全面的に依拠しているということだね」

「特に読む行為によって生じて来る時系列間の齟齬と相互関係は、一つのネットワークを形成するわ。一つの語のもたらす力は、ネットワークとして機能し、無限の拡散をもたらすことになる。〈これ〉という一語が発せられただけで、無限の〈これ〉が発動する。そして、それらの〈これ〉から次の話が期待値として現れ、ちょうど踏み上げた足をどこに着地するかは主体に委ねられているように、次の話への接続は無限の可能性のうちに一つの点を探り当てることになるよ。そうした可能性に満ちた一語をめぐって無限の読みが広がっているように思うの」

「そうだね。〈これ〉の意味するところは深いね。〈これ〉と提示されることによってむしろ物語に含まれるものが、一つのパッケージとして包み込まれ、ごんの物語が開始される」

「ええ。〈これ〉という言葉は、まだ語られていないものと語られてきたものとがせめぎ合い、出会う場でもあるわ」

「そう。〈これ〉によって示される範囲は、一般的には発話者が考えているところに限定されると考えられるけど、〈これ〉として示されるものは、〈閉じられたもの〉ではなく、〈聞きつつ形作られていく〉ものとして、〈今〉〈読むこと〉によって生まれてくるものと言えるね」

「進行形としての〈これ〉ね。〈これ〉として想定されているものがそのまま提示されるのではなく、相互性をもって作りあげられるものだということね。〈これは〉という言葉で始められるときに、聞く人にとって、〈ある秋のこと〉としての話し始める場合とは全く異なる印象を受けるわ。〈これ〉によって包括されるものは、すでに起きた、あるいは、起きてしまったものという振り返りの視点や眼差しに貫かれている。これによって示されている立ち位置は、俯瞰した位置に既に置かれて、後悔や哀惜などのニュアンスを伴ったものとして受け止められる。つまり、ニュートラルなものではないのかもしれないわ。〈これ〉と提示するときに込められた思いを感じ取ることが出来るかどうかもまた、読みの可能性を広げることになるわ」

「うん。〈これ〉という語の大切さだね。これまで見落としがちだけど、たった一つの言葉が、こんなにインパクトのある言葉とは思わなかったね。指示しながらも総体として内容についての言及がなされ、その内容をすべて含んだ形で提示することにより、全体的な形で物語を総括するし、また、先触れの一つとして予告することにもなるね。いずれにしても、〈これ〉と総称される中身については、一度物語内部の観点と、物語を形作る外部の観点から考える必要があると思う。さらに、再構成されつつあるものとして、同時にその流れの中に、〈ともに〉いるという体験を促すものになっていることにも着目したいね。つまり、〈これ〉の持つ位相には、物語世界の外から始まり、物語世界を終えたところまでの外、境界、内、境界、外という五つの領域を伴い、それぞれの位相は異なっていると言える。一つ目においては〈これ〉は不可知の領域にあり、物語への予想や期待によって成立している。境界上においては、物語の世界に入り込むための心的立ち位置が提示され、世界に視線参入の形として入り込むことになる。さらに、世界＝内においては、人物とともに、〈これ〉を共同で象ることに参画するね。さらに、境界においては、世界と決別し、物語世界から視座を離し、自分の世界と物語世界との両者の間に位置することになる。そして、物語世界と完全に離れ、自己世界に帰ってきたときに、〈これ〉を新たに受け止めるとともに、再び〈これ〉を集約しながら再度〈これ〉が示す世界の入口に立つことになるよ」

「〈これ〉が示すのは、未体験ゾーンから物語世界への参入、そして、そこからの離脱とこれが内包する世界との離脱を通してその世界を共有することによって成立した〈これ体験〉とも言うべき物語時空との共有とメタ物語形成につながるというわけね！」

「うん。実際の読書体験というのは、こうした〈これ体験〉によって物語の内と外とを往還することによる一回性の物語受容と複数性を有した物語共有体験につながっていく」

「そして、これからも〈これ〉という言葉によって物語はその入り口に立つ私たちを迎えているわ」

「そう。〈これは〉という言葉は、物語世界を開ける〈魔法の鍵〉とも言えるね」

「ごんの物語世界が誕生するのは、〈これ〉として純粋に存在しているものと、リアルな世界で生きている私たちとの間にある扉、つまり、内側にある〈ごんの世界〉を始動させるための〈世界スイッチ〉の役割をもった〈魔法の言葉〉によるものだとも言えるね」

「広い宇宙に漂うごんの島宇宙の一角に入り込み、その世界、失われてしまっているかもしれないけど、それが、〈これは〉という〈語り〉によって新たに〈起動〉することができた島宇宙の道筋であるとともに、その入口へのパスポートとしてどこまでも向かっていくことができる〈切符〉の役割を果たしているとも言えるわ。ちょうど、宮沢賢治の『銀河鉄道の夜』（新潮文庫、二〇一〇年）における〈ジョバンニの切符〉のようにね！」

アキは、大好きな作品の細部を思い起こしながら部屋の窓から外を見つめました。

IV

一三　〈うなぎ〉と〈くり〉

アキは物語の世界を自分でも書いてみたいと思うようになってきました。

今日もノートを持って話しています。


「蓮實重彥『「ボヴァリー夫人」論』（筑摩書房、二〇一四年）は相変わらず刺激に満ちた文章に満ち溢れているわ！」

「うん。冒頭の一人称複数〈nous〉とラストのオメーの受章とが関係付けられていること（同書、七一八―七一九頁）なんてなかなか思いつかなし、〈あらゆるテクストはテクストを誘発する〉（同書四頁）という考え方も様々な文章を読む上で示唆的だね！」

「南吉自身もフローベールの作品を読んで感想を述べていることを考えると、作品制作に影響もあるのかしら？」

「具体的にこの作品が影響を与えたということは難しいかもしれないけど、想を考えるときに影響を受けていたり、描写について参考にしたりということはあり得ることかもしれないね」

「文章の書き方だけではなく、情景についても同じような場所を探り出していくことが往々にして行われることが多いわ。例えば、川の流れや夕日の様子なんかは、多くの人が類似の体験をしているから、同じような経験をベースにして物事を考えるということはあり得るしね」

「様々な時代と国の中で、体験が一つ形になるのも人間の身体的な動きと連動するかもしれない。ごんの行動を見た時に、一つの行動の意味するところが一つの型となっている個人の動きと、それが他の人にも影響を与える上での共通項になっているところにも注目したいよ。人間の身体機能と習慣的な儀礼としての行動様式がその時代そのものを反映したり、大きく影響を与えたりしているとしたら、その時代をどう捉えるかにもよるけれど、考察が必要になるね。まず、ごんの行動に関する説明として〈住〉が中心に据えられているよ。〈あなをほってすんでいました〉という表現から住居の状態が判明し、あながクローズアップされる。しかも、〈すんで〉という表現から、生活の中心が据えられ、そこが要として扱われていることがわかる。〈あな〉という言葉とともに、〈ほらあな〉という言葉が用いられている。中がうつろな〈あな〉という意味とともに、横あなと称するものも多い。ここがごんの〈隠れ家〉であり、生活の根拠地となる場所だね。このあなと対比されるのは、兵十ら村人たちの家だね。生を営む上で住み家は欠かせない存在であり、生活を支えるものとなる。ごんにとってもあなが生活の基本だね。村人にとって生活の中心は家、しかも、兵十のそれは〈小さな、こわれかけた家〉と述べられている。一方、物的な支えとともに、心的な支えである場所が吉兵衛という百姓の家で行われる〈お念仏〉の場だね。ここでは人々が集まり、念仏を唱えることで、葬儀にも資する制度となっている可能性がある。『広辞苑第七版』によれば、〈念仏講〉は、〈念仏信者の会合。毎月当番の家に集まって念仏を勤め、掛金を積み立てて会食・葬儀の費用に当てた〉とある。特にごんが村人の料理と家を特定していることにも注目すると、ごんの知識はどこまで及んでいたのかが一つの鍵となる。ごんは〈何を〉〈どこまで〉知っていたのか。そしてごんは何をどこまで知ろうとしていたのかな?」

「たしかに、ごんの生き方は村人とのかかわりの中で次第に作りあげられていて、その基本となるのは、好奇心だと言えるわ。特に五感を研ぎ澄ませて行動をするところは、他の動物とは異なり、知的好奇心の塊と言っても過言ではない。そして、山のあなから村へ下りて来る高低差もまた、ごんを規定する上で大切なものだと言えるわ。〈とちゅうの坂の上〉とあるように、あなは坂の上にある。いわば【坂の上のごんの物語】ね。この空間上の優位性が持つ意味は大きいと思うわ。つまり、この作品で上から見下ろすことが出来るのは、ごんのみだと言えるの! それ以外の人物たちの視線は水平方向に広がっているだけで、垂直方向には向かわないの。この垂直性と高さをもった〈山〉の中にある〈ほらあな〉こそが、ごんの生活圏であり、単に〈内―外〉の関係というだけではなく、〈上―下〉という空間的優位性を保った場所でごんは日常の思考を形成している! さらに、この垂直性は物語の最後の一文、つまり、〈青いけむりが、まだ、つつ口から細く出ていました〉に呼応し、ここでも亡骸となったごんを兵十が見下ろす角度から〈目を落としました〉とされる上下の動きに呼応しているわ。つまり、物語は【水平方向の移動の物語による領域侵犯の物語】であると同時に【魂の彷徨とその帰結に伴う空間的上下の移動の物語】として規定することが出来ると思うの!」

「たしかに、興味深いね」

「ごんの日常という観点からすると、ごんは山から毎日下りてきては、上がるという往復運動を行っているわ。そして、その中で生を営んでいる。一方、村に入ってからは、表ではなく裏から村人の家を水平の視点で覗いている。その交差するところで立ち上がるのが〈ごんの物語〉と言えるの。そして、そこに〈やりもらい動詞〉が関わってくる。この授受の関係については、〈引き合う〉という動詞に端的に表されているわ。さらに兵十が〈顔を上げました〉とあるけど、動作においても〈うつむく〉ことから上げるというように、上下の動きがあるの。〈入る—出る〉、〈上げる—下げる〉という水平方向と垂直方向の交差において物語が大きく展開していることは注目すべきことだと思うわ」

「たしかにそうだね。〈神様〉という言葉が突然出てきているけど、その言葉には人に対して与えてくれる、恵んでくれる、哀れに思ってくれるという立場の上下によって、上から下に向かう〈力〉の流れが感じられるよ。〈物の移動〉という観点で捉えると、くりや松たけが〈山からの恵み〉として取り入れられていて、それが、いわしという、商行為とは異なる体系の中で区別化されている。いわば、金銭を伴う〈貨幣経済〉によるものと、お恵みによる〈無償の流通経路〉が提示されている。つまり、物語は【ものの移動の物語】として捉えることも可能だね」

「そうね。そして、物語の中で水平の動きがとりわけ意識されるのは、川の流れかもしれないわ。急流とまではいかない当時の川が〈三日もの雨〉で〈どっとまして〉いる様子の中、草が〈横だおし〉になっている様子が細部にわたって描かれているの。さらに、起点として日々の外出が滞っているのは三日の雨による遮断が原因としてあげられているけど、逆に言えば、ごんは

〈日々〉あなから外へ出るという移動を日常の行いとして生を営んでいると言えるわ。その移動が見聞を伴い、経験を増し、村人の生と接触する機会となっている。いわば〈横の移動〉はごんの生の営みに直結し、〈余剰〉としての〈いたずら〉が生じている」

「高低差、あるいは上昇と下降ということから考えると、あなから村への道は明らかに〈坂〉を経由しているわ。ごんの意識の面ではあなから下が見下ろせる場所、〈とちゅうの坂の上〉で振り返るシーンがあって、井戸のところで麦を研いでいる兵十の様子を〈小さく〉捉えているわ。いずれにしても、ごんは〈見下ろす〉場所にいることが分かるの。高低差を伴った視点の違いに着目することで、この物語のもつ〈視線の交錯〉を読み解くことができるわ。そして、【ごんの視線の物語】として捉えると、〈ごんにとって見えた世界〉の特徴が読み取れるし、それは明らかに兵十及び村人が捉えるごんの姿とは異なる位相を持って提示されているの。水平から垂直へ、ないしは高所から低所への視線の移動と視線の方向性が大切になるわ。ごんにとってのホームグラウンドは〈山〉であり、〈山〉における〈くり〉や〈松たけ〉は自生したものであり、それを賜物として得ることは、〈経済的な〉行為とは言えず、〈流通経済〉とは異なる位相として捉えられるの。一方、〈三〉で示されている〈いわし〉については、〈経済の論理の物語〉の文脈の中で捉えられていることに注目する必要があるわ。いわしを〈売る〉声が聞こえてくるように、いわしうりはこの時代の庶民の日常生活の中に自然な形で浸透していて、そこでの物のやりとりは、有償であり貨幣による交換の形を一般的にはとることになる。知多半島の風土において生まれたこの物語が、時代的、地理的制約を受けており、その中で育まれたことは言を俟たないわ。しかも〈有償のいわし〉と〈無償のくり〉との間に横たわる差異は、ごんにとって良かれと思って行われた〈つぐない〉が結果的には〈盗人〉として兵十によって言語化されていることにも深層における働きかけがなされていると考えられるの。つまり、ごんは、自らの行為としてうなぎを盗み、それは結果として兵十による〈ぬすとぎつね〉との呼称がそれを如実に示しているけど、そのつぐないに、さらに流通していた〈商品〉としての〈いわし〉を盗み、兵十に渡したけど、結果的にはそれが〈窃盗〉の罪を兵十に負わせることとなり、いわし屋から〈ぬすびと〉と思われていることにつながっているわ。兵十の立場から考えた時、自分の母を亡くした上に、〈無実の罪〉を着せられたことは、何ら落ち度のないことだから、いかにも不合理かつ不如意な出来事として捉えられるわ」

「そうだね。ところで、ごんの行為は、二つの形で捉えられるね。一つはまごころで発した行為としての意図であり、もう一つは、その意図とは別な文脈によって成立する意図返しともいうべき〈齟齬〉だね。その思い込みと影響との乖離が表されているのが〈これはしまった〉という発言だね。自分の意図、すなわち、母が食するはずであったうなぎを盗んでしまったことの償いとして始めたいわしを家に投げ込むことで兵十の心を安んじようとしたことが、逆に兵十の身に傷を負わせることになるという思わぬ結果を招来するということが、〈パターン〉として繰り返されている。コミュニケーションは、相手の思いと結びつくことなく一方的に行われ、ごんのいわば〈一人芝居〉に終始しているということが大切な点だね。いたずらという行為についても同じことが言える。ごんにとって相手に対する接近の一つとも捉えられるいたずらは、〈所期〉の思いとは別に、村人にとって極めて悪質なものとして受け止められるけど、ごんにはその自覚があるとは言えない〈軽さ〉がある。したがって、登場の段階から、ごんは表層的な像を付され、飄々とした雰囲気さえ身にまとっており、西洋における〈トリックスター（trickster）〉の面影を彷彿とさせる。さらに自らの行為についても自省はしていても、それは表層にとどまりがちであることは否めない。そして、あえて犯罪行為ということで言うなら、〈窃盗、放火〉などの悪質さが際立ち、敷衍して言うなら、兵十の母を死に追いやった〈殺人幇助〉の罪をも犯していると考えることができる。一方、ごんの自意識においては、罪の認識は薄く、自らの行為が及ぼす影響やその大きさへの思いは深いとは到底言えない。その〈軽さ〉こそ、くり運びの反復につながっており、〈深さを伴った行為〉というより、平坦な繰り返し、反復行為としてルーティン化していることに特徴があるね。つまり、ごんの反省による償いは、反省の形をとりながらも、〈表層的な償い〉に酔っている状態だと言える。〈四〉の冒頭で示される〈ぶらぶら遊び〉もまた、日常化した償いの形式的、形骸化した様子を端的に示していると言えるね。しかも、このとき、天上には月が出ている。この月もまた、単に情景の一つというより、ごんのあなのある〈山〉より〈上〉に位置する垂直方向の一つの〈極〉を示しているものと言えるかもしれないね。月の明るさの中でごんは身を隠しているけど、そこで行われるのは、〈盗み聞き〉であり、ここでもごんの行為は〈盗み〉によって括ることができる。いずれにせよ、物語の中には、張り巡らされた〈罪のネットワーク〉が看取されるわけだ。つまり、いたずら、いものほりちらし、放火、菜種がら、とんがらし、くり松たけ、いわし盗み、盗み聞き、隠れて偵察、うなぎ事件など、これらを総括すると、ごんの物語は【盗みと罪のネットワークの物語】とも考えられる。こうした盗みが表に出るとき、ごんの行為は、村人から〈罪悪行為〉として認知されることになる。兵十もまた、そうした認識を抱いたままごんの行為を見ており、〈六〉における〈こないだ、うなぎをぬすみやがったあのごんぎつねめ〉という評価を下している。物語は、こうして【罪とそれに対する罰の物語】としての相貌も持つかもしれないね。もっとも、単なる勧善懲悪としてではなく、罪を意識し、償いの行為を繰り返しつつ、相手からは罪滅ぼしとして認められていない行為が報われずに終わった物語とも考えられる。いずれにしても、物語の構造として、ごんをめぐる〈罪〉が中心となっていることは疑いを入れないね。罪としての認識なしに行われる行為が〈山〉の論理と〈村〉の論理によって異なる形で交錯していることにも注目する必要がある。山の論理とは、食物は自然からの贈り物であり、そのやり取りは自然の恵みからもたらされており、〈交換の価値〉として新しいものを生み出してはいない。一方、村のやり取りにおける物の移動には、〈売り買い〉という〈交換経済〉が根底に横たわっている。つまり、この物語における〈くり〉の持つ意味は、兵十とごんとでは異なる位相にある。〈山の論理〉で持ち込まれたくりが、加助によって〈神のお恵み〉として解釈され、〈だれだか知らんが、おれに、くりや松たけなんかを、毎日、毎日、くれるんだよ〉とあるように、兵十がくりを、〈無償性の顕現〉として捉えるのは当然なことだね。くりは、山からの恵みであり、食を支える一つのものとして提示されてはいるけど、それが村を支える交換経済の一つとは設定されてはいない。ただ、ごんにとっては、〈償いとしての価値〉、すなわち、罪滅ぼしとして捉えられているという事実から、くりがそれなりの価値を有したものとして把握されていることは事実だね。ごんは、〈商い〉としてくりや松たけを運んでいるわけではないけど、結果としては、商品経済を支え、村人にとっても十分価値のある〈商品〉としての価値を有するものを届けているという認識は持っていたと考えられる。とすると、〈川の食〉であるうなぎ、〈海の食〉であるいわし、そして、〈山の食〉であるくり・松たけは、ともに償いとしての価値を有するものの一つ、しかも、それは母の生命を維持するはずのものとしてのうなぎを端緒として【食をめぐるネットワークを形成する物語】として機能し、そのネットワークは、食を通して〈生〉のネットワークを形成し、【生の循環としての物語】に結びついていくことになる。ここでは、罪と償いが川の食、海の食、山の食という三つの地理的な背景から捉えられているように思われるね。また、〈三〉の冒頭で〈兵十が、赤い井戸の所で、麦をといでいました〉とあるように〈里の食〉としての〈麦〉も出てきている。さらには、失われた母の存在が永続する物語に与えたものは、〈不在の母〉という主題だね。つまり、物語には、隠れた存在として表には出ていないけど、〈母の死〉が起点となって物語を動かしている。しかもその死を直接的に描くことなく、隠されたドラマを、ごんのあなの中における〈想像力〉がドラマ化し、臨終場面を再現さえしていることによって、物語に二重性を与え、現実の話を支える〈隠された物語〉を前景化することにつながる！　本来であれば、兵十の母の死の真相は物語られてしかるべきことであるにもかかわらず、〈知られないもの〉〈想像されるべきもの〉として物語られていることの意味が問われなければならない。なぜなら、語っているのはごんなのか、それとも、加助・兵十ら当事者としての人間なのかという問いがここには生じてくるからだね。語りは、ごんに寄り添って、ごんの内面に沿って共に視線を共有しながら、つまり、同一化を経ながら行われており、全知的な超越的視点に立った語られ方は適用されていない。〈何をさがしにか〉〈村に何かあるんだな〉〈なんだろう〉〈何かぐずぐずにえていました〉〈兵十のうちのだれが〉〈どこかでいわしを売る声がします〉〈変なことには〉〈どうしたんだろう〉〈いったい、だれが〉〈だれか来るようです〉〈だれだか知らんが〉〈ふうん、だれが?〉〈それが分からんのだよ〉〈おれの知らんうちに〉など、本来すべて語り手が全知の視点で物語ることができる点について、〈不可知〉の立場で書かれ、語られているこの物語は、真実の物語を韜晦し、隠れた部分を解き明かすことなく、空白のまま投げ出している。そして、その〈空白部分〉が起点となって、物語は終末を迎える。母の死の〈起点〉としての食用のうなぎが織りなす〈食の物語〉は、最後にごんの死というごん自身が生命を失う形で閉じられている。風習としてのきつねを食するという慣習が当時の三河地方にあったかどうかについては精査が求められるけど、〈食と命の連鎖〉という視点から考えた時、亡骸となったごんの〈その後の物語〉はどのようなものかを考えることは、重要な視点だと思う。単に食をもって命を長らえていくという生き物にとっての命と命のやり取り、あるいは命と命のリレーは、命をつなぐ上での宿命であり、命をつなぐ行為の持つ残酷性、つまり、他の命を奪うことによってしか自らの生を全うすることはできないという絶対矛盾がここでは隠されていると言えるね。もちろん、ごんは宗教家ではないけど、背景として物語られている〈念仏講〉や〈葬儀〉という宗教的背景は、死者を弔うとともに、【死と生との織りなす命の物語】としての側面を色濃く表しているとも言えるね」

「そうね。たしかに〈食〉と〈命〉は物語の背景に流れる一つの〈水脈〉を形成していると考えられるわ。ところで、ごんをめぐる物語には、時代と地理の両面から興味深い内容が示されているけど、時代についてはどうかしら?」

「〈昔は〉という冒頭部分の叙述では、〈お城〉〈おとの様〉がおられたということから近世、江戸期ということになるね。この〈おとの様〉との関係で、ごんの拠点としての地理が示されているね。ごんの登場の前段階として、中山のおとの様が描かれているけど、物語の設定においては、中山様という殿さまの治世下にあるという時代的な背景とともに、その治世下から離れた〈山の中〉のしだのいっぱいしげった〈森の中〉という場所の提示が大切だね。これは、村の人たちとは異なり、殿様の治世の権限が及ばないところという意味もあるかもしれないね」

「殿の持つ権限という観点から言うと、〈四〉に〈中山様のお城の下〉という表現が出て来ているわ。そして、〈五〉の中で〈お城の前まで〉という表現があり、〈城・吉兵衛のうち〉という通路を辿っていることが分かる。この三つの関係を見ると、山は村人とは異なる世界を形成しており、村人の世界は城下として、殿さまの権限が及んでいるエリアとして捉えられるわ。一方、加助のいう〈めぐんでくださる〉のは、本来は、殿であるべきであるけど、それを超えた存在としての〈神様〉が措定されているの。ここには、殿様という〈政治的優位者〉と神という〈心的・精神的・宗教的優位者〉との差異が見て取れる。直接的にその優劣が描かれてはいなくとも、両者の差が明らかにされることで、ごんをめぐる物語の〈外〉に広がる世界の階層性が露わになるとともに、ごん自身もそのヒエラルキーを反映しているわ。つまり、〈おれは、引き合わないなあ〉という感慨が吐露される所ね。ここに示されているのは、自身の行為に対する評価とともに、それが自分とは別の〈体系〉の物語を発生させる契機となる可能性だと思うの。〈引き合う〉ということは、平衡が取れ、自分の行い、つまり、くりを運ぶことが価値のある行為として認知されることを意味しているわ。ところが、自分が相手として認定されず、神様に代わられてしまうことによって、自分は〈認められず〉に素通りされてしまっているの。ここには、ごんの強い自己主張が見られるとともに、自分の行為そのものへの認知にも疑問が呈されてくると考えられるわ。その結果、〈明くる日〉もごんはくりを持っていくことになるの。〈認められなかった〉前日の損失を補うかのうように兵十の家にくりを拾って持って行くごんにとって、くりを拾うという行為は、〈空白化〉された自己の心的空白を〈補塡〉することに他ならないわ。神様によって奪われた位置を補おうとする操作こそ、〈そのあくる日も〉の持つ意味かもしれない。そう考えると、ごんの像は二つに分かれているように思えるの。つまり、〈現れたごん〉と〈隠れたごん〉の二つ。兵十にとって現れたのは、まさに〈隠れた神〉としてのごんなの。そして、そのごんの姿を露わにしたものが〈火縄じゅう〉であり、その弾丸によって傷付けられた上で本質が露わになり、〈神の座〉にごんが着座することになったの。〈ごん、おまえだったのか〉という言葉は、シェークスピアの『ジュリアス・シーザー』（小田島雄志訳、白水社、二〇一四年、九〇頁）にある有名な〈おまえもか、ブルータス！　死ぬほかないぞ、シーザー！〉という一節と相通じるものがあるように思えるわ。そこでは、隠されたものとして捉えられていた存在が、ある行為によって表に現れるとともに、同時に死を迎えるという〈悲劇の型〉をなぞっているように思うの。

ごんの二重性、くりを持ってきているごんとそれが神様のしわざとして認知されていないごんとの分裂を統合し、一つの真実のもとで現れてきた形を示しているわ。ごんは隠れたままの存在ではなく、むしろ、〈隠れた神〉として兵十のもとに姿を現しているの。だから、兵十の〈おまえだったのか〉という言葉は、疑問の形であるとともに、その疑問を通して、まがうことのない真実として感嘆の言葉を投げかけるものとして、〈隠れた神の顕現〉を迎え入れる者の代表としての認知を示すものと言えないかしら！　この時、〈くり〉は、単なる食を超えて、〈供物〉〈賜りもの〉として位置付けられるの。ここでは、供えることと賜ることとが連動し、相互の関係性の中で一つのサイクルを形成していると考えられるわ。つまり、当初は何気ないいたずらでしかなかった〈うなぎの奪取〉が、生命の論理を経て、母親の死をもたらすことにより罪障感を生じさせ、〈菩薩業の兆し〉とも言える〈供養〉として、また、罪の償いとしてくりや松たけを兵十に供える行動に昇華することになるの。受け取った兵十にはその行いの主体が隠されたままでいるけど、可能性として現れたのが〈神様〉の存在だわ。でも、真実は、顕在化した神ではなく、〈隠れた神〉としての〈ごん〉が顕在化することによって罪障は報われることになるの。こうした【罪と罰の物語】を貫いているのが、罪をめぐる相互のサイクルかしら。ここで特徴的なことは、このサイクルにおいて、表に現れるところと裏で見えないものとが交錯することによって、〈一テンポ遅れ・遅延〉が生じていることなの。行為とその結果もたらされる事態は常に一歩遅れており、その遅延によって生じる〈齟齬〉が物語の悲劇性を高めていっているわ。『リア王』、『ロミオとジュリエット』、『ジュリアス・シーザー』など、南吉が親しんだ英米文学の作品における認識と遅延との〈フーガ〉がこの作品にも色濃く漂っていると考えることもできるわ。遅延によって事態が一つの頂に辿りついたことにより、事態が展開上、極まってしまったことにより、〈デウス・エクス・マキナ（deus ex machina）〉のように、ごんの正体が顕在化する。つまり、ごんの存在は、表面化している〈うなぎ盗み〉以外は、いわし差し入れ、くり運びなどの個別の行為は表面化せず、〈隠された物語〉として一つの伏流をなしているの。ごんの物語では、行動に現れたものがある意味を持ちながら、探索を経て、姿があからさまになるプロセスを繰り返しているわ。そういう意味で、前にも考察したように、ごんの〈あなの中〉での思索を凝らす様子と、加助が兵十の言葉をずっと念仏講の間に考え続けていることとは〈相似形〉をなしていると考えられるわ。両者ともに事実をもとにしながら、考えをこらして一つの結論に辿りつき、それを行動として具現化しようとしているの。ごんと加助の行為はほぼ同系の反復であり、対称的な形を取っているわ。つまり、論理的な流れを重視し、因果関係によって出来事の真相に迫ろうとする姿勢なの。ここには、ごんの特徴とともに加助の特徴も示されているわ。兵十にとって親しい友人としての位置を占めるとともに、思考パターンとしてごんと同様の形を有しているという点で物語は両者の積み重ねにより最後の瞬間に向かって別々の道を同じ地点に向かって歩を進めているとも言えると思うわ。兵十を中に挟んでごんと加助は〈対称関係〉にある！　人物間にある相似形が展開に与える影響は、物語の行く先にまで影響をもたらすの。〈引き合わない〉行為を引き受けるのは、加助の言葉に反応しているからであり、ごんの思いは兵十に向かうとともに、加助へも向かっていると考えられるわ。兵十の家に向かうごんにとって、昨夜の加助の言葉にうなずく兵十自身にも納得感は得られていない。つまり、行為の成果を得ることが出来ないままに、ごんは行為を遂行しているの。償いという点で、本来分かって欲しい人物への〈貢ぎ物〉は、そこには届かずに終わっているわ。対象の違いは、償いという行為を不完全なものとして遂行形、パフォーマティブなものとして捉えることができるけど、進行形として扱われているものが〈完遂〉される気配はないまま本来のターゲットとは逸脱したものとして継続されているの。つまり、ごんの〈五〉から〈六〉の間の行為は継続的に行われるとともに、そのターゲットにまでは永遠に届かない宿命を負っていることをうすうす感じている者の行為と言えるわ。くりを届けることは思いを届けることにつながり、その思いを乗せた射程はたしかに物理的には兵十の家には届けられているわ。でも、そこで受け止めるべき心的動きや思いは、確固たるゴールには至らずに排除されたままで留まっているの。そのことに兵十が気付くのは、ごんを撃った直後という時間的差異を経た後なのね」

「そうだね。また、関連して考えると、〈届ける〉という行為は、この物語の中では特権的な意味を有しているね。物理的に身体を使って届けるという行為は、また、思いを届ける〈しるし〉でもあり、【伝達の物語】としての性格を示してもいるね。物理的に離れたところに住むごんにとって兵十との距離を隔てた両者の間にあるのは、無限とも言える距離感かもしれない。神様というう存在によって自己の行為が手の届かないものとなってしまったことによる絶望から、ごんがどのように心を立て直すことになったのかが問われなければならないね。ここでは、神と自分との間にある懸隔が明確になり、むしろその距離感は絶望的なものとなっている。その絶望感と距離感こそがごんを動かす動機とも重なってくる。つまり、加助によって提示された〈自己像〉との差異を埋めるためのくり運びの反復行為が、ここでは一方的に意味を失う危機を迎えていたはずだけど、〈明くる日も〉という表現に見られるように、〈明ける〉ことによりごんに新たな認識が生まれてきたと考えることもできる！ それは、神様との関係を一時的に排除する行為であり、いったんは神と認定された〈くり運び〉を、恋慕とも言える接近への欲望を含んだ自らの崇高な使命として認識することかもしれないね。そして、超越的な他者の行為として認められたものから、自らの行為へと一段下げ、本来の償いとしてのくり運びに徹することにつながる。さらに、兵十の描写について、〈それで〉という部分に端的に示されているように、語りは、ごんの内心に寄り添って行われているね。同様に、〈こっそり〉という副詞が用いられているのは、前にも考察したけど、ごんの自己認識の一つの形として、他者からの視線を避けている様子を第三者の目線で捉えるからだと思う。兵十が物置で縄をなっているのを認めたのは、語り手とも考えられるけど、〈それで〉という語によって展開するのは、ごんの内部に強く惹かれることによって生じる言語認識だね。つまり、ごんの内心にまで認知を伴うことによってのみ発生するロジックがここでは表現されている。〈それで〉というロジックによって足を踏み出したごんにとって、〈こっそり〉中に入るのは、兵十に身をさらさないためであるけど、自分に気付いてほしいという切なる望みもまた根底には存在している。兵十が突然に顔を上げるという行為は、全くの偶然ではあるけど、また、同時に、これまで存在が示されていなかった〈火縄じゅう〉の存在が急に立ち現れてくる伏線にはなっているね。兵十に認めてほしいという強い思いと、一方で認められては困るという〈アンビバレント（ambivalent）な心情〉こそが、この物語の背景には横たわっており、それが、〈それで〉などのロジカルな言葉の端々に見え隠れしているとも言えるね。なお、物語におけるロジカルな言葉遣いについては、一つの型があり、単純な論理だけではなく複合的なものが見られると思うんだ」

おれが、くりや松たけを持っていってやる〈事実〉
のに〈恩恵、逆説のロジック〉
そのおれにはお礼を言わないで〈否定〉
本来なら、おれにお礼を言うべき〈当然〉
でも、できないのには、理由があるかもしれない〈疑義〉
それは、おれがきつねだからかな〈推察、推理〉
神様にお礼を言うんじゃあ〈では、だとしたら〉〈仮定〉
おれは、引き合わないなあ〈評価、認識〉
かわいそうだなあ〈自己認識〉
あり得ないなあ〈絶望〉
本当なら許されないことなのに〈拒否〉
悔しいなあ、理不尽なことだ、いやだな〈忌避感〉
引き合うということは、自分の行為に代償が釣り合っていることなのに〈反論〉

しかし、釣り合っていないなあ〈諦め〉

「ええ。こうしたごんの中での仮想の論理の流れは〈物語の論理〉として語り方と関連付けられるのかしら?」

「うん。ごんの論理として提示されるのは、こうした流れであり、その中でも〈引き合わない〉という言葉は、極めて重要なロジックの一端を示していると考えられるね。比較することにより、その時点での二つの行為を分析することと、それを順序だてることにより、現状の分析が行われるね。しかも積み上げてきたことが無に帰し、自らの行為が積み上げられてきていないことに着目すると、繰り返しくりをもっていくことの反復は〈贖罪〉の積み重ねであると同時に、ごんの〈生活〉の一部になりきっているとも考えられる。こうしたごんの行動の基軸は、原因と結果のロジックと、日常性と反復性のルーティンという両輪に支えられていて、論理的な面と感情的な面とが共存しているところに特徴があるね。ごんは〈隠れて〉くりを運んでいるから、兵十はごんの行為だと認知していないはずであるという前提について、ごん自身は認識していない。それなのに、〈こいつはつまらないな〉との思いを漏らしている。こうした論理の破綻が生じていることにごんは気付いていない。また、〈兵十は、物置で縄をなっていました〉という現実を見た上で、心理的決定を行うに際には、〈だからこそ〉むしろ、正面から、自信をもって兵十に対する思いの込められたくりを目の前に差し出すことが一つの可能性として設定されるべきだね。でも、〈ここでは〉という表には向かわない方向への姿勢と〈だから〉という行為の遂行に向けた姿勢という二つの論理の捻じれが生じている。〈それで〉という語によって示されているように、いつもは兵十不在の場に置いてくるけど、〈在〉の場を兵十が占めている限り、表から正面切って近寄ることを忌避する心理が働いていることが分かる。ごんは兵十が物置にいて、縄をなっていることに気付いていているという語りになっているけど、どこまでごんが兵十の存在を避けているかは明確ではないね。でも、物置にいる兵十から視線を避けるようにして〈うちのうら口〉へと方向を転換しようとしていることは事実だね。客観描写として描かれているのか、それとも、ごん自身の判断と重ねて語っているのかは判然としていないけど、〈それで〉という語が発せられるのは、あくまでも物置にいて縄をなっていたという事実と、ごんがこっそり中へ入ったという二つの行為が〈継起的に〉起こっているということだね。それを因果付けるのは、ごん自身なのか、それとも結果を基にして、物語る主体が判断しているのかのどちらかだね。それは、ごんの〈選択〉に関わってきており、ごんの物語を【判断・認識の物語】として捉える視座を与えてくれる。思考し、判断する存在としてのごんの一面がここに表現されており、いたずらばかりしているごんにとって、衝動的、感情的、無意図的に行動するだけでなく、むしろ、理性的、論理的に行動している証左でもあるね。こう考えると、ごんは〈考えるきつね（penseur）〉としての相貌を呈していると言えるかもしれないね」

「そうね。さらに、〈偶然と必然〉という視点から考えると、ごんの行為は偶然の出来事や無意識に行われているものが必然へと積み上がっていくようにも思えるわ。特に、〈と〉〈ふと〉という語の持つ意味が物語の中では重要な鍵になっているように思うの」

ふと見ると、川の中に人がいて、何かやっています。（…）
「兵十だな。」と、ごんは思いました。〈一〉

そのとき、兵十は、ふと顔を上げました。と、きつねがうちの中へ入ったではありませんか。（…）

「ごん、おまえだったのか。いつも、くりをくれたのは。〈六〉

「そうだね。〈六〉の部分では、〈ごん〉ではなく、〈きつねが〉とあり、悪さをする対象への名称が一般名詞として提示されている。兵十の目に映るのは、こうした以前に形成された〈像〉によって刷新されないまま、かつての盗みを働いたものとしての〈きつね〉に留まっているわけだ。こうした〈残像〉を引きずることによって、ごんに向かって火縄じゅうは発せられているね。〈今の目の前のごん〉ではなく、〈かつてのごん〉に向けられた弾道こそ、悲劇の極みかもしれない。兵十が撃ったのは、くりを重ねて持ってきているごんではなく、〈かつてのごん〉であり、かつての盗人としてのごんの〈残像〉に対して発せられた弾丸だね。こうして発せられたごんの残像に対して、それを否定する認識を示したものこそ、〈ごん、おまえだったのか〉であり、これは、合わせ鏡のように一対をなすものかもしれない。だから、〈兵十だな〉と〈おまえだったのか〉の一対の合わせ鏡によって照射されたものこそ【ごんと兵十の物語】であり、両者はその間において、何度も何度も行き来し、物語は永遠に終わらない【ネバーエンディングストーリー】としてその全容を露わにすると言えるかもしれないね！」

「ええ。相手を認知し、認めた時間をすり抜け、相手を知った時が対象の消滅となる物語構成を語り手はどこで手に入れたのかしら？　その一つの鍵が、〈繰り返し〉という行為だと思うの。反復によって像を追いかける〈フーガの技法〉としての〈遁走〉という行為かもしれないわ。物語の生成に関わるのは、〈これは〉で指示されているけど、そのスタートに当たるのは、ごんと兵十との間で交わされた【認知の物語】そのものであり、構造として示された【往還の物語】でもあるわ。相手を認知した瞬間にすり抜けるかのように消失してしまうのは、ごんと兵十の夢想であり、相手への思いであり、後悔と悔悛という遅延の感覚でもあるの。常に〈時差〉をもって認識がなされ、正対することを拒む力が働いている双方の在り方がここでは提示されていると思うわ。そして、互いに正対するときには、両者の関係はすでに喪失の段階に至っているの。落胆や悔い、あるいは悔恨という、現時点と振り返りによって生じる〈時差〉〈ずれ〉こそが、二人の間に横たわっている。そういう意味で、ごんがほらあなから村を俯瞰し、兵十を遠くから振り返るという行為意は象徴的な行動だと考えられるわ。そこには、視線を〈たたみ〉、二人の間にある〈時〉という見えないものを〈たたみこむ〉ことによって空間的な差異をゼロにしようとする意識が垣間見られるから」

「そうだね。それは、万葉歌人が詠んだ〈手を振る行為〉や〈道をたたむ行為〉を彷彿とさせるね！　つまり、ごんの物語は、【相聞の物語】としても捉えることが可能かもしれないよ。相手のことを思い、くりや松たけを運ぶことや二人の後を辿って兵十のかげぼうしを〈ふみふみ〉行く行為とは、まさに対象を恋慕する思いであり、〈相聞の所作〉そのものをなしていると考えられるね」

「振り返ることと手を振ることに着目して考えれば、ここには日本人の〈原風景〉が描かれているということも可能かもしれない。ごんは本来、〈詠み歌う歌人〉としても捉えられるかもしれない。ごんの物語に流れ込んでいるのは、少し包括的になるけど、古里・里山の風景、フローベールの描写、そして、いわしうりの伝統歌舞伎、そして、万葉集の伝統などいくつもの源流が考えられるかもしれないわ。それらもまた、〈所作〉〈用語〉〈舞台〉など地理的・空間的・時間的・歴史的なバックボーンを形成し、色濃く物語に流れ込んでいると思うの！」

アキは少し興奮気味にノートにメモを残しておきました。

一四 〈夢幻能〉への誘い

アキは、この間からの思索をノートに書き込んでいます。
今日は兄と新しいことを話題にしています。

「ごんがなくなった後の物語が話題になるけど、ごんの内面はどうしたら分かるのかしら?」
「そうだね。唐突だけど、その一つの可能性が〈夢幻能〉と考えられると思うんだよ。死者としてのごんを召喚し、現世に招じ入れてその思いを吐露する場が設けられるとしたらどうだろう? そうすると、死んだごん自身から、かつての自分の行為を語ることができるようになる。そこでは、ごんの心情が生き生きと語られ、思いも吐露されることになる。語り手はごんに寄り添い、ごんの立場に立ちながら、その時その時のごんの思いを述べることになるね。そして、その思いが直接兵十らに伝えられた後に、ごんは、成仏を遂げ、魂が鎮められることになる。いわば、【ごんへの鎮魂の物語】として物語を形作ることになるよ。『新版 能・狂言事典』(平凡社、二〇一一年、三六四頁)によれば、〈夢幻能〉について〈①超現実的存在の主人公(シテが神、男女の霊、鬼畜の霊、物の精など)が、名所を訪れた旅人(ワキの僧侶や勅使など)に、その地にまつわる物語や身の上を語るという筋立てをもつ。②前後二場に分かれ、同一人物が前場は現実の人間の姿（化身）で、後場はありし日の姿や霊の姿（本体）で登場する〉との解説があるよ。また、『能楽大事典』（筑摩書房、二〇一二、八六三頁）によれば、〈旅人が名所旧跡を訪れると、そこに里人が現われ、土地に伝わる物語をして聞かせたのちに「私は今の物語の何某である」と言って消え去るが、ふたたび何某のまことの姿で登場し、昔のことを仕方語りに物語ったり舞を舞って見せたりして、夜明けとともに消えゆく、という筋立てを基本的類型とする一群の能〉との解説がある。さらに、『広辞苑第七版』によれば、〈夢幻能〉について〈旅人や僧が、夢まぼろしのうちに故人の霊や神・鬼・物の精などの姿に接し、その懐旧談を聞き、舞などを見るという筋立ての能。⇕現在能〉とあり、現在能については、〈現実の人間界の出来事として筋を立てた能〉とある。ごんと兵十と加助との関係で整理すると、ごんが亡くなった後に登場するという意味で、〈ごん＝シテ〉〈兵十＝ワキ〉〈加助＝ワキツレ〉と考えることも可能になるかもしれないね。これにより、兵十と加助にとって疑問であったこと、すなわち、なぜごんがくりやまつたけを持って来てくれたのかという物語の根幹に関わる謎を解明するための道筋が見えてくるように思われるんだ。能の場として捉えると、ごんの内面を語るという手法の意義が明らかになり、ごんの心の動きはごんにしか見えないのだから、なおのこと、ごん自身がごんの内面を語ることにもつながるんじゃないかな。文字化、書記化できず、口承による伝播が行われているこの物語において、口承の担い手は、人間のみならず、口を利くことのできない存在としてのごんを〈現世〉に呼び起こすことによって、その真意を確定させる可能性が開けてくるね。事後的にではあるけど、ごんの言葉を紡ぎだすのは、加助と兵十以外にはあり得ない。その中でも、加助の想像力はくり運びがごんによるものであるという兵十との〈やりとり・報告〉を受けて、初めて同等の方向性、つまり、母の死を哀れに思う心情によって裏打ちされ、母を偲ぶ心情がその起点になっているということを指し示すことになったね。その中で、〈失われた母を求める〉ことが物語の核として浮かび上がり、ごんの心情によって〈兵十の母〉への補助線が引かれることになる！　その補助線こそ〈夢幻能〉におけるごんの召喚だね。こうして、この物語は、【死者を召喚するための物語】として捉えられるんじゃないかな。ごんの行為は兵十に対してなされているけど、実は、〈亡くなった母へのオマージュ（hommage）〉であり、亡き自分自身の母への思いの〈重ね〉として考えられるかもしれないね。〈失われた母を求める旅〉の一つとしてごんの物語を捉えるとき、ごんの心情を語るのは、〈あわれに思う〉という表現を示した加助以外には考えられないし、ごんの思いを受け止め、亡くなったごんを現実世界に呼び出した者こそ、加助に他ならない。そして、ごんの思いを受け止め物語として語り続ける中で想像の域を出なかったごんの〈内面〉が抉り出され、村人にも知られることとなったと考えられる。そうした〈原（origin）・ごん物語〉から語りによって広げられた〈ごん物語〉が流布し、語られ、伝えられ、伝承されていったと考えたらどうだろうね」

「ええ。興味深いわ！　以前から物語を読んでいて、これは【ごんの手記】として捉えないと誰もごんの内面は分からないと思っていたの。ごんは会話ができない存在で、人の言葉は分かる者として設定されているわ。そして、あなの中で考え付いたことや、いわし屋とのやりとりでのこと、さらに言えば、ラストシーンにおいて兵十の問いかけに対して〈うなずく〉という行為をすることは、日常ではあり得ないこととして考えていたけど、この物語が、〈ごんの分身〉ないし、〈ごんの身分け〉によるごん自身の口から語られたものとして魂を呼び寄せて行われたものと考えるなら、まさにごんの思いが直に語られたものとして、ごんの心情や思いの丈が物語として語られてもそれは真実だと考えられるわ。逆に、そうでないと、なぜ人語を語ることのできないごんの内面が伝承されるか分からないというのが〈エニグマ（enigma）〉となるわ。ちょうど、中島敦『山月記』（岩波書店、二〇一二年、一一一―一二〇頁）において、袁傪始め、供の者たち全員が〈虎〉と化した李徴が語るという不思議を超自然の出来事として捉えず、受け入れていたこととも似ているの」

「そうだね。こうした引用ないし心情の移し替えが文章の中で表現されているのが〈指示語〉だね。〈そう思いながら〉〈こう思いながら〉という表現には、例として出している心内語を引き受け、それを総括してまとめて第三者的な表現の中に取り込んでいる様子が見える。また、直接話法として括弧によって括られている部分が中心になっている〈いたずらがしたくなった〉〈じれったくなって〉〈にげようとしました〉〈一生けん命に〉〈ほっとして〉〈うなぎのつぐないに、まず一つ、いいことをした〉などの文章は、地の文の形で直接話法にはなっていない。なぜかというと、ここでは、ごんの内面の一段深いところに触れているからだと推察できるね。言語化されたつぶやきとしてのレベルから、ごんも気づかない自己意識のレベルにまで下りていっているとも考えられる。〈語りの複線化〉という観点から考えると、ごんの心情の表出は〈表層Ｉ：地の文で外面から行動ベース〉〈深層Ⅰ：直接引用による思いの表出〉、そして、〈深層Ⅱ：間接引用による思いの表出〉という三層に分かれていると考えられる。外的客観描写は、主にごんの行動を中心として描かれており、外形的に判断できる部分であり、内面の動機や理由は外からは判断できないけど、〈結果として行われたこと〉として表出される。次に、引用に基づいた心情吐露は、外部の人に知られることにない深層の心情が〈つぶやき〉の形をとり、外形的に表出されたものと考えられるね。つまり、発話作用を伴い、その言葉が外化されているということだね。しかし、ここでも他者とのコミュニケーションを形成することなく、〈単独で〉内的にとどまっていることに注目する必要がある。直接話法という形態をとることで、発話作用を経ながらも、他者までは届かず、ごんの間近に漂い、その言葉を言語化した段階で、自分にも〈エコー（echo）〉として響いていることの意味が大きいね。発した言葉は耳に残り、何度も何度も繰り返される。ここでも〈反復〉という手法が見られ、それが、ごんの行動への動機付けとして行為の原動力となっている。ごんの日々のくり拾いとくり届けを支える行動原則の大元には、こうした〈自己引用〉という自分が発した思いの具体化が大きな力として作用している。そして、さらに考えられるのが、引用符号なしで地の文に置かれる〈ごんは、うなぎのつぐないに、まず一つ、いいことをしたと思いました〉という文だね。これは直接的ではなく、〈と〉によって内面を表出しているけど、その内容としての〈うなぎのつぐない〉という行動をごんの言葉として〈外化〉することなく、解説的、外的に説明した文になっている。夢幻能の手法を取り入れたとするならば、この部分も直接引用による表現も可能であったと考えられる。しかし、そうしていないのは、この内容が直接引用と相容れないものを含んでいるとも考えられるね。それは、〈まず一つ〉という表現によって先取りをすることにあると思う。次の文には、〈次の日には〉とあり、〈まず一つ〉に呼応するかのように、添加の意識が働き、次の行動として〈くり〉が登場することになる。この時点では、うなぎの失敗には気付かず、うなぎを始めとして、ごんの意識の中には、くりが想定されている。しかも、そのくりは、〈どっさり〉と表現されるように、量的に極めて多いものを用意している。ごんの償いは、母の死の原因となったうなぎという直接的なものではなく、魚という食材から、山にある食材へと変化している。その起点となっているのが、〈まず一つ〉という言葉であり、それは、言語化されず、心の中に留まることによって、決意として〈固め〉られていると言える。つまり、ごんの償いの反復は、当初から計画的に連続したものとして想定されていたと考えられる。それが、〈まず〉という副詞によって表現されている。しかし、その繰り返しはごんによって償いが終了した段階までなのか明確にはされていない。ごんの償いの終焉の時は、〈六〉に至る前段、つまり、〈五〉のラストにおける言葉とそれを絶望的に思い知らされた加助の〈神様〉という言葉によって本来閉じられるはずであった。償いを止めるのはいつか、そして、どの段階でなのかという問いかけが新たな問いとして提出されると言えるね。ごんは果たして、どこまで償いを続けようとしていたのか。〈まず一つ〉という語が持つ重さはその反復と積み重ねがどこまで続くのかにかかっており、ごんの行為の行方を左右することになるね」

「そうね。初めの一歩は記したけど、母の死を償い、うなぎをいたずらで失ったことを悔い、それが因果関係において、母の死の直因になったと考えているごんにとって、〈どこまで〉〈いつまで〉繰り返すかの目算は当初はなかったのではないのかしら。それが頓挫する機会として、加助による〈償い行為〉の正体が〈神様〉であるとの認定がなされたことこそが、中断の契機となるはずだわ。でも、〈その明くる日も〉ごんは、くりをもって兵十のうちへ出かけている。季節としての〈秋〉の意味は、この文脈からすると、極めて重要だわ。償いの行為を行うに足る価値のあるもので、人間ときつねとが共に食によって生を繋ぐことのできるものとして設定されている〈くり〉の存在が、冬ではもう既に失われる可能性があるから。ごんの思念の中にあったのは、くりが〈貯蔵食〉として村人にも価値のある物であり、それが十分償いに足るものであることを加助の言から認知されたことも大切な知見であると言えるわ。つまり、ごんは、自分の行為が償いに足るだけの価値を有していたものであることを、図らずも〈神様〉が〈めぐんで〉いるものとして〈認定〉してもらっているとも言える。自分が持って行ってやっているにも関わらず、匿名のものとして、〈神様〉が指名されていることに対する反応は述べられているけど、大切なことは、ごんのその日のあなの中での思考においては、〈神のしわざ〉とされた〈めぐみ〉としてのくりの実を兵十にもたらすことはできるという〈思考転換〉が想定されるの。むしろ、そこに何らかの価値が見出されなければ、ごんの思考転換は行われないはずで、その〈修正力〉こそ、シテとしてのごんの真骨頂と言えるのではないかしら」

「ごんがつねに思考を修正しているのは確かだね。〈これはしまった〉などと自分の行為を振り返ったり、行動を規制するなどしたり、ごんの行動は常に一度取った行動をさらによりよいものに修正する力が見られるね」

「そう。これまで疑問に感じていた〈五〉と〈六〉との間にある思考転換が〈神〉による行為として認定する加助の解釈の妥当性と慧眼に納得した結果だと考えると、自分の行いも十分価値があり、償いの継続にも意味はあるとの結論に至ったとすることが可能だわ。そして、それは、単なるくり運びではなく、〈考える運び屋〉としてのごんの一面をより明確に示しているとも言えるわ。さらに言えば、ごんは、〈五〉と〈六〉の章で、償いということの意味を加助と兵十というワキ及びワキツレから、第三者的・客観的に知らされることになり、自らの行為が母の死により兵十が受けた大きな心の傷を癒やすに足る十分な力を発揮し、償いとしての働きを果たしているということを加助の認定によって手に入れたと考えることもできるわ。つまり、加助こそがごんのくり運びを明確な〈文脈〉の中に布置し、行為の持つ本質的な意味を知らせる〈解釈〉を施してくれたものと考えられる。そして、その解釈を兵十にもたらす機能を有している加助の導入の真の意味もまたそこにあると言える。加助によってこそ、ごんは成仏することが出来たと言えるし、失われたごんの思いという〈ピース〉は兵十の中でぴったり組み合わされ、ジグソーパズルの絵は完成するの！」

「たしかにね。〈五〉と〈六〉の間にある〈飛躍〉がこれまで何か十分納得できなかったけれど、ごんの〈くり運び〉という行為の持つ意味の認定が加助によって裁可されたと考えると、ごんの内面で行われた思索もまた、償いの再開に向けた一歩として〈まず〉からの発展形、進化形として捉えられるね」

「反復すること、反復によって得られること、反復の意図、という〈反復をめぐるネットワーク〉は、自分による行為の積み重ねと他者による承認によって、一つの形をなしてくるわ。その想定が、逆説的ではあるけれど加助によってもたらされ、ごんの行為の〈純化〉にも結び付いていく。〈まず一つ〉とされた〈つぐない〉は、それ自体が自己目的化していたけど、〈母の死〉をあわれに〈思わっしゃって〉という敬語によって特徴的に捉えられていき、ついには、ごんの行為の持つ意味を広げていくことになるの。初めに企画した償いはいわしからくりへ、つまり、〈海の幸〉から〈山の幸〉へと変化し、ごんにとって身近で食糧としての価値も有するくりを繰り返し持ち運ぶことになるわ。そして、そのことがごんに変容をもたらすの。ごんの心情が垣間見えるのは、〈それで〉という言葉だわ。〈五〉と〈六〉の間で起こったと考えられる行為の価値をごんはしっかりと耳に残しているの。だからこそ〈引き合わない〉というように、行為とその結果との不均衡を嘆いている。でも、そうではあっても、〈神様〉が行った行為としての〈めぐみ〉を与えているのは、まぎれもなく、ごん、つまり、自分自身であることは疑いようのない事実だわ。そうした判断に従えば、本来〈表から〉兵十のもとに向かって行ってもいいほどの行為であるはずのごんのくり運びも、〈それで〉と表現されるように、〈物置〉に置こうとしても、兵十の在宅によってそれがかなわないがゆえに、物置におくことをやめて家の中に〈こっそり〉向かって行くことになるの。その時点で、ごんの心情には昨夜の出来事はどこまで影を落としていたと言えるのかしら？　ごんが神様の行為として認定されたくり運びを〈翌日〉にも反復したのは、その行為の当事者が自分であるということを、兵十に知ってほしいという切なる願いが込められているの。だから、〈おまえだったのか〉という言葉がごんに与えたのは、〈くり運び〉という事実が、自分によってなされたということについての兵十との共通理解だわ。でも、兵十の母の死のきっかけである〈うなぎ〉の事案についての〈つぐない〉であることへの思いまでは解明されないままだわ。とすると、物語冒頭で〈ごんは、ひとりぼっちの小ぎつね〉であるという説明は、誰によってなされたかが、このラストシーンから引き出される問いになるの。それは、共通項を探す演算であり、同類項を一つにまとめるように、神が一人になった兵十のことを〈あわれに思わっしゃって〉と同様に、ここにもごんが同情を禁じ得ない存在であるがゆえにこそ、くりを繰り返し持ってきてくれた〈神〉にも擬するべき存在であることから導き出された結論が示されているわ。つまり、物語はラストから導き出され、語りの冒頭部分に返り、その中で人物の彫琢が重ねられるプロセスの中で研ぎ澄まされていくことになるの。特にごんの内面の在り様は、ごん自身にしか分からないはずでありながら物語の中で〈言語化〉されているわ。これは、〈夢幻能〉の形をとって死者を召喚することによってのみ確認されるもので、その操作を〈物語後〉に行ったと考えられるわ。こうして、ごんの魂は鎮められ、生き生きした姿の中に甦ってくることになる。物語空間における若々しい〈生命〉のほとばしりが感じられるのは、死を一度経てきていることにより魂の浄化がなされ、〈新たな生〉をごんが生きていることからくる【青春の物語】として、語りとともに、その都度〈誕生〉していることからくるものではないかしら？　死を経ることによって、死と隣り合わせの生の輝きが増すということが表現されているとも言えるわ。そういう意味で、まさにこの物語は【青春の文学】であり、作者の命の若々しさが結実した書でもあると思うの！」

「そうだね。ごんの登場から退場までの流れを考えると、ごんの内面を支えているのは、たしかにごん自身だと言えるけど、ごんは自分の内面を、他の人に伝える術は持っていない。ごんの思考は、ごん自身に語らせるしか方法はない。それを推し量っているのは、事態を見ていた村人たちであり、その当事者の一人である兵十、それを支え、解釈者として、また、アドバイザーとして伴走する加助だね。そのワキとワキツレ二人との間で交わされたシテとしてのごんの内面こそ、〈ごんぎつね〉という物語になる。この物語は、二人によって召喚されたシテによって編まれた物語として捉えられるね。さらに、シテとしてのごんについては、〈二〉で、ごんは、兵十の母の声を〈うなぎが食べたい、うなぎが食べたい〉と自ら兵十の母の心の中まで推し量りながら演じてさえいるね。つまり、兵十の母の言をまさに死者の言葉として、兵十の母になりかわってごんが語るという形式をとっており、〈夢幻能〉の重ねという構造と見ることも可能かもしれない！　死者としての母、さらには記述されていないごんの母もまた、召喚されるべきものとして立ち上がってきており、ここでは、〈二人の母の死〉が背景に存在している。つまり、物語は入れ子構造を取りながら、次第に内側の謎が徐々に明らかにされる過程を経て、最終的には〈死者の声〉を聴くことによってその全貌が明らかになっているね」

「ごんの内面の広がりが、誰によって明らかになるのか？　そして、それをどう読み解くかは物語全体の語りの在り方とも関係していると思うわ。〈これは〉と語り始められる物語において、超越的な語り手が語り出す以前に、すでに物語は一回語られているの。その初めの第一回の語り、つまり、〈原（origin）・語り〉は、まず、加助によって聞き取られ、語られる〈想像による物語〉だわ。つまり、インタビュアーとしての加助が、ごんの亡骸を前にして茫然としている兵十にかけたであろう〈どうしたんだ〉という語によって、昨夜の謎がごんによるものであることが提示されるの。その上で二人の間に交わされた物語は、ごんの内面の〈第二の謎〉を解くことに結び付いていく。くりを届けてくれた〈人物〉は、神様ではなく、ごんであった。しかも、そのごんはいたずらばかりしている〈ぬすとぎつね〉として知られていた。現に兵十も直近の出来事としてうなぎを盗まれたという認識に立っており、〈盗み〉との関連性でしかごんを捉えていない。その認識に変革を起こさせた〈理由〉が謎として残り、それに対する謎解きが始まる。このとき、加助が発したであろう問いは、〈何かほかにごんがくりをもってくる理由はあるのだろうか？〉という種類のものであり、その問いに促されて、兵十の脳裏に浮かぶのは、うなぎを盗まれたこと、母の死と葬儀、いわし屋にいわしを盗んだと思われたこと、念仏講の夜、お城の前で加助から言われた神様のことかもしれないわ。兵十にとって、最も大きい出来事は、ごんにうなぎを取られたことであり、これは、〈ぬすとぎつね〉として言語化、発話化されている。加助によって問われたであろう問いは、〈ごんは、なぜ兵十にくりを持って来ていたのか〉であり、その理由の構築が課題となるわ。兵十と加助にとって、この謎解きは、水面上に現れた問いから先にいくためには、何らかのきっかけが必要だわ。その一つが〈母の死〉だけど、そこにごんとの共通項を見出すことは二人にとって容易ではない。同情、ないし、同じ身寄りのなさということに想像が行き着くためには、いくつもの出来事の中から〈選択〉された出来事としての〈葬儀〉

が意味を持つまでに引っ掛かりのある出来事として特化され、浮き彫りにされなければならない。単なる〈いたずら〉から一転して、〈与える〉という行為に転化あるいは純化するために求められるものを二人は考える始める。加助が出した答えは〈一人〉ということだわ。それを神様なら〈あわれに〉思い〈おめぐみ〉を与えてくれるということね。ごんがその立場だとしたら、ごんもまた兵十に対して、〈あわれに〉思って、〈めぐみ〉を垂れたということができる。ここには神の持つ機能として〈共感〉が前提とされるわ。そして、村の社会において冠婚葬祭の中で大きな苦を伴う親族の死によって一人になってしまった孤独に共鳴し、孤独に寄り添おうとする心情を〈あわれ〉と捉えるならば、神様の〈延長線上〉にごんもまた位置することは可能だわ。そして、物語の生成プロセスから言えば、最後の火縄じゅうによって、冒頭へのプロセスが組み立てられるけど、それは、加助との〈謎解き〉によるところが大きいの。つまり、ごんぎつねを生成する契機となったのは、兵十と加助とによる〈謎解き対話〉であり、その場に召喚されたのが死者として甦った〈シテ・ごん〉であり、より精度の高い語りが生み出されたと考えられるわ。つまりこの物語は、一人の物語というより、共同での〈ごんをめぐる内面への旅〉という形をとりながら、それが物語の重さや厚みとして語り継がれる構造となっているの。ごんをめぐる〈謎〉を解くために提出されたのが【〈ごんぎつね〉という装置／物語】であり、ごんの内面に向かって下ろされた〈錘〉としての〈夢幻能〉を舞台として綴られた【ごんを求める旅／ごん自身の語りの物語】だと言えるかもしれないわ！」

「ごんが内面を吐露する方法として考えられるのは、人間の言葉として声を発生することや手紙の形で文字を書き表すことだけど、ここでは、そうした言語コミュニケーションツールを全面的に取り入れているわけではないね。でも、ごんには、コミュニケーションとしての〈情〉ないし、〈共感〉能力が備わっているものとして〈初期設定〉されているね。つまり、〈共感力〉のあるものとして、ごんは兵十らの世界に参画している。傍観者という形をとるにせよ、人間世界に対する知見を有するものとして設定され、集団として村人の考え、村人の生活の中に入り込もうとする意思の表れが〈いたずら〉であり、そのいたずらを通して村というコミュニティに入り込もうとしているね。兵十・加助の二人にとって、想像できる範囲におけるごんの意思とは、共同体としての村の中に入り込み、情感を一つにする〈参画意識・参入意識〉でもある。そして、ごんがくりを持ってきた理由を二人で考える中で、〈ひとりぼっち〉という暫定的な解答が考え出され、ラストシーンで投げかけられた問い、つまり、〈なぜごんはくりを持ってきたのか〉に対する真の答えを探すための旅としての物語が発動する。平叙文の形を取りながら、そこには、〈なぜなら〉という理由が付され、その理由についての探究の答えが一つ一つ吟味されていると考えられる。特に、情景描写についてみると、そこには、〈初めて見た様子〉であると同時に、〈末期の眼〉で見つめられた一回限りの様子が垣間見られるね。〈しばらくすると〉とあるように、この時間に関する叙述は、待つ人物としてのごんの時間と、兵十自身の待っている時間とがシンクロしている時間と考えられる。ここでは、ごんが息をつめて見守っていることが感じられるとともに、見られていることを一切知らず、自分の行為に集中している姿が見て取れるね。丁寧な叙述の一つ一つがごんの目で捉えられ、〈観察するごん〉と〈見られている兵十〉とが同一の地平で溶け合っているね。このとき観察を叙述するのは、語り手ではあるけど、語る目線にはごんの内面が組み込まれて一体化している。対象に向かう目には、自分を撃つであろう兵十の様子は一切書かれてはいない。でも、語られつつある物語の渦中にいるとき、ラストで描かれつつあるごんの姿はここに現われはしないのだろうか？　兵十に焦点化され、後に大きな転機となる〈うなぎ〉の存在がここでは〈太い〉と表現され、兵十の手慣れた様子として描かれるにすぎない。しかし、〈太いうなぎ〉と表現される滋養に満ちた栄養源としてのうなぎが〈ことさら〉詳細に描かれる背景にはこの物語が【うなぎをめぐる物語】として、いわば語り手の注目度を高める一つの大きな契機となっていることを示しているね」

「物語が加助・兵十という二人の〈対話〉から生み出されたとするならば、二人にとってごんの行動の真意を探る旅は、どこに源流を見いだせるのかしら？」

「二人の対話から構築するとすれば、〈うなぎ〉が開始の一つのスタート地点になるね。布石としてのいたずらがまず取り上げられるのも〈前史〉としてのごんの前半、しかも、それは、ごんの〈全部の歴史〉と重なるけど、いたずらをする存在として語られ始められる。それはなぜかというと、村人にとっての影響と、行動面での描写であり、ここでも〈いたずらぎつね〉という性格付けがなされ、表面的な行動のみが強調されてきたという〈ラベリング〉をまず提示することによって〈後のごん〉を引き出すことに意を用いたとも考えられるね。そして、〈ある秋のこと〉として提示するのも、〈死からの逆算〉としてその季節が選ばれたと考えると、〈語り手〉としての加助・兵十にとってそれは、ごんの行動を特定し、その理由を探り当てたときのごんへの想像が行き着いた場でもあるね」

「では、描写はどうかしら？」

「〈辺りのすすきのほ〉〈川べりのすすき〉〈はぎのかぶ〉などについて目に見えている様子を描いているのは、物語の語り手であり、それを共に見ているごんに成り代わってごんの視線を借りながら、見つめているね。ここでは、時間による回想と他者による想定視線あるいは共同注視という二重の重なりが考えられる。さらに、そこには〈ごんには見えない、知らない〉様子が描かれることによって〈未来の出来事の予知〉が抑制される仕掛けが施されている。〈ゴールからの逆算〉ないし、〈ごんのくりとどけの理由解明〉という点から考えた時の語りの在り方という観点からすると、文末の〈ました〉という叙述にも注目する必要があると考えられるね。〈ました〉という文末表現は、物語の基調をなす表現であり、一般には、〈過去形〉を示すものとして捉えられる。一方、過去の出来事を表す表現でありながら、情景描写としては、〈眼前にひろがる〉同時性を有した表現として過去のごんの目線と重なるかのように表現されていることに気付く。〈ごんは、外へも出られなくて〉〈ごんはほっとして〉というように、ごんの内面に関わる言葉が〈柩子〉になり、行動が記述されていく。と同時に、客観的な描写になっていることが明白な〈ただのとき〉との比較がなされ、普段の川の状態が分かっている〈語り〉になっているね」

「その後の兵十の登場場面について、加助・兵十の〈共同対話〉としての語りという点からするとどう考えたらいいかしら？」

「そうだね。ごんの生活や考え、行動の理由を探し求めている二人にとって、ごんの振る舞いとその意図を明らかにすることが、〈くり運び〉の謎の解明につながっているわけであり、〈一〉で〈ふと見ると〉の主体であるごんを、語り手である二人が再現している構造になっているね。遡りつつ、その場に現にいるという状況でごんの目に立ちながらそれを語るという、かなり複雑な構造になっていると言えると思う。〈兵十だな〉というごんの心中を〈思いました〉と語る主体は、二人とは別の第三者として存在すると考えられるけど、この物語そのものが、ごんの行為の理由を探る旅だとしたら、ここでは、自分のことを呼びながら、口にするごんを登場させるのは、かなり手の込んだものと言える。つまり、〈ごんは思いました〉と〈加助・兵十は〉〈思いました〉という括りによって表現される二重の構造になっている。ここでは、加助・兵十の二人によ る〈対話〉という構造において語られていることに着目すべきだね。加助・兵十の二人の対話の中で、〈創り上げられて〉いくごんの物語は、演出家ないし脚本家としての二人の役割を浮き彫りにするよ。二人の対話を撮影するカメラが回っている中で、自分たちをも巻き込んで物語が語られていくという構造に支えられながら進行しているように思える」

「夢幻能における〈ワキ〉との関係で考えると、死者である〈シテ〉としてのごんが語るという形の方がより明確になるとも言えるわ。つまり、現世では言えなかった〈恨み〉を、招魂されたごんが、自らの言葉で語り出すさまを三人称形式で語るという形式をとっているとも考えられるの。そうすると、加助・兵十への説明はより明確になり、一本筋が通ることになる。つまり、加助・兵十の疑問に答える形で主体的にごんが陳述するという【自己陳述の物語】として捉えられることになるわ。二人は、問いを発し、それに対して〈実は〉と〈隠された真実〉を吐露することによってごんが〈成仏〉するという形をとるとも考えられる。語りの客観性を担保する上で、〈ごんの自伝〉という形式ではなく、〈伝―ごん物語〉としての体裁を整えることになる。ごん自身による〈語り口〉もまた、その口吻が残存しているところにも感じられるし、それは、主体を示す〈おれ〉〈わし〉〈おまえ〉という呼称問題につながっていくかもしれないわ！　さらに、〈その〉〈あんな〉などの指示語についても距離を感じさせる表現の一つで、密着度の高い表現として現れてくるの。ごん自身が〈夢幻能〉の形で現世に表れてくるとすると、物語は、加助・兵十との間における問い、つまり、〈なぜごんはくりをもってきたのか〉という謎とともに出現し、その理由を〈語り手〉とともに伴った形で解き明かすことになる。さらに、あなの中でのごんの省察部分は、まさにごんの直接的な思念を吐露する場となっているの。その意味で、ごんの行動の起点をなすものであるとともに、加助・兵十の二人の問いに対する〈解答の陳述〉であり、理由説明部分でもあるわ。この心中の思いの吐露こそが、〈シテ〉としてのごん本来の姿であり、本質を示すものとなっている。したがって、物語全体の構造を解き明かす上で、加助・兵十の二人による問いの答えが宙に浮かないようにするために案出された機能が〈夢幻能〉の構造であり、そこでは、恨みを蓄えたままのごんの〈過去の姿と過去の思い〉が語られている。さらにその上で、〈亡くなった兵十の母〉までもが物語の中に導き出されるという二重構造になっているの。つまり、現実に呼び戻されたごんの魂が、母への供養をするために母への思いを吐露し、追憶の彼方にある〈自分の母への思い〉を投影させた物語を語り紡ぎ出すという〈喪の連鎖〉として〈一人ぼっち〉を核とした〈追慕のリング〉が重なり合っていく連鎖構造を形成しているように思えるわ。原点は、〈語り手ごん〉の母との離別であり、【失われた母を求める旅物語】としての性格を有していると言えるんじゃないかしら。こうして、〈能の場〉を借りて、ごんの立場は明らかにされ、語り手としてのごんを背後で支える〈語り手〉が物語を支配している構造が現れると考えたらどうかしら?」

「そうだね。すると、括弧が付されている部分と地の語りの部分の関係はどうなるのかな?」

「一般には、括弧の中は、心の中の表現として捉えられているけど、〈ごんは〉という表現を〈おれは〉と言い換えると括弧を用いなくても心の中の語りとして受け止めることができる。地の文での語りにごんの語りが重ねられていると考えることも可能だと言えるわ。そうすると、ごんの告白という〈地口〉としての語りとそれを引用形式で捉えている〈語り手〉の操作性は、誰がどのような機能として挿入しているかという全体の進行を制御している〈構造〉的なものの存在にも関わってくる可能性があるの。地の文を語りながら間に〈心中語〉として思いや独り言を入れる判断をしているのは誰なのか。それは〈ごん自身〉なのか、それとも、〈ごんを〉引用しようとする者による〈編集意識〉によって形成されているものなのかが問われることになるの。特に、兵十の母の死に関する〈二〉のラストで表現されている〈ああ、うなぎが食べたい、うなぎが食べたいと思いながら、死んだんだろう〉という一節は、入れ子となり、ごんの心中語としてドラマ化され、亡くなったごんが生前の兵十の母の気持ちを現出させ、〈死者の言葉〉を再現しつつ〈口真似〉をしながら、その口吻を示しているという〈構造的相似形/フラクタル(fractal)形〉が看取されるわ。兵十の母の死に際をリアルに想像し、それを物まね、言葉で真似るという〈再現性〉がここでも実現している！　この再現性は、兵十の語りにも共通しているわ。くりを誰かが持ってきている場面で〈うそと思うなら、あした見に来いよ〉と訴える兵十の言葉は、現実に起こった出来事を〈再現〉し、その上で、それを言語化し、現実を先取りしていることになるわ。現実の再現、あるいは、過去の出来事の〈再現性〉を構造的に見ると、一つの型の繰り返しによって物語全体が成立しているとも言えるの！」

窓の外では風が優しく吹いています。

アキは夢中になりながら熱心にノートにメモを書き入れました。

一五　語りの〈破れ〉

アキはトオルと話を続けています。

ごんといっしょに窓の外の風景を見つめるような気持ちです。

「いろいろ発見があって面白いね。さっきのごんの〈語り〉について言うと、死者として自分の現世に言い残した思いを兵十・加助の疑問に答える形で表し、隠された真意や真実を〈ごん自身の言葉〉で語っているものが物語の中核に据えられていると言えるね。そして、これまで、視点の交代や主語のねじれとして問題提起されてきた〈六〉の〈兵十はかけよってきました〉という一文についても、むしろこの物語の中核である〈ごん自身の目〉そのものが浮き出た表現である可能性があることの証左と考えることも可能なのかもしれないね」

「そうね。これまで視点の乱れという観点で扱われてきた南吉の文章上の傷と思われていたものが、実は、〈ごん＝魂〉としての〈中空〉を漂うごんの目そのものが言語表現として結晶化したと考えることも可能で、そこにこの物語の〈語りの破れ〉が存在すると言えるかもしれないわ。ここを起点として、死に近いごんが〈うなずく〉前に、その〈末期の眼〉の中に捉えたものが、兵十の姿であり、兵十に伝えるための物語、それが〈夢幻能〉の形を取りながら、その一端を示しているとも考えられるかもしれない。つまり、この物語は、【ごんによる自身についての弁明の書・弁明の物語】の体裁を取っていて、ごん自身でなければ分からない心の中の襞を織り込んだ〈織物（texture）＝テクスト（text）〉ね」

「たしかに〈テキストの破れ〉〈語りの破れ〉という考え方は興味深いね！」

「そこからすべてが始まっているの！」

「うん。たしかに、草稿『権狐』（『全集』第十巻、六五六頁）においても、〈兵十はかけよつて來ました〉という文は挿入されており、それが、これまでも議論になっていたね。むしろそこにこそ、ごんの視点に立った〈ごん自身の言葉〉による物語の地平が開かれていくと言える。会話文と地の文との間にある〈壁〉は、直接話法をどう捉えるかによって扱いが変わる。そして、視点の面で〈兵十は〉というときに仮に想定される〈語り手〉の独立性を脅かす〈ごんの視点〉がないとは言えない。あくまでごんの目線にさらされた兵十の接近のアプローチは常に重ねられている。語りの〈破れ〉という観点で考えるとごん自身の語りが突如現れてきていることにも〈夢幻能〉的な構造の一端が示されると考えられるよ。ごん自身がこの物語の〈陰の語り手〉だとすれば、構造はさらに複雑になるけれど、それによって物語の〈裏の真実〉は明かされることになる。〈神の視点〉以外にごんの内面、あるいは、ごんをとりまく全体の像を把握できるものはいない。村人によって紡がれようとする物語を支えているのは、村人たちの話によって解き明かされようとする〈ごんの伝記〉であるとともに、ごんが現世に再び現れ、また、ごんの登場を願う思いとによって出現する語り、いわば〈要請された語り〉によって成立しているかもしれない。加助と兵十とによって問いが発せられ、それに答える形でごんが召喚され、ごん自身の語りによって解き明かされた【内面劇】がこの物語の本質を示しているとも言えるね。ごんのあなの中の思考やいわし屋の後の振り返り、さらには、〈神様〉という言葉に触発された後の〈引き合わない〉という心情は、すべて現世に立ち戻ったごんによる表明であり、生の側にある兵十と加助の問いかけによって召喚された〈シテ＝ごん〉が現世での出来事のあらましを伝えるところに、この物語の基底が据えられるかもしれない。ごんによって兵十の母が召喚されているという複雑な二重構造になっているし、本文には書かれていないけど、【ごん自身の亡き母を召喚する物語】という三重構造の物語の可能性も浮かび上がってくるかもしれないね」

「兵十の母はここでは目前の表現として直接は現れてきていないわ。ごんの想像の中で言うとむしろ兵十の母を通して、ごんは自分自分の母のことを思い出しているのかもしれないね」

「そう。この物語は、ごん＝兵十の母＝ごんの母という三つの死者の側からの遡及であるとともに、三つの生を追い求める【母なる存在を索求する物語】とも言える。つまり、この物語においては、〈ごん〉⇓〈兵十の母〉⇓〈ごんの母〉という〈追慕のネットワーク〉が形成されているね」

「たしかに。物語の基底には、死者としてのごんがいて、その先に兵十の母が、さらに、その先にごん自身の母がいるというように、連綿として続いていると言えるの。そして、〈会話を起動する〉力としては、〈構想力〉が相互に働いているわ。地の文と会話の文との間にある力学的作用も大切なことの一つね。また、ごんの母の存在がテキストにどのように入り込んでいるかは、〈母〉〈家内〉という言葉とも関連すると思うの。葬儀の準備とはいえ、ここには、過剰なまでに〈弥助の家内〉〈新兵衛の家内〉など〈家内＝母親〉が登場しているわ。そして、兵十の家には〈大勢の人〉とともに、〈よそ行きの着物を着て、こしに手ぬぐいを下げたりした女たち〉、つまり、〈家内たち〉が葬儀の準備をしていることが分かるの。ここに登場する女性は、既婚であり、母親として家計を切り盛りする者たちであり、家にはたぶん〈子どもたち〉も育っていると考えられる。〈ああ、そう式だ〉とごんが思う裏には、そうした幸せな一つの集団としての家族の温かみの〈欠落〉が背景にあるんじゃないかしら！〈母なるもの〉の欠落、さらには自分と兵十とをつなぐものとしての〈ひとりぼっち〉という〈母＝家族の欠落〉が色濃く反映していると考えられるわ。失われた母への思慕が現出させる〈母の姿〉が物語には写真の〈ネガ〉のように描かれており、母を追い求めるごんの行動の契機となっていると思うの。そして、仮にごんの母としての〈母きつね〉が出て来たら、それは兵十の母に寄せる思いと重なるわ。兵十の母がうなぎを所望していたと同時に、ごんの母もなんらかの原因ですでにこの世にはいない。その母を慕う心がごんの心情に影を落としていることは否めず、病に臥せって〈とこについて〉いるという点にも注目する必要があるの。しかも、〈一〉の最後で、うなぎを自分で食べずに〈あなの外の草の葉の上にのせておきました〉というエピソードとの関係で言うと、〈母の食にささげるため〉に、つまり、うなぎを自分のものとしないのは、母に供するためであり、うなぎを逃がそうといたずらするのは、うなぎの思い出が想定され、凝縮されたものとしての〈母の形見・片身〉が無意識下で働いたと考えられないかしら!」

「そうだね。ごんにとっての〈うなぎ〉は、〈形見〉として機能していたと考えることも興味深いね!『広辞苑第七版』によれば、〈形見〉について、〈①過去の事の思い出される種となるもの。記念として残した品物。②死んだ人または別れた人を思い出す種となる遺品や遺児〉と説明されているね。ごんは兵十の母を通して、自身の母きつねへの思慕を強めていると言える。そして、その面影を引きずりながら、〈今〉を生きていたのかもしれないね」

「たしかに。これまで、いたずらは、ごんの勝手な行動として捉えられてきていたわ。でも、ごんの〈亡き母への思慕〉という観点からすると、その行動には別の意味が込められているようにも思われるの。特に、どのいたずらも、〈食〉に関わるものであることには注目していいね。〈いも〉〈なたね〉〈とんがらし〉と兵十の取った〈さかな〉〈うなぎ〉、さらには、〈いわし〉を投げ込んだりしている。いずれも〈食〉に関するものであり、そこには、過去の出来事が〈トラウマ(trauma)〉のように影を落としているとも考えられる。そうしたいたずらは、〈一人〉であることを、つまり、〈母を亡くしている〉ということを背景として〈ごん自身にも気付かれない〉無意識の行為として描いているとも言えるの。ごん自身が〈夢幻能〉の中で〈事の発端・経緯〉を語るという形であるなら、語り手としてのごん自身が気付かない意識の底にある〈母への思慕〉が行動のマグマとして、ごんを突き動かしているとも言えるわ。そうした〈衝動〉が〈いたずら〉という形に集約される。そして、自分のいたずらを含めた振る舞いを自らのことばで〈語る〉ことになるの。兵十・加助からの問いかけ、つまり、〈なぜくりを固めて置いておいたのか〉に答えるべく用意されたのは、ごん自身が語り残した、あるいは、語り忘れた自らの深層心理につながる思い、つまり、〈亡き母への思慕〉が中核となっているかもしれないわ！」

「そうだね。母のない〈ひとりぼっち〉となったごんの〈前史〉が、ごんによって語られる〈いたずら〉の解明と、〈いたずら〉の真の意味の開示が、この物語の前提となっているとも言えるね。〈おれと同じ、ひとりぼっちの兵十か〉という詠嘆とも感慨とも言える深いため息とともに漏らされるこの一文は、逆に、〈おれは、兵十と同じひとりぼっちのごんだ〉という〈経験における先輩〉としての自己の姿を浮き彫りにしている。この同一化ないし、〈相互参照〉の行為は、あくまで、ごんの側からなされ、ごんの死の後に、兵十からも行われることで、完結する。失われたピースが一つの絵として完結するのは、この物語を語る者、つまりはごん自身が語り終えた後で初めて、つまり【失われた母を求める物語】が兵十・加助に届けられた後で、初めて物語として完結するのかもしれないね」

「これまでは、〈語られる側〉のごんが、伝承という形で取り上げられてきたけど、〈夢幻能〉的な考えを基にして、〈語り手としてのごん〉という考えを取り入れることによって、ごんの行動の動機が明確に示されるとともに、物語が立体化するわ。しかも、ごんの自分の母への思慕による〈原（origin）・母の記〉としてのごんの母をも出現させ、それがごんの行動を規定している【うなぎの物語】としても機能していることを示唆するようだわ」

「つまり、これまでごんのいたずらとして捉えられていた〈うなぎ事件〉が、むしろ、心情の変化を伴って、〈はんの木の下で、ふり返ってみました〉と〈とちゅうの坂の上でふり返ってみますと〉という二つの類似の行動から、それが単に地理的な行為だけではなく、母の姿を〈幻視する〉時間的な行為でもあることを示唆している。ごんが見つめていたのは、兵十だけでなく、兵十を通して自分の姿を、そして、さらには、自己を生んでくれた〈亡き母〉の像かもしれないね！　ところで、〈後ろを振り返る〉行為は、古く万葉の世界においても現世と彼岸とをつなぐ重要な仕草でもあったからね。例えば、『萬葉集』の次の有名な作品が思い起こされるね」

柿本朝臣人麻呂の、石見国より妻を別れて上り来たりし時の歌二首
石見の海　角の浦廻を　浦なしと　人こそ見らめ　潟なしと　人こそ見らめ　よしゑやし浦はなくとも　よしゑやし　潟はなくとも　いさなとり　海辺をさして　にきたづの　荒磯の上に　か青く生ふる　玉藻沖つ藻　朝はふる　風こそ寄せめ　夕はふる　波こそ来寄れ　波のむた　か寄りかく寄る　玉藻なす　寄り寝し妹を　露霜の　置きてし来れば　この道の　八十隈ごとに　万たび　かへりみすれど　いや遠に　里は離りぬ　いや高に　山も越え来ぬ　夏草の　思ひ萎えて　偲ふらむ　妹が門見む　なびけこの山
（佐竹昭広他　校注『新日本古典文学大系 萬葉集一』（岩波書店、一九九九年、一〇九頁）

「人麻呂の長歌における〈かへりみすれど〉はとても印象的だね。そして、最後の〈なびけこの山〉には、二人を隔てている無限とも言える長い距離をゼロに還元しようとする妻への思いの強さが感じられるね。単純には言い切ることは出来ないけど、やはり、この物語には、〈母なるも

の〉への思いが横溢しているように思われるよ。そういう意味で、この物語は、【失われた母を求める追慕と追悼の物語】そのものとも定義づけられるかもしれないね」

「たしかにそうだわ。〈追悼と追慕〉はまた、〈振り返り〉とも関係付けられるね。勿論そこには、府川源一郎『「ごんぎつね」をめぐる謎』（教育出版、二〇〇〇年、一五八―一六三頁）が詳解しているように、〈うしろ〉から、〈裏口〉からという裏の世界が存在するとともに、生から見た〈死後の世界〉への視線もまた考えられるわ」

「この物語自体が、【〈死者の眼〉〈末期の眼〉から現世を振り返って見た物語】として捉えることによって、全体に漂うトーンが明らかになる。そのとき、進行する物語の方向と、それに抗う方向としての過去への訴求とが同時になされており、それが物語の語りに綾をなしているとも考えられる。つまり、〈これ〉で始まり、〈兵十はかけよってきました〉で〈破れ〉が見つかり、〈ふり返って〉みるという眼差しによって外枠が提示され、ごん自身と兵十の母を経由しながら、〈ごん自身の母〉へと辿りつく物語が構想されていたと言えるね」

「そうした隠れた〈母の希求〉の物語としてこの作品の魅力が増しているとも言えるわ」

アキは深まっていく対話に心弾む思いです。

アキのノートには大きく〈母〉の文字が書かれています。

一六　〈認識〉の物語

アキはまた、トオルとの対話を繰り返しています。

アキのノートには、これまでの対話で考えたメモがたくさん書き留められています。

「この物語は興味深い特徴がたくさんあると思うの。特に〈語り〉に関して興味が引かれるわ」

「〈二〉を中心に考えてみると、まず、冒頭に〈十日ほどたって〉という時の記述があるね。後段でもやはり〈月のいいばん〉〈お念仏がすむまで〉〈その明くる日〉とあり、物語の始めでごんが紹介された後、〈ある秋のことでした〉との語りがなされている。ここでは、〈時の経過〉及び〈時の特定〉がなされていることがわかる。長い時を経て、物語が形成される中でも〈特定化〉を企図する〈意思〉を有している〈存在〉に注目すべきだね。〈十日ほどたって〉という表現では、時に関する〈省略〉が行われている。うなぎ事件を〈基点〉として、そこからの時の位置が示されている。〈十日〉という時を経るまでのごんの生活は省略され、何らかの〈空白〉が生じている。そして、それをつなぐ謎として浮き彫りにされるのが、〈母の死〉だね。〈村に何かあるんだな〉という疑問を提出し、兵十の母の死をここまで焦点化するために、〈十日ほど〉の時の経過が必要とされるわけだね。これが三日後、ないし、二週間後では、葬儀は行われず、あるいは、すでに葬儀が終了していることになる。つまり、ごんにとって〈十日ほど〉というのは、極めて大切な時間設定であることが分かるよ。兵十の家の葬儀の当日に当たっていることが、〈事後的〉に確認される。では、そのように時間設定しているのは誰か。〈十日ほどたって〉と切り出しているのは誰であり、どうしてそのように書き、語っているのか。しかも、ここでは、〈順次性〉をもって一部を示しながら全体を見ていくという視点の動きがあり、部分から全体へと広がっている。〈と〉によって連ねられている〈漸次性〉によって辿りつくのは、〈ああ、そう式だ〉という〈発見〉であり、〈十日〉という時間設定は、兵十のうなぎの日から幾日もなく過ぎた日であるけど、その間に起こったことは、〈ああ、うなぎが食べたい、うなぎが食べたい〉という言葉を残して最期を遂げた兵十の母の死という出来事に他ならないね。その間、ごんは〈全く何も知らない〉まま過ごしていたことになる。そこに途中の経過を入れなかったのはなぜか？十日間のインターバルを空けたのはなぜか？　そして、その十日間の時の経過をあえて〈そう式の日〉にまで焦点化しているのは、〈語り手〉なのか？　ここでも〈と〉に着目することが大切だと思われるね。つまり、〈十日ほどたって、ごんが、弥助というおひゃくしょうのうちのうらを通りかかりますと〉とあり、〈ごんは〉とは明らかに異なる形で文章が仕上げられており、その時点でごんはその後の出来事を知らないままでいる。〈と〉という言葉が一つの〈契機〉となっており、それが〈基点〉ないし〈起点〉として働き、〈おはぐろ〉の発見につながり、新兵衛のうちの裏を通ると〈かみをすく〉行為に出くわすことにつながっている。こうして、〈と〉

の働きにより、事案が解き明かされる構造が繰り返される。〈と〉には、継起を示す働きとともに、結果的にそこに至る道程を示す役割もあり、認識の一つの働きを有しているよ。しかも、途中の経過が示されることにより、行為の結末に向けての道程が提示される。このように、ごんの思考と行動は、次から次へと継起する出来事の積み重ねと、それについての考察という一種の〈型〉に沿って進行していると言えるね」

「たしかにそうね。ごんの行動と思考は、それを記述し、語る者による吟味や取捨選択がなされた上で、つまり、〈編集〉を経て私たちの前に現れているわ」

「そう。そして、その〈選択〉は、用語についても言えるよ。〈ひがん花〉〈かねが鳴ってきました〉〈白い着物〉〈そう列〉〈白いかみしも〉〈位はい〉など、死を含めた社会風俗にまつわるイメージを喚起する言葉もあれば、武家の文化を受け継ぐ言葉もある。しかも、そこには二重性を帯びた二つの言語体系が見られる。一つは当時の文化的背景を色濃く反映した〈文化説明的用語〉と〈ごんの生活感に満ちた用語〉であり、この二つの併存は、作品の〈声〉が二つの層に分かれて構造化されていることともつながるね！　さらに、二つの語彙体系は〈語り〉の分断も示している。一つは、当時の文化を知悉している者の語る言語体系であり、そこには、最終的には〈おとの様〉に代表される〈隠された語彙体系〉としての封建制が埋め込まれている。しかも、〈小さいとき〉という語から、〈小さくないとき〉つまり〈大人になったとき〉に〈語っている現在〉が、語り手の年齢をも含み逆照射される構造になっているのが分かる。これは、夏目漱石『心』（岩波書店、一九九四年）における〈子供を持つた事のない其時の私は、子供をたゞ蒼蠅いもの、様に考へてゐた〉（同書、二四頁）〈奥さんは今でもそれを知らずにゐる〉（同書、三四頁）〈尤も其時の私には奥さんをそれ程批評的に見る気は起らなかつた〉（同書、三四頁）などの表現によって、〈現在は、そうではない〉という構造が浮き彫りになることと類似しているように感じられるね。ところで、〈わたし〉として提示されている語り手は、〈むら〉の構成員として自己を認識していたものと思われる。『広辞苑第七版』によれば、村は〈「むら〈群〉と同源。①人が群がり住んでいるところ。村落。②普通地方公共団体の一つ〉と説明されており、集合体の一つに位置付けられている集団の記憶、つまり〈集合的記憶〉により伝承されてきたものの共有財産としての〈物語〉を共通の土台としているね。しかも、〈聞く〉という語から分かるようにあくまでその伝承は、〈口頭〉によって行われ、流布している。ここには、二重三重の語りの伝播が人伝えによって波紋を形成している様子がうかがえる。同心円的に話が一つの形を取るというより、一つの語りが他の人の語りと干渉し合い、揺れが生じていくことも予想される。いわばヴァリアント（variant）の一つとしての〈語り〉が提示されているわけだね。したがって、〈むらの茂平版〉もあれば、〈むらの○○版〉、〈むらの□□版〉というように、時と語りについて無限の尾ひれを付けて語り直されたことも想定される。そうした無数のヴァリアントの中の一つと私たちは出会っている。また、〈小さなお城〉という言葉によって、大名ではなく、相対的に小さな城という概念が提示されている。その他にも、語り手が小さい頃に聞いた内容そのままが語られているだけでなく、語り手自身によって解釈され、付加あるいは削除された可能性も排除できない。そして、〈二〉においては、ごんの知見が披歴されているね。葬儀に関する知見がそれだね。葬儀に関する知見は、語られた当時にすべてその意味が分かったとは考えにくい。〈そう列〉〈墓地〉〈白いかみしも〉〈位はい〉などの説明に用いられている語彙体系は、明らかに〈こどもの言葉〉ではなく、一度聞いた話を〈再話〉する過程で〈用語〉を借りて解釈した結果用いられているものだね。しかも、〈白いきもの〉とあるように、〈明治期〉以降、喪服が黒色に変わる前の封建時代当時の文化史が〈文化の根底〉に据えられている。それが強調されないまでも、文化的背景に対する解釈力を有した〈語り手〉による語りがここでは展開されているね。ここでは、葬儀全体に関するプロトコル（protocol）を見据えた〈社会人としての語彙〉が使用されており、それは、〈四〉〈五〉における〈お念仏〉に関する知見と同様の〈知の構造〉を示している。ここでは、すべてが〈喪〉に収斂するようになっているとも言えるね。つまり、物語全体が【葬儀と人の死をめぐる物語】としての【弔いの物語】として構成されている。こうした語彙の用いられ方からすると、家の名前まで特定し、だれだれの家と明確に名づけをしていることから、ごんをめぐる物語は、ごんとともに、村の人としての人物が〈語った〉【大人のための弔いの物語】でもあるね。知悉している村の長としての人物が〈村の存在〉のため、ごんを語り伝えることにより村を〈顕彰〉することに意を用いたものと考えることも一つの解釈かもしれないね。それぞれの固有名詞には、村人一人ひとりの果たすべき役割が付与され、それらを統括する〈長〉としての語り手が推定されているとも言える。そう考えると、物語には、全体を俯瞰しつつも、ごんを村の一員として取り込もうとする優しい〈眼差し〉すら感じられる。この物語は、語り手としての〈わたし〉が、それは、小さい時のわたしにつながるものとも言えるけど、村の〈長〉

としてこの村を守り、ごんを弔うことによって、〈村〉を守ったごんを〈神〉の地位、すなわち神が仮に姿を現した〈ごん＝権現〉として顕彰する物語とも考えられるね！」

「そうね。この語り手の存在と役割は、いろいろ考えられるけど、その一つが、【ごんを含む死者への弔いの物語】であるということだわ。そして、それが語られるとき一人一人の脳裏に浮かぶのは、この世にいた折のごんの姿であり、ごんによって弔われた〈母なるもの〉への思慕と言えるわ。ごんは〈弔う者〉であるとともに、一方で〈弔われる者〉という〈両義性をもった者〉として機能しているわ」

「また、ごんが、固有の人物を特定し、村人にとってそれが〈吉兵衛〉という名でよばれていること自体を知悉し、照合していることから、ごん自身も、〈村人の一員〉として共同体の中で流通している符合としての名を知り、それを同定し、必然性を持った存在として物語を支えていることになるね。村の地形や村の構成人、村の風俗が描かれているということからすると、フローベール『ボヴァリー夫人』の副題である〈地方風俗〉という言葉を彷彿とさせるかもしれないね」

「いずれにしても、語り手の〈知〉の在り方の全容に関連して、語り手が〈ごん自身〉であると仮定すると、ごんは二つの存在形態に分けることができるかもしれないわ。一つは、主観的な視点を持つ存在〈ごんbeing〉として、もう一つは客観的な視点を持つ存在〈ごんdoing〉としてね」

「そうだね。〈ごんbeing〉はその存在として、〈ごんdoing〉とは外部に行動している存在として把握される存在でもあるね。そこには、相互に行き来できる往還性が保たれており、時を隔てて、ごん自体の認知に変化をもたらす。つまり、語られることによって生まれて来る〈ごんの生〉は、反復されるとともに、ちょうど古典落語において話が〈立ち上がる〉ようにその生を〈生成〉させていくことになる。例えば〈四〉の冒頭部の〈月のいいばんでした〉という文の次に来る〈ごんは、ぶらぶら遊びに出かけました〉という文に示されているのは、〈ごんbeing〉ではなく、〈ごんdoing〉という行動に重きを置き、外形的に捉えられた存在としてのごんであり、内面に向かって行く〈beingとしてのごん〉ではない。でも一方、村人の長としての語り手からみると、〈月のいいばん〉に焦点を合わせ、そこに兵十と加助を出現させるのは、〈ごんbeing〉のなせる業であり、手記として考えるならば、ごん自身が後に振り返ったときに感じる出発の儀式でもある。その折に、〈月〉が舞台背景を形づくり、〈かげぼうし〉ができるほどのさやけさのある場面構成がなされている。これは、〈能舞台〉をイメージした設定であるとともに、この月夜の晩に新たな存在としての〈神様のしわざ〉を現出させるための布石とも考えられるね。しかも、ごん自身の行為が〈神様〉と同列の〈座〉に立つ者であることを結果的に示すという価値体系の導入をお膳立てすることにもつながっている」

「月という舞台や増水した川での〈うなぎ事件〉にしても、あるいは、葬列の続く野原にしても、すべてがごんにとっての村の景色として見えているものであり、一方それはまた、語り手として設定されている〈村長（むらおさ）〉の存在によって描き出され統御されたものとも言えるわ」

「そうした風俗や自然の描写は物語づくりの一つの方法として捉えられることが多いね」

「ええ。たしかに情景描写として捉えられるわ。でも、よく考えてみると、そうした描写をしているのは、誰であり、どういう立ち位置において描写されているのかについても考える必要があるわ」

「うん。情景や心情を描写する語りには、いくつかの審級がある。つまり、自然や天文など土地・人物などの〈外的状況〉を語る第一のレベル。そして、〈心的状況〉を語る第二のレベル」

「そのときに大切なことは、〈という〉という語だわ。〈という〉は紹介に用いられる場合が多い言葉で、〈二〉において〈弥助というおひゃくしょう〉と定義付ける理由は、固有の名前を示すことにより、村人にとっての共通認識を示すとともに、〈弥助〉と直接的に示さず、〈紹介〉行為を伴った形をとっていることも理由としてあげられるわ。〈という〉を用いるとき、紹介しているのは、ごんではなく村人の一人であり、村の人にとっては、周知のことであるけど、〈分からない人〉に対して用いられる手法と考えられるわ。一般的には旧知の間において〈という〉という言葉を用いる必要はない。弥助は現にいるわけだから、村人なら誰でもそれを知っているはずなの。とすると、ここで〈という〉という言葉が用いられているのは、〈初めて〉紹介するという形であること、しかも、命名を確認して外部の〈知らない人〉に向かって改めて知らせる意味があるということだわ。それ以外には、わざわざ〈という〉という語を用いる必然性はないんじゃないかしら。むしろ、事実、〈かじやの新兵衛〉については、〈という〉という語は省略されているの。したがって、〈という〉という表現が用いられているのは、そこが一つの場を示すからであり、他者への紹介行為であると同時に、未知のものに対する新たな情報提供という側面も残しているの。〈という〉という語は、未知と既知との間にある〈境界線〉かもしれない。〈いわゆる〉とも異なり、ここでも〈だな〉と類似の認識の問題が現れているわ。新たなものをそのまま表すのではなく、既知と未知との間にある領域を踏み越えるときの指示の仕方の一つがこの〈という〉表現に込められているように思われるの。こうした事態についての曖昧さと同時に明言を避け、クッションを間に挟む形で提示する方法は何をもたらすのかしら？」

「そうだね。不審なものに対してどのように対峙するかという問題がここに生じて来るね。〈四〉で加助が出て来る時にも、〈加助という〉という語で紹介がなされている。紹介文の定型と捉えられるものだけど、紹介する者は、すでに〈加助〉の情報を手にしており、加助という名前を熟知している。一方、初出の形で紹介されるときの〈ごん〉はどうか。ごんは既に知っているのか、それとも、〈それは〉と紹介する時、物語の中で加助を紹介しているのは〈誰に向かって〉なのか。ごんか、それとも語り手に対する聴き手なのか？　この〈紹介の構造〉は、私たちに対して新しい情報を知らせるとともに、対象となる相手が未知の存在であることを明示することになるね。〈それは……でした〉という語りの型は、登場から紹介へと結びついていく一つの流れであるけど、双方が同居している様子から考えると、この発せられた言葉は少なくとも兵十と加助の側には知られていない。つまり、あくまで一方的な形での人物紹介にとどまっており、相互の認知には至っていないことに特徴がある。とすると、〈それは……でした〉と提示する意味はどこにあるのか？　発話により生まれる〈場面〉において、加助の登場は重要な人物としての意味を持ってくるけど、この登場場面においては、〈話し声〉の主についての情報であり、その中身については不可知の状態にある。それが鮮明に示されるのは、登場の後だね。この紹介に当たるのは、ごんではなく、ごんに知らせるための言葉とも言えるし、ごんをも取り込みつつ〈あいまいさ〉を残した語りになっているね」

「紹介という行動と関連して、前にも話した〈音世界〉が作品に横溢していることにも注目したいわ」

「うん。たしかに、ごんが聞いている世界とごんを取り巻く世界とにおいて、共に音が聞こえてくるね」

「特に遠近については、〈音の遠近法〉ともいうべき世界が広がっているようにも思えるの」

「〈聞こえてくる〉という表現だね。この世界を表示することで物語世界が明確になるかもしれない」

「ええ。言葉と音との関係性はちょっと楽しさが感じられるわ」

「視覚とも連動しているけど、接近の度合いが強いと〈くる〉という表現になるし、そこここに聞こえていた音の指向性が明確になるね。

　墓地には、ひがん花が、赤いきれのように、さき続いていました。と、村の方から、カーン、カーンと、かねが鳴ってきました。そう式の出る合図です。〈二〉

ここでは、彼岸花の様子が描かれた後に、かねの音が聞こえてくるという語り構造になっている。視覚的な状況把握が先にあり、その後に聴覚的な状況把握がなされる。しかも、葬列の村人たちの来ることの後に、〈話し声〉について言及がなされている。視覚と聴覚によって形成される世界とは何か？　ごんの耳に聞こえたであろうかねの音を、語り手もまた、聞いている。語り手にも〈耳はある〉ということであり、〈むらのほうから〉のかねの音をごんと共に聞いているね。ここでは、〈共に聞く〉ということが大切になる。そこではごんと語り手が一体化する様子があり、そこにしか聞こえない〈世界〉がある。〈かねがなってきた〉と語るとき、語り手のいる場所はごんとともにあって、そこに向かって進んでくる音の束をどこまでもごんといっしょに耳にしている状況が考えられるね」

「音の持つ周辺への拡散性と身体に届くまでの音の様子は遠近を規定するものとして機能する一方、視覚情報は、遠近を規定するものではあるけど、〈見え始めました〉という叙述のように〈アスペクト（aspect）〉にも注目したいわ。〈見え―始める〉という語により認識されるのは、〈見える〉ことの全体像を把握しつつ、それを全体として捉え、事態の開始部分に焦点化していることを意味しているわ。しかも、音が先に示されているの。音によりまず世界が捉えられ、周囲に響く音の世界から視線が重ねられることになる。そして、そこには、〈葬列〉に関する認識が伴うわ。こうした〈世界の見え方〉が物語の根底に規定されていて、そこでは、世界は〈徐々に〉開かれていくようだわ」

「たしかに、次から次へと展開するというより、世界が徐々に〈立ち上がっていく〉という感じがするね」

「ここには、ごんを中心に、〈見る／見ない〉〈ある／ない〉〈いる／いない〉〈する／しない〉などの二重の世界が常に〈可能態〉として開かれているように感じるの。それらは、〈すでにある〉ものとしてではなく、語ることによって世界として現れてくる。振り向くとそこに世界が生じてくるようにね。葬列に連なる村人が歩く、しかし、歩いている者たちに目を転じなければ、〈それはない〉と言える。それらが現れてくるためには、〈振り向く〉必要がある。と同時に、〈ビデオの逆回し〉のように、その地点に向かって時を逆回りにするようなところが、回想シーンとして現れている。つまり、〈見え始めました〉という叙述を支えるのは、〈その時〉に焦点化されたものであり、出発地点は異なっている。その場を回想して、その時に見えたという世界と、今、臨場的に見え始めている世界、そして、これからも繰り返し見え始めるであろう世界があるわ。しかも、〈やがて〉によって、一定の時を経ていることが示され、その後にそう列が〈見え始める〉ことになる。ここには、順を追って進んでいく様子が確かに描かれているけど、〈やがて〉という語で示されるときの変化、時に対する〈やがて感〉を捉えているのは、誰なのかという問いが生じて来るわ。〈やがて〉を感じているのは、〈観察者〉としての語り手であるけど、語りが途中で省略している他の物事の中で、〈白い着物〉に目をやっていくプロセスにおける〈推移〉を示しているのは、この〈やがて〉という語のみだわ。時の推移については、他の部分においても、〈そのばん〉〈今まで〉など、推移を示すものと経過を示すものといくつかの〈捉え〉がなされている。しかも、その時の示され方は、心情と結びついている。時を掌握しているのは、語り手であり、〈今まで〉と回想しているのは語り手に流れる時間の一部であり、物語世界のすべてではないわ。従来考えられていた〈語りの流れとしての時〉と〈語り手に流れる時〉とが分かれることによって、一元的に捉えられた〈語りの時〉が、二層以上に分離されることになるの」

「たしかにね。『ごんぎつね』のフランス語訳（*Le petit renard Gon*, 一九九一年）を参考にすると、複数の時制が見られるよ。現在形の他に、過去形についても、単純過去、複合過去、半過去、大過去が想定される。語り手による時制の制御によって、語られる対象もまた、徐々に括られ方を異にすることになるね。また、視点の違いによって映ずる世界も異なるものとなる。〈三〉には、次の叙述がある。

兵十が、赤い井戸の所で、麦をといでいました。

兵十は今まで、おっかあと二人きりで、まずしいくらしをしていたもので、おっかあが死んでしまっては、もうひとりぼっちでした。〈三〉

語り手は、異なる視座に立ち、異なるレベルで語っている。それによって対象も相貌を異にするね。遠望しながら、近望に向かう〈語りのレンジ・射程〉が異なる場合や自省という考え方も入れると、ごんの思念を描いたと考えられるこの一連の文の積み重ねにも、多くの視座の往来がある。語りを支えているのは、目の前に提示している兵十の麦をといでいる姿を映し出しながら、その兵十自身の現在から過去へ移行しつつ、現在の一人ぼっちに至るまでを一文においてとらえる視座の融通無碍さだね」

「さらに、〈もので〉によって、二人から切り離されて、〈二人性〉を喪失し、〈一人ぼっち〉になってしまったことを、浮き彫りにしているわ。そして、〈おっかあ〉の死を契機として〈一人ぼっち〉という面に光を当てた表現をすることになるの。この順序立てた認識は、ごんの考えの〈理路〉を表しているとともに、語り手自身による思考の流れを示すものと捉えられるわ。〈三〉の前のあなの中での思念と連続する地平に立っているのは、〈おっかあ〉という語が用いられていることからも窺い知ることができるけど、兵十の母の死を契機として、一つは原因としての〈うなぎ〉へのいたずらの結果の甚大さの再認識に至ったことと、母の死により引き起こされた兵十の一人ぼっちという事態への共感が示されていることだわ。でも、〈おかみさん〉〈家内〉〈女たち〉というように、村人の集団がいずれ妻帯することによって〈母になる〉こともあり得るわけで、家族の死が永遠に続くものではなく、〈妻帯〉によって兵十自身も新たな家族を獲得する可能性は十分にあり得ることに、ごんの思考は追いついていないの。しかも、それは、自分自身についてもあてはまり、ごんが〈男性性〉を有しているとしたら、〈あるいは女性性〉であったとしても、結婚によって新たな家族を持つことは十分に考えられることに思いが至っていないことが大切だわ」

「たしかにごんの〈性〉については、あまり議論になってはいないね。村が婚姻によって成立し、発展するということを考えると、いつまでも一人でいるということにこだわることもなく、むしろ、〈ひとりぼっちからの脱却〉を考えることも可能性としてはあり得るはずだね。それなのに、結婚などを想定していないということから考えると、ごんにとって、一人ということが〈永遠性〉を持ったものとして〈刻印〉されているとも言えるね。一人であることと家族生活を営むことの関係が大切だね」

「そう。〈ひとりぼっち〉ということが孤独とつながり、南吉の幼少期の体験と重なることはよく言われているけど、家族の成員を増やすことと村の形成という観点からすると、ごんを見つめる語り手の〈ひとりぼっち〉に対する視点は、やや〈家〉の持つ〈家族力〉形成とは逆の方向に向かっているように思えるわ。でも、〈ひとりぼっち〉というのは、〈過渡期〉であり、家族を形成し、新しい家庭を作っていくこと、さらには、【兵十との共生物語】を作るということも可能性として排除されてはいないの。つまり、これまで言われていた動物と人との共生というだけではなく、〈新しい家族〉の在り方、それは、主従を伴った関係としての犬や猫とは異なる形の共生ではあるけど、新たな形の人と動物との〈共生〉が可能性として想起できるということでもあるわ。さらには、子どもが増えることによる村の繁栄という〈幸せな未来〉も可能性として想定される。孤独と共生とは、合わせ鏡のようなもので、そのベクトルの向きは、全く別の世界を現出させているの。一つは、ごんの落胆により生まれて来る世界ね。ごんの落胆こそ別の世界を生み出す契機となるの。〈一人ぼっち〉はネガティブに捉えられるものではなくて、むしろ新しい家族を獲得する契機となり、その片鱗は、物語における〈家内＝嫁＝母〉という言葉にあると考えられるわ。〈家内〉という語は、説明のための言葉であると同時に、そうした家族によって成立する〈村社会〉が存在することを示し、そこから逸脱したあり方としての〈一人ぼっち〉の生活者を示す語として機能している。つまり、この物語の中で、〈一人ぼっち〉は、社会から切り離された存在の孤独が強調されがちだけど、新しい家庭を作り上げる可能性を持ったものとしての芽も残しており、それが兵十とごんとの〈共生生活〉に結び付くと考えられないかしら？」

「そうだね。加助も兵十に向かって、〈神様が〉〈おまえがたった一人になった〉ことを、〈あわれに思わっしゃった〉ことを告げているね」

「ここでは、〈一人であること〉〈一人になったこと〉が、あわれに思われる状態であることが一つの意識として示されているわ。一人で〈いる〉こと、一人に〈なる〉ことは、他者からあるいは村人から憐れを誘う状態であり、ネガティブな評価を受け取る状態であると捉えられている。ということは、父—母—子という三角形のうちの父の不在がまずあり、その上で、母子の二極によって成立していた関係が最終的に支えられず、一つの極だけが残ったことを示している。ごんにせよ、兵十にせよ、男としての役割を果たす以前の存在として新しい家庭を持つまでには至っていないの。自立した過程を営むために必要な〈嫁〉がここでは不在となっていて、〈葬儀の列〉は描かれているけど、〈婚礼の列〉は描かれていないわ。婚姻による家族の増加という面での可能性は、村人が祭りとしての〈予祝〉と考えていたごんの脳裏にはよぎっているけどね。葬儀による人口の減少が強調されるけど、婚礼による〈人口の増加〉については、ごんの思考の中では焦点化されていないようにも思われるわ」

「ごんにとって、兵十の母の死によって、母の不在が無意識のうちに想起され、家族の構成員の減少によって兵十が一人になったことを実感することになる。それが同情という感情を引き寄せ、そこにひとりぼっちという自己像を投影していくことになる。一方、物語の中で、増加の視点から考えられることはないだろうかな？」

「くりの増加、しかも〈過剰な〉増加が考えられるわ。この物語では、減ることはあっても増えることのないぎりぎりの生活の中で暮らしている様子が基底に横たわっているわ。その中で、〈ある秋のこと〉という秋は、実りの季節でもあり、豊饒の季節を迎えているとも言える。〈ある秋〉の設定には、実りとともに、来る冬への備えという面も重なっていて、季節の持つ〈背景力〉ともいうべきものが力を発揮しているわ。その背景を基にしつつ、減少と増加の両方が進行していく。ごんも〈何だろう。秋祭りかな〉と口にしているように、ここには、〈放浪者〉としてのごんの一面が垣間見られる。逍遥することによって、辺りを見渡し、見聞を広げていることは事実であり、知恵の源が〈逍遥〉という行為の持つ意味でもあるわ」

「たしかにね。ごんはいたずらをしながら歩き回っているね。ごんは前に確認したように〈トリックスター（trickster）〉であり〈バガボンド（vagabond）〉であるという捉え方をすることもできるかもしれない」

「そう。この歩行に伴う〈移動と停止〉とが物語の大きな鍵を握っていると思うの。移動することでごんは発見し、考え、行動し、家であるあなに帰る。最後は、帰るべきあなに戻れずじまいのまま、青いけむりとともに〈天〉に帰っていくわ。ごんの持つ〈移動性気質〉は物語において他の人たちを巻き込んでいく重要な契機となっているの。『広辞苑第七版』では、トリックスターについて〈①詐欺師。ペテン師。②神話や民間伝承などで、社会の道徳・秩序を乱す一方、文化の活性化の役割を担うような存在〉と記述されているわ。〈移動する者としてのごん〉が発見し、観察し、なんらかのアクションを起こすことによって村人にある変化がもたらされるけど、その最たるものが、葬儀だわ。兵十の母の死という村人にとっても一大行事が出来するとともに、それを契機にしてごんの行動変容が起こるの。歩行し、逍遥する者としてのごんと、一方、〈見られる者〉としてのごんの立場が変化するのが〈六〉だわ。ここでは、兵十は〈見る者・銃を撃つ者〉としての立場に立ち、ごんが逆に〈見られる者・銃を撃たれる者〉として立場が逆転している。ごんは歩行するものとしてスタートし、村に入り込む存在として認知されていたわ。ごんの側からの村への侵犯はあっても、動物狩りが日常的に行われていた様子は窺えないの。山から村に出て来ても、追い払われたわけではない。でも、ごんは、最終的には歩行を中断され、歩みを止めざるを得なくなる。そのとき、〈前日〉の持つ意味がクローズアップされるわ。むしろ悲劇は〈前日〉という言葉にこそ宿っており、それは、ごんにとって不可知の領域にあるの。〈その次の日〉という言葉が前提にしているのは、前の日だけど、前の日の思いは引き継がれず、唐突に断絶したまま次の日へと継承されるわ。その間の時間的なインターバルは書かれず、語られずに過ぎ去っているの。〈その前の日には〉と語られるのではなく、〈その次の日も〉と語られる時の両者の相違点は、現実に即した〈今〉の捉え方にあるわ。進行中の〈今〉ではなく、〈流れて止まる〉今があるの。可変的なものとしての今の存在ね。そういう意味で、〈これは〉〈その次の日も〉という指示代名詞の持つ意味は極めて重いわ。その一言によって事態が一つにまとめられ、一つの世界が形成されているの。〈その次の日も〉というとき、それまでの出来事に関する記憶を含めすべてが積み上げられた形で取り込まれ、その上で〈総括的に〉引き取られた言葉としての〈その〉が生まれてきているの。しかも、冒頭の〈これは〉によって鍵が開けられ、その都度、ごんの物語は開始されるわ。〈これは〉という言葉により、世界の扉は開いていき、ごんが誕生する。何回も繰り返されたこの言葉によって、物語のドアは開き、新たなごんの姿が生き生きと飛び出してくるの。この物語には、若々しいごんと、物語の終末段階ではすでに老境とも言える〈諦念〉に満ちたごんの姿があるわ。だから、この物語は【成長の物語】であるとともに、実は【老境の物語】としての相貌もまとっているように思えるの！　この物語は、いわば【青春小説】であるとともに、【老境小説】という人生を横断し、生を一気に駆け抜けたごんという生き物の【生涯の物語】でもあるわ！」

「そうだね。〈これは〉という言葉が喚起するのは、有名な〈プルースト現象（Proust phenomenon）〉（『認知心理学ハンドブック』有斐閣、二〇一三年、一六五頁）と通底していると思うよ。つまり、味覚が過去の記憶を想起させるように、〈これは〉という言葉や〈青いけむり〉の〈匂い〉が、語り継がれたごんの人生を瞬時に甦らせる作用を持っているということだね」

「物語には〈ごんぎつね空間〉が存在すると言えるわ！　ごんが生息していた土地があり、ごんのいた時、ごんの見た時、ごんが撃たれた後の青いけむりがある。言葉以前の世界、言葉が始まる前に広がっていた世界。それがごんの生そのものだった。その水平線の彼方に〈ある秋〉という季節が始まるように思うの！」

アキはなんだかこれまで以上に〈ごん〉のことが愛おしくなりました。

アキのノートはこれまでのトオルとの対話によって分厚いものになっています。

アキはほうと息をつきました。


「これまで二人で考えてきた幾つかの視点については、単なる印象だけの思いつきも多いけど、南吉の『ごんぎつね』という作品の持つ深さに触れることができてよかったよ」

「本当にそう思うわ。ありがとう。『ごんぎつね』を読みながら感じたこの物語の可能性という観点で、私が書き留めたメモを書き出してみたの。見てくれる?」

「もちろん! だいぶたくさん書き留めたね!」

「私、これから何回も何回も読んでみたいと思うようになったの。本当によかったわ!」

「そうだね。二人でいっしょに考えることができて作品の深さを感じることが出来て本当によかったよ! ゼミの友人にも話してみるよ。アキも本当に深く考えるようになったね! それじゃまた次の機会まで。さようなら!」

アキがメモした〈物語としての『ごんぎつね』〉のノートには次のような言葉が書き留められていました。

文明と文化との相克の物語　物語の発生の物語　ライター加助の物語　文化人としてのごんと暴力の物語　ごん自身が文化の伝承者となる物語　語り手のレンジの広さと深さの物語　反復と相似形の物語　こだまの物語　うなぎをめぐる物語　届ける物語/届かない物語　知のドップラー効果　言語と身体の物語　謎解き物語　何か？　誰か？　神様の物語　音声の奏でる二つのパターンの物語　接近と拡散の物語　関係性の物語〜手袋と銃〜　多層コミュニケーションの物語　断絶と可能性の物語　鎮魂の物語　弔い・弔辞の物語　追悼の物語　タイムラグの物語　権〈かりに〉この世に現れた神の物語　自己の証明の物語　監視する眼差しの物語　コード崩壊の物語　弾の行方の物語　神の仕業の物語　隠れた神殺しの物語　神格化の物語　自-自/自-他の物語　伝承と告白の物語　命名の物語　ごん物語の成立の物語　神に列せられる物語　語り手としてのわたしの物語　告白の物語　わたし・兵十・ごんと加助の解釈物語

呼び声とリフレインの物語　接近と遁走の物語　以前と以後の物語　来ることと行くことの物語　往還の物語　包み込む物語　失われたごんを求める物語　コンタクトの物語　認識の物語　運動する目の物語　距離と時間と方向の物語　介入解説の物語　鏡の物語〜反復性〜　反実仮想の物語　匿名性の物語　「それで」という論理の物語　移行あるいはトランジションの物語　刻印の物語　身体としての物語　しゃがむことをめぐる物語　重ねの物語〜視線の三重化〜　裂け目の物語　隠れ者の物語　時の密着の物語　共鳴の物語〜振動する身体〜　情報解釈者の物語　考える人〜ごん・パンスールの物語〜　三層叙述の物語〈ました、ます、です〉　隠れた善行の物語　神と盗人の物語　ごん＝使われし者の物語　ごん＝神からの遣い　メタ物語としてのごん物語　焦点化の物語　二つの償いの物語～ごんと神様～　ごんへのオマージュの物語　加助による語りの物語　クラインの壺としての物語　身を顕す物語　盗みの物語～盗み聞き、窃盗～　過剰性の物語～やりすぎたごん～「次の日」の物語　償いとしてのくりの物語　食の物語～秋の食の物語～　欠如と豊饒の物語　考える物語～ごんと加助の物語～　思考と想念の物語　旅としての物語　ごんの真実を知るための物語　盗み聞き物語～兵十の一言～　語りの限界の物語　命を削る物語～くりや松たけ～　円環をつなぐ物語　閉じた命のたすきの物語　不可知の増幅の物語　偶然と必然の物語　〈五〉と〈六〉の間の物語　神殺しの物語　お上と落語の物語　鍵としての解釈物語　解釈〈X〉の物語　ごんの正体の物語　神殺しの償いの物語　加助の物語～探偵・加助～　解き明かされつつある物語　歩行にまつわる物語　想定外の物語～兵十にとって～　ごんの語りの物語　理由遡及の物語　死と誕生の物語　道の物語～道路とコミュニケーション～　冠婚葬祭の物語　つながる輪の物語～母の死からごんのくり届け～　リスペクトの物語　ループする物語～始めに帰って省察するスタート物語～　ウロボロスの物語～ウル物語とネオ物語～　鏡の物語～ごんの片務性～　言語コミュニケーションの物語～人ときつねの伝達可能性～　始まりの物語～冒頭への回帰物語～　世界スイッチの物語～〈これ〉の物語～　盗みの連鎖と近世経済の悲劇　次の日の物語～隠れたごんの物語～　罪の物語～盗み・放火～　ロジックの物語　残像の物語　不在の母の物語～食の物語の起点としての母の死～　垂直性の物語～あなの空間的優位性と上昇・下降～　やりもらいの物語と無償の贈与の物語　いわしとくりの物語～流通と無償～　移動の物語～山と坂の物語～　視覚の物語～小さく見える視座～　有償と無償の物語　罪と罰の物語～盗みの連鎖～　遅れの物語　相似

形の物語　ごんの論理物語　一人芝居の物語～意図の空回り～　山と村の物語～罪の捉え方～　鎮魂物語～能の世界～　匿名性の物語　体系の物語～神と政治～　翌日の物語　命の物語　落語の物語～いわしと歌舞伎～　食の物語～食うこと、うなぎ、いわし、麦、くり、松たけ～　ごん-伝　再現性のドラマ～死者の召喚～　自己弁明の物語　うなぎをめぐる物語　母の物語～兵十の母・ごんの母～　距離の物語～神様からの距離～　ごんと兵十の母の追悼物語　ごんに開かれた物語/ごんによって閉じられた物語　ごんの内面はいったいだれがわかるのかに関する物語　夢幻能としてのごんと兵十の母　失われた母を求める物語　うなぎをめぐる母への思慕の物語　振り返りの物語　うなぎをめぐる形見の物語　母に捧げるうなぎの物語　末期の目の物語　追憶と追慕の物語　いたずら～愛情と思慕の物語～　母への思慕と希求の物語　巻き戻しによる物語～あのとき～　ごん～逍遥者・フラヌール物語～　ごん～ウロボロスの物語～

アキは、また、自分のノートに新しい言葉を書き連ねていました。
部屋の窓から、明るい日差しが差し込んでいます。

（了）

（新美南吉記念館パンフレットより）

引用・参考文献

秋田喜代美代表著『新しい国語 四下』（東京書籍、二〇二〇年）
足立悦男「『空白』を読む—『お手紙』の五つの謎」（田中実・須貝千里『文学の力×教材の力小学校編一年』教育出版、二〇〇一年）
有馬道子『改訂版 パースの思想　記号論と認知言語学』（岩波書店、二〇一四年）
安藤宏『「わたし」をつくる 近代小説の試み』（岩波書店、二〇一五年）
安藤宏『近代小説の表現機構』（岩波書店、二〇一九年）
大西忠治編『「ごんぎつね」の読み方指導』（明治図書、一九九一年）
岡真理『記憶／物語』（岩波書店、二〇〇〇年）
奥津敬一郎「やりもらい動詞」（『国文学解釈と鑑賞』至文堂、一九八六年一月号）
奥泉香『国語科教育に求められるヴィジュアル・リテラシーの探究』（ひつじ書房、二〇一八年）
甲斐睦朗・高木まさき編『こくご 四下 はばたき』（光村図書、二〇二〇年）
かつおきんや『「ごん狐」の誕生』（風媒社、二〇一五年）
勝倉壽一『小学校の文学教材は読まれているか—教材研究のための素材研究』（銀の鈴社、二〇一四年）
亀井秀雄監修・蓼沼正美著『超入門！　現代文学理論講座』（筑摩書房、二〇一五年）
河合隼雄・長田弘『子どもの本の森へ』（岩波書店、一九九八年）
北吉郎『新美南吉童話の本質と世界』（双文社、二〇〇二年）
工藤真由美『アスペクト・テンス体系とテクスト—現代日本語の時間の表現』（ひつじ書房、一九九

五年）
郡伸哉・都筑雅子編『語りの言語学的／文学的分析』（ひつじ書房、二〇一九年）
小林責・西哲生・羽田昶『能楽大事典』（二〇一二、筑摩書房）
小松善之助『教材「ごんぎつね」の文法』（明治図書、一九八八年）
小森茂他著『新編新しい国語四下』（東京書籍、二〇一六年）
是枝裕和『世界といまを考える 一』（ＰＨＰ研究所、二〇一五年）
西郷竹彦『教師のための文芸学入門』（明治図書、一九七〇年）
斎藤卓志『生きるためのことば―いま読む新美南吉』（風媒社、二〇一六年）
坂部恵『かたり』（弘文堂、一九九〇年）
佐竹昭広他校注『新日本古典文学大系　萬葉集 一』（岩波書店、一九九九年）
佐藤佐敏『国語科授業を変えるアクティブ・リーディング』（明治図書、二〇一七年）
佐藤通雅『新美南吉童話論　自己放棄者の到達』（アリス館牧新社、一九八〇年）
佐野幹『「走れメロス」のルーツを追う――ネットワークグラフから読む「メロス伝説」』（大修館書店、二〇二二年）
重田みち「『夢幻能』概念の再考――世阿弥とその周辺の能作者による幽霊能の劇構造――」（『人文学報』二〇一六年、京都大学人文科学研究所）
白石範孝『『ごんぎつね』全時間・全板書』（東洋館出版社、二〇一六年）
鈴木啓子「『ごんぎつね』の引き裂かれた在りよう－語りの転位を視座として―」（田中実・須貝千里編『文学の力×教材の力　小学校編四年』（教育出版、二〇〇一年）
住田勝「読む力の構造とその発達『ごんぎつね』の授業研究を手がかりとして」（『全国大学国語教育

学会要旨集一一五』二〇〇八年）
瀬田貞二『幼い子の文学』（中央公論社、一九八〇年）
髙橋正人「『ごんぎつね』における認知構造に関する考察―時間・空間・論理に関する認知の在り方をめぐって―」（『福島大学人間発達文化学類論集』二〇一七年第二六号）
髙橋正人『文学はいかに思考力と表現力を深化させるか―福島からの国語科教育モデルと震災時間論』（コールサック社、二〇二〇年）
髙橋正人『高校生のための思索ノート～アンソロジーで紡ぐ思索の旅～』（コールサック社、二〇二一年）
髙橋正人『ごんぎつね』における〈喪〉と〈贈与〉に関する考察～フランス語訳 *Le petit renard Gon* との比較及び葬送儀礼を通して～」（『言文』二〇二一年、福島大学国語教育文化学会第六八号）
田近洵一『文学の教材研究〈読み〉のおもしろさを掘り起こす』（教育出版、二〇一四年）
田中俊男「教科書・『赤い鳥』という場―新美南吉「ごんぎつね」論―」（『島根大学教育学部紀要』二〇一五年）
辻幸夫『新編 認知言語学キーワード事典』（研究社、二〇一三年）
鶴田清司『「ごんぎつね」の〈解釈〉と〈分析〉』（明治図書、一九九三年）
鶴田清司『なぜ日本人は「ごんぎつね」に惹かれるのか』（明拓出版、二〇〇五年）
鶴田清司『なぜ「ごんぎつね」は定番教材になったのか』（明治図書、二〇二〇年）
鶴田清司「定番教材「ごんぎつね」の魅力に迫る」（『教育科学国語教育八七三号』明治図書、二〇二二年）
中島敦『山月記・李陵　他九篇』（岩波書店、二〇一二年）

中山眞彦『物語構造論―「源氏物語」とそのフランス語訳について―』（岩波書店、一九九五年）
永島慎二『漫画家残酷物語 完全版③』（ジャイブ、二〇一〇年）
夏目漱石『定本漱石全集第九巻 心』（岩波書店、二〇一七年）
新美南吉・作 黒井健・絵『ごんぎつね』（偕成社、一九八六年）
新美南吉『校本新美南吉全集』（大日本図書、一九八一年）
新美南吉『新美南吉童話集』（岩波書店、一九九六年）
新美南吉記念館編集『生誕百年 新美南吉』（二〇一三年）
西田谷洋『認知物語論キーワード』（和泉書院、二〇一〇年）
西田谷洋『新美南吉童話の読み方』（双文社、二〇一三年）
西野春雄・羽田昶編『新版 能・狂言事典』（平凡社、二〇一一年）
西本鶏介編『児童文学の世界―作品案内と入門講座―』（偕成社、一九八八年）
日本認知心理学会編『認知心理学ハンドブック』（有斐閣、二〇一三年）
野内良三『レトリックと認識』（日本放送出版協会、二〇〇〇年）
野家啓一『物語の哲学―柳田國男と歴史の発見』（岩波書店、一九九六年）
橋本陽介『物語論 基礎と応用』（講談社、二〇一七年）
蓮實重彦『「ボヴァリー夫人」論』（筑摩書房、二〇一四年）
畑中章宏『ごん狐はなぜ撃ち殺されたのか―新美南吉の小さな世界』（晶文社、二〇一三年）
浜田廣介／作・いもとようこ／絵『ないた赤おに』（金の星社、二〇〇五年）
林英一「四十九日の餅の成立と意味について」（『マテシス・ウニウェルサリス』獨協大学国際教養学部言語文化学科編、二〇一七年）

平塚徹編『自由間接話法とは何か――文学と言語学のクロスロード』（ひつじ書房、二〇一七年）
福田淑子『文学は教育を変えられるか』（コールサック社、二〇一九年）
府川源一郎『「ごんぎつね」をめぐる謎　子ども・文学・教科書』（教育出版、二〇〇〇年）
前田愛『増補 文学テキスト入門』（筑摩書房、一九九三年）
松澤和宏『生成論の探究―テクスト・草稿・エクリチュール』（名古屋大学出版会、二〇〇三年）
松澤和宏『「ボヴァリー夫人」を読む』（岩波書店、二〇〇四年）
松本和也『テクスト分析入門 小説を分析的に読むための実践ガイド』（ひつじ書房、二〇一七年）
松本修『文学の読みと交流のナラトロジー』（東洋館出版社、二〇〇六年）
松本修監修『小学校国語科　物語の教材研究大全3・4年』（明治図書、二〇二三年）
水野信太郎「ごんぎつねの里と兵十の家の空間的理解」（『北翔大学短期大学部研究紀要』第五七号、二〇一九年）
宮澤賢治『新編銀河鉄道の夜』（新潮文庫、二〇一〇年）
宮地尚子『トラウマ』（岩波書店、二〇一三年）
目黒士門『現代フランス広文典〔改訂版〕』（白水社、二〇一五年）
文部科学省『高等学校学習指導要領（平成三〇年告示）解説　国語編』（東洋館出版、二〇一九年）
安居總子『薔薇賦 昭和・平成八十五年』（光村図書、二〇二一年）
山田敏弘『日本語のベネファクティブ―「てやる」「てくれる」「てもらう」の文法―』（明治書院、二〇〇四年）
山梨正明『認知文法論』（ひつじ書房、一九九五年）
芳川泰久『「ボヴァリー夫人」をごく私的に読む 自由間接話法とテクスト契約』（せりか書房、二〇一

五年）
鷲田清一『「待つ」ということ』（角川書店、二〇〇六年）
M・アルヴァックス著・小関藤一郎訳『集合的記憶』（行路社、一九九九年）
サン＝テグジュペリ、河野万里子訳『星の王子さま』（新潮社、二〇二二年）
シェークスピア作・小田島雄志訳『シェークスピア全集　ジュリアス・シーザー』（白水社、二〇一四年）
ジェラール・ジュネット著、和泉涼一訳『パランプセスト―第二次の文学』（水声社、一九九五年）
フローベール著・中村星湖譯『ボヷリイ夫人』（新潮社、一九二〇年）
フローベール作・山田九朗訳『三つの物語』（岩波書店、一九六七年）
フローベール著・山田𣝣訳『ボヴァリー夫人』（河出書房新社、二〇一四年）
フローベール著・吉川泰久訳『ボヴァリー夫人』（新潮社、二〇一五年）
マルセル・モース著、森山工訳『贈与論他二編』（岩波書店、二〇二〇年）
ミッシェル・ドゥギー著、梅木達郎訳『尽き果てることなきものへ――喪をめぐる省察』（松籟社、二〇〇〇年）
P・リクール、久米博訳『時間と物語Ⅱ　フィクション物語における時間の統合形象化』（新曜社、二〇一三年）
V・ナボコフ著、野島秀勝訳『ナボコフの文学講義　上・下』（河出書房新社、二〇一三年）
Arnold Lobel. *Frog and Toad Are Friends*, Harper Collins Publishers.1970.
Gustave Flaubert, *Madame Bovary*, Bibliothèque de la Pléiade, Paris, Éditions Gallimard, 2013.
Nankichi Niimi 作　Ken Kuroi 絵　Hélène Morita 訳　Éditions Grandir, *Le petit renard Gon*, 1991.

解説

〈夢幻能〉などの『ごんぎつね』の多様な解釈の旅に誘う

髙橋正人『「ごんぎつね」の謎解き～ごんをめぐる対話篇～』に寄せて

鈴木比佐雄

1

国語科教育論などが専門の髙橋正人氏は、二〇二〇年五月の福島大学特任教授時代に『文学はいかに思考力と表現力を深化させるか――福島からの国語科教育モデルと震災時間論』を刊行した。それから三年半後の二〇二三年十二月に今度は『「ごんぎつね」の謎解き～ごんをめぐる対話篇～』を刊行することになった。前の著作は教育論の概念を駆使した論説文であるのに対して、今回の本書は妹と兄との対話の会話体で進行するある意味で小説的な文体であり、一読して同じ著者が執筆したのかと驚かれる方も多いと思われる。本書は前書の中の『ごんぎつね』論考をさらに徹底して深化させて、それも分かりやすく伝えている画期的な試みであることが理解できるだろう。

本書を紹介する前に『文学はいかに思考力と表現力を深化させるか』のⅡ章の冒頭にある「『ごんぎつね』における認知構造に関する考察～時間・空間・論理に関する認知の在り方をめぐって～」を引用したい。この箇所は小学四年生の国語の授業で習い、長年多くの子供たちに愛されてきた新美南吉の『ごんぎつね』に関して、髙橋氏が論じる基本的なスキーマ（外界を認識するための知識の枠組み）を端的に説明している。

《二　物語における認知の在り方について　～イメージ・スキーマをめぐって～

『ごんぎつね』は、昭和三十一年に大日本図書版で初めて採録され、昭和五十五年にすべての教科書が採り上げ、現在に至っている。主題をめぐっては、「ごんの悲劇であると同時に兵十の悲劇でもあるという二重の意味での悲劇」（鶴田 2005）であるとの研究を始め、多くの研究者によって幅広い視点から数多くの論考が生み出されている。

まず、『ごんぎつね』で注目したいのは、森・高橋（2013）による「イメージ・スキーマ（image schema）」が作品を駆動しているという点である。イメージ・スキーマについては、「日常生活の中で繰り返されるさまざまな身体的な経験をもとに形成されたイメージが、より高次に抽象化・構造化、即ちスキーマ化したもの」と定義づけられており、主なイメージ・スキーマとして、次の例が挙げられている。／／

【イメージ・スキーマの例】

〈起点‐経路‐着点〉〈容器〉〈前／後〉〈上／下〉〈バランス〉〈複数個体‐連続体〉／〈複数個体‐軌道〉〈力〉〈中心／周辺〉／〈全体／部分〉〈遠／近〉〈リンク〉〈軌道‐延長〉／／

この中で、特に着目したいのは、『ごんぎつね』における〈容器〉のイメージ・スキーマである。〈容器〉のイメージ・スキーマについて、山梨（1995）は、物を出し入れする行為は基本的日常経験の一つであり、「この種の経験によって、空間の一部が境界のある領域として認知される。われわれはこの種の経験をかいして、容器のイメージ・スキーマをつくりあげている。このスキーマは、われわれをとりまく世界の一部を、一種の入れ物として外部の空間から限定して理解することを可能とする認知枠の一種として機能している」と説明している。／『ごんぎつね』の「一」における次の叙述は、〈容器〉のイメージ・スキーマとして捉えることができる。／／

その中山から、少しはなれた山の中に、「ごんぎつね」というきつねがいました。ごんは、ひとりぼっちの小ぎつねで、しだのいっぱいしげった森の中に、あなをほってすんでいました。／／「あな」は〈容器〉としてごんを包み込むとともに、自己存在の中心としてごんと一体的な役割を果たす。ごんの行動には、〈容器〉のイメージ・スキーマを基にした〈入る／出る〉、〈投げ込む／逃げる〉などの表現が用いられている。（略）》

高橋氏は、一九五六年に初めて教科書に採録されて、一九八〇年には全ての教科書に採録された新美南吉『ごんぎつね』が圧倒的な魅力を持った作品であり続けて、すでに古典的な名作であるという。また『ごんぎつね』が単なる教材というレベルを超えて、教える教師や研究者や批評家たちを惹き込んでいく多様な解釈を促す不可思議な魅惑を秘めた作品であることも伝えている。その研究者たちの中でも「森・高橋（2013）による「イメージ・スキーマ（image schema）」が作品を駆動していると いう点」を重要な指摘だと考えて、その〈起点－経路－着点〉や〈容器〉や〈複数個体－連続体〉などを参考にして作品を詳しく論じていく。たぶん高橋氏は『ごんぎつね』のような魅力的な作品を理解するには、感受性と同時に思考力、それらを促すには教室での生徒や教師との対話による表現力などによって、様々な解釈が必要であり、その作品の重層的な魅力を先に触れた「イメージ・スキーマ（image schema）」と考えるのならば、生徒にもそんなスキーマ（外界を認識するための知識の枠組み）を養うような土壌を教師たちは対話を通して作るべきだと考えているのだろう。その前著のⅡ章の論考の最後に当たる六を引用する。

《六　おわりに　～物語における深さと読みの可能性～

『ごんぎつね』における叙述に見られる特徴を、論理展開及び時間と空間に関する認知の在り方を中心にして分析すると、作品に込められたメッセージの深さを読み取ることができる。本作品と様々な角度から「対話」を重ねることが、児童生徒の「深い学び」につながり、ひいては子供たちの人生そのものを豊かなものとすることに資するものと考える。認知に関する知見を踏まえた具体的な授業実践に関しては別稿に譲るが、鶴田（1993）がいみじくも述べているように、「『ごんぎつね』はまだ読み尽くされても研究し尽くされてもいない」し、「新しい知見（より豊かで深い読み）」が今後も望まれるゆえんである。》

髙橋氏は、『ごんぎつね』に込められた「メッセージの深さを読み取ることができる」と言い、また生徒と「対話」を重ねることの重要性を指摘し、その「深い学び」が「ひいては子供たちの人生そのものを豊かなものとすることに資するものと考える」と確信を持って語っている。さらに『「新しい知見（より豊かで深い読み）」が今後も望まれる』との提起を、髙橋氏は自らに課して、今回の『「ごんぎつね」の謎解き～ごんをめぐる対話篇～』を執筆したのだろう。髙橋氏は現在、郡山ザベリオ学園小学校・中学校校長を務められていて、生徒たちの教育現場で多忙な日々を送られている。しかしそれでも早朝に起きて執筆したと聞いている。きっと生徒たちの人生にとって『ごんぎつね』のメッセージに触れ自ら「思考力と表現力」を養うことがその後の人生において力になると考えたからだろう。

2

本書の特徴は、ふくしまに暮らす高校二年生の妹アキと帰郷した文科系の大学生の兄トオルの『ごんぎつね』の解釈を「対話」形式で深めていく『ごんぎつね』論である。その小説的な文体は若者たちにも、妹と兄との気さくな対話を通して、『ごんぎつね』の多様な魅力を次々に発見し参加させる可能性を感じさせてくれる。

本書は四章に分かれ各章はさらに四つからなり、全体で十六から成り立っている。I章の小タイトルは「一　ごんの再発見」、「二　〈いたずら〉と〈火縄じゅう〉」、「三　ごんと〈視線〉」、「四　書かれていない?」となっている。その「一　ごんの再発見」の初めの方を引用したい。


「お兄ちゃん、お帰り、新幹線混んでなかった?」

「ただいま。アキも元気にしていたかい?」

「うん、お兄ちゃん、みんな元気。ところで、この間、市立図書館で読書会があったの」

「ふうん、読書会か。たくさん集まったの?」

「うん、今回は小学生から社会人までたくさん集まって〈思い出に残る物語〉というタイトルで読書会をしたんだ。話題になったのは教科書にも載っている『ごんぎつね』が選ばれて、いろいろ意見が出たんだよ」

「ふうん、『ごんぎつね』かあ、懐かしいなあ。あれは小学四年生の頃に読むね」

「そう、小学四年生のとき。わたしたちは山口先生が担任していた時だったよ。読書会でも小学校四年生のときには気がつかなかったことがたくさんあったの。案外、小さい頃の物語って後で読んでみるとずっと深いものだと気づくこともあるよね」

「そうそう、いいところに気づいたね」

「ところで、お兄ちゃんは『ごんぎつね』どう思う?」

「そうだね。そんなに繰り返して読んだわけじゃないからね。アキはどこが気になっているのかな」

「うん、まず、ごんって人間の会話が分かるんだってこと」／「へえ、そりゃ面白い考えだなあ。物語の世界だから、会話は分かるようになっているんじゃないのかなあ」》

帰郷した兄トオルに妹アキが市立図書館での読書会に参加し、絵本の『ごんぎつね』の感想を参加者で話し合ったことを伝えた。出だしのさり気なさは、『ごんぎつね』が多くの人びとの心に深く刻まれていて、その「謎解き」に参加したいという絵本であることを伝えている。アキの根本的な謎は「ごんって人間の会話が分かるんだ」という驚きだった。このアキの人間と生きものとの対話が可能だろうかという問いは、とても重要だろう。この問いを簡単に結論を出さずに問い続けていたからこそ、新美南吉という童話作家がこの名作を執筆できた源泉になったと髙橋氏は暗示しているようにも思われる。妹を含めた子供たちは人間と動物とが言葉を理解し合えるという世界があることへの驚きをこの童話の根本に見いだすのだろう。アキとトオルは、対話を続けてこの物語を様々に命名しようとする。この童話はいたずらぎつねの「ごん」が、兵十の病気の母が食べたかった鰻を捕まえたところ、それを盗んでしまい、その後に母を失くして一人ぼっちになった兵十に対して、罪滅ぼしで栗を届ける善行（償い）を行っていたが、母に食べさせる鰻を取られた恨みで、兵十に火縄銃で撃たれてしまい、兵十が神様の仕業だと思っていた善行（償い）が「ごん」の仕業であることを分かったという哀しい結末の話だ。そんなストーリーは「村の茂平」から私たちが聞いたことになっていたり、主人公は一人ぼっちの「ごん」でありながら、もう一人の主人公である「兵十」や、「神さまのしわざ」と諭してくれた相談相手の茂平なども味わい深い人物像などを作り上げている。それ故かアキとトオルは「〈ごん〉という命名を受ける物語」などのように様々に意味づけて、多様な解釈を試みていく。さらに物語が複数の語り手が絡んで深層から声が湧き出てくるような重層的な構造になっていることを発見していく。それは初めに触れた「イメージ・スキーマ（image schema）」の時空間の稼働領域が他の童話に比べて深く幅広い構造を持っていることに対話を通して気付くことになる。

「二 〈いたずら〉と〈火縄じゅう〉」では、『ごんぎつね』の「音風景」の豊かさや、〈運命のいたずら〉という〈死に向かう道〉など主人公たちの宿命を音に連なる風景の中で見通している。

「三 ごんと〈視線〉」では、加助と兵十の後をついて行き〈盗み聞き〉しながら〈償い〉のために、悲劇を招き寄せることになる栗や松たけを運んでいく。

「四 書かれていない？」では、次の箇所はトオルとアキの読みが深みを増していくことが理解できる。

《「（略）放たれた弾丸は、ごんの身体に食い込んでいき、瞬時にごんの命を危機に落とし込む。その弾丸を受け止めた時、ごんの身体の死が訪れるけれど、弾丸によってではなく、兵十の言葉にうなずくことによって、ごんは精神的だけでなく言語的にも兵十と同等の立場に立ち、共通の地平に立ち、認知されることによりその生命を得るという【誕生の物語】ともなり得ているようなんだ。つまり、物語全体がその死によって認知された【ごんの誕生の瞬間の物語】となっているかもしれないね！」

「そういう意味で考えると、この物語には、〈兵十の母の死〉と〈ごんの死〉という二つの死が中心に置かれ、〈償い〉がテーマとして浮かび上がっているけど、兵十の母の死のために償いをするごんの行為が結果的には自らの死を呼びよせると言えないかしら。しかも、その死は、ごんが村人の中で村人と共に生きること、つまり、死を迎えることによって【新たな生を得る誕生の物語】でもあるわ。さらに、それは、〈ひとりぼっち〉の小さな狐でしかなかった存在が、この物語を通して村人と共に生きる存在として認知され、いたずらに困っている村の人たちに恵みを与え救済する主体としての神様が同等の行為をすることによって外形的にも内形的にも神の名を戴くという【命名の物語】でもあるんじゃないかしら！」》

新美南吉がなぜごんを銃殺させたのかをトオルは推理し、真実を知った兵十がごんと最後に対等に向き合い心を通わせた【ごんの誕生の瞬間の物語】を誕生させたのでないかと思いやる。またアキは「村人の中で村人と共に生きること」になる【新たな生を得る誕生の物語】と様々な視点から推理を繰り広げ行く。そして互いの『ごんぎつね』への理解を相乗的に深めていく。

3

Ⅱ章の四つの小タイルは「五〈だれか来るようです〉、六〈隠れた神〉、七〈共振する〉身体、八フローベール」だ。その中でも「八　フローベール」において、高橋氏は、新美南吉がフローベールと読書ノートに記述し、その中に《ボヴァリー夫人》の「あゝそれはすべて遠い昔の事であった！あゝ遠い昔の事であった！（中村星湖譯『ボヴリイ夫人』第一編七（新潮社、一九二〇年、六九頁））とも記されてあったと二人の会話の中で指摘させている。またその翻訳の中の葬儀の場面の記述が、兵十の母の葬儀の場面の感じと類似していることも語らせている。髙橋氏は新美南吉が東京外国語学校（現・東京外国語大学）英語部文科に入学する前に雑誌『赤い鳥』に「ごん狐」を発表したが、フランス語にも関心があり、翻訳か原文で読んでいた可能性を指摘している。

Ⅲ章の四つの小タイトルは「九〈ある秋〉のこと、一〇〈加助〉考、一一〈ごん、おまえだったのか〉、一二〈これ〉という物語」だ。その中でも「一〇〈加助〉考」では《「たしかに。神の使いとしての〈きつね信仰〉があるとしたら、その神様と同じ位階に立つごんを兵十は殺してしまったわけであり、その【兵十による罪の償いの物語】がここで動き出すことになるわ」》との読者に新たな物語の始まりを予感させている。

最後のⅣ章の四つの小タイトルは「一三〈うなぎ〉と〈くり〉、一四〈夢幻能〉への誘い、一五語りの〈破れ〉、一六〈認識〉の物語」だ。この中では「一四〈夢幻能〉への誘い」では、《「ごんがなくなった後の物語が話題になるけど、ごんの内面はどうしたら分かるのかしら？」／「そうだね。唐突だけど、その一つの可能性が〈夢幻能〉と考えられると思うんだよ。死者としてのごんを召喚し、現世に招じ入れてその思いを吐露する場が設けられるとしたらどうだろう?」》という【ごんを求める旅/ごん自身の語りの物語】をアキとトオルは構想し想像し始めるのだ。このように髙橋氏は見事に妹アキと兄トオルとの「対話」によって、〈夢幻能〉などの『ごんぎつね』の多様な解釈の旅に私たちを誘ってくれるのだ。

おわりに

暑い夏だったと記憶しています。全国大学国語教育学会に参加する途中、新幹線を名古屋駅で下車し、「新美南吉記念館」を訪れたときの岩滑の印象は今も鮮やかに残っています。そして、心安らぐ時を過ごすことができました。

これまで、多くの書物に囲まれて生きてきましたが、新美南吉の「ごんぎつね」はその中でも特筆すべき一冊になりました。この作品には人生の全てが包み込まれているように思えてなりません。〈生きること〉〈思いを寄せること〉〈信じること〉〈相手を見つめること〉〈歩むこと〉〈振り返ること〉〈贈ること〉〈見つめること〉〈追いかけること〉……、そうした一つ一つのささやかな出来事が人生を彩っていることに気付かせてくれました。

これまでの読書遍歴の中で、一冊の書物から汲めども尽きない豊かな糧をいただくことができるということを実感したのも、「ごんぎつね」からだと思います。そして、それは、サン＝テグジュペリの『星の王子さま』やアーノルド・ローベルの『お手紙』、さらにはレイチェル・カーソンの『センス・オブ・ワンダー』などと同様に、これからも人々の心に灯りをともし続けることと思います。

いくつもの発見に満ちたテキストを、これからも読み続けていきたいと思います。新美南吉の世界は歴史の中で、そして、子どもたちの心の中で力強く生き続けています。

なお、拙著を書くに当たり、先哲諸氏の御著書、研究論文等に大いなる示唆を戴いたことに感謝するとともに、郡山ザベリオ学園小学校及び仙台白百合学園小学校四年生の皆さんを始めとしてこれまで参観させていただいた授業で出会った多くの子どもたちと先生方に心から感謝申し上げます。

併せて、鈴木靖将様には『ごんぎつね』の装画を快くお引き受けいただき、心から御礼申し上げますとともに、懇切丁寧なアドバイスとともに解説を加えていただいたコールサック社代表・鈴木比佐雄様に深甚なる感謝を申し上げたいと思います。

また、「新美南吉記念館」の皆様には、心のふるさととしてご指導いただいたことに厚く感謝申し上げます。

結びに、拙い本書を、東日本大震災からの復興・創生の道を歩みつつある〈福に満ちあふれた地・ふくしま〉で学ぶすべての子どもたちに捧げたいと思います。

資料　ごん狐

新美　南吉

一

これは、私が小さいときに、村の茂平というおじいさんからきいたお話です。

むかしは、私たちの村のちかくの、中山というところに小さなお城があって、中山さまというおとのさまが、おられたそうです。

その中山から、少しはなれた山の中に、「ごん狐」という狐がいました。ごんは、一人ぼっちの小狐で、しだの一ぱいしげった森の中に穴をほって住んでいました。そして、夜でも昼でも、あたりの村へ出てきて、いたずらばかりしました。はたけへ入って芋をほりちらしたり、菜種がらの、ほしてあるのへ火をつけたり、百姓家の裏手につるしてあるとんがらしをむしりとって、いったり、いろんなことをしました。

或秋のことでした。二、三日雨がふりつづいたその間、ごんは、外へも出られなくて穴の中にしゃがんでいました。

雨があがると、ごんは、ほっとして穴からはい出ました。空はからっと晴れていて、百舌鳥の声がきんきん、ひびいていました。

ごんは、村の小川の堤まで出て来ました。あたりの、すすきの穂には、まだ雨のしずくが光っていました。川は、いつもは水が少いのですが、三日もの雨で、水が、どっとましていました。ただのときは水につかることのない、川べりのすすきや、萩の株が、黄いろくにごった水に横だおしになって、もまれています。ごんは川下の方へと、ぬかるみみちを歩いていきました。

　ふと見ると、川の中に人がいて、何かやっています。ごんは、見つからないように、そうっと草の深いところへ歩きよって、そこからじっとのぞいてみました。

「兵十だな」と、ごんは思いました。兵十はぼろぼろの黒いきものをまくし上げて、腰のところまで水にひたりながら、魚をとる、はりきりという、網をゆすぶっていました。はちまきをした顔の横っちょうに、まるい萩の葉が一まい、大きな黒子みたいにへばりついていました。

　しばらくすると、兵十は、はりきり網の一ばんうしろの、袋のようになったところを、水の中からもちあげました。その中には、芝の根や、草の葉や、くさった木ぎれなどが、ごちゃごちゃはいっていましたが、でもところどころ、白いものがきらきら光っています。それは、ふというなぎの腹や、大きなきすの腹でした。兵十は、びくの中へ、そのうなぎやきすを、ごみと一しょにぶちこみました。そして、また、袋の口をしばって、水の中へ入れました。

　兵十はそれから、びくをもって川から上がりびくを土手においといて、何をさがしにか、川上の方へかけていきました。

　兵十がいなくなると、ごんは、ぴょいと草の中からとび出して、びくのそばへかけつけました。ちょいと、いたずらがしたくなったのです。ごんはびくの中の魚をつかみ出しては、はりきり網のかかっているところより下手の川の中を目がけて、ぽんぽんなげこみました。どの魚も、「とぼん」と音を立てながら、にごった水の中へもぐりこみました。

一ばんしまいに、太いうなぎをつかみにかかりましたが、何しろぬるぬるとすべりぬけるので、手ではつかめません。ごんはじれったくなって、頭をびくの中につッこんで、うなぎの頭を口にくわえました。うなぎは、キュッと言ってごんの首へまきつきました。そのとたんに兵十が、向うから、

「うわアぬすと狐め」と、どなりたてました。ごんは、びっくりしてとびあがりました。うなぎをふりすててにげようとしましたが、うなぎは、ごんの首にまきついたままはなれません。ごんはそのまま横っとびにとび出して一しょうけんめいに、にげていきました。

ほら穴の近くの、はんの木の下でふりかえって見ましたが、兵十は追っかけては来ませんでした。

ごんは、ほっとして、うなぎの頭をかみくだき、やっとはずして穴のそとの、草の葉の上にのせておきました。

二

十日（とおか）ほどたって、ごんが、弥助（やすけ）というお百姓の家の裏を通りかかりますと、そこの、いちじくの木のかげで、弥助の家内（かない）が、おはぐろをつけていました。鍛冶屋（かじや）の新兵衛（しんべえ）の家のうらを通ると、新兵衛の家内が髪をすいていました。ごんは、

「ふふん、村に何かあるんだな」と、思いました。

「何なんだろう、秋祭かな。祭なら、太鼓や笛の音がしそうなものだ。それに第一、お宮にのぼりが立つはずだが」

　こんなことを考えながらやって来ますと、いつの間(ま)にか、表に赤い井戸のある、兵十の家の前へ来ました。その小さな、こわれかけた家の中には、大勢(おおぜい)の人があつまっていました。よそいきの着物を着て、腰に手拭(てぬぐ)いをさげたりした女たちが、表のかまどで火をたいています。大きな鍋(なべ)の中では、何かぐずぐず煮えていました。

「ああ、葬式だ」と、ごんは思いました。

「兵十の家のだれが死んだんだろう」

　お午(ひる)がすぎると、ごんは、村の墓地へ行って、六地蔵(ろくじぞう)さんのかげにかくれていました。いいお天気で、遠く向うには、お城の屋根瓦(やねがわら)が光っています。墓地には、ひがん花(ばな)が、赤い布きれのようにさきつづいていました。と、村の方から、カーン、カーン、と、鐘(かね)が鳴って来ました。葬式の出る合図(あいず)です。

　やがて、白い着物を着た葬列のものたちがやって来るのがちらちら見えはじめました。話声(はなしごえ)も近くなりました。葬列は墓地へはいって来ました。人々が通ったあとには、ひがん花が、ふみおられていました。

　ごんはのびあがって見ました。兵十が、白いかみしもをつけて、位牌(いはい)をささげています。いつもは、赤いさつま芋(いも)みたいな元気のいい顔が、きょうは何だかしおれていました。

「ははん、死んだのは兵十のおっ母だ」

ごんはそう思いながら、頭をひっこめました。

その晩、ごんは、穴の中で考えました。

「兵十のおっ母は、床についていて、うなぎが食べたいと言ったにちがいない。それで兵十がはりきり網をもち出したんだ。ところが、わしがいたずらをして、うなぎをとって来てしまった。だから兵十は、おっ母にうなぎを食べさせることができなかった。そのままおっ母は、死んじゃったにちがいない。ああ、うなぎが食べたい、うなぎが食べたいとおもいながら、死んだんだろう。ちょッ、あんないたずらをしなけりゃよかった。」

三

兵十が、赤い井戸のところで、麦をといでいました。

兵十は今まで、おっ母と二人きりで、貧しいくらしをしていたもので、おっ母が死んでしまっては、もう一人ぼっちでした。

「おれと同じ一人ぼっちの兵十か」

こちらの物置の後から見ていたごんは、そう思いました。

ごんは物置のそばをはなれて、向うへいきかけますと、どこかで、いわしを売る声がします。

「いわしのやすうりだアい。いきのいいいわしだアい」

ごんは、その、いせいのいい声のする方へ走っていきました。と、弥助のおかみさんが、裏戸口から、

「いわしをおくれ。」と言いました。いわし売りは、いわしのかごをつんだ車を、道ばたにおいて、ぴかぴか光るいわしを両手でつかんで、弥助の家の中へもってはいりました。ごんはそのすきまに、かごの中から、五、六ぴきのいわしをつかみ出して、もと来た方へかけだしました。そして、兵十の家の裏口から、家の中へいわしを投げこんで、穴へ向かってかけもどりました。途中の坂の上でふりかえって見ますと、兵十がまだ、井戸のところで麦をといでいるのが小さく見えました。

ごんは、うなぎのつぐないに、まず一つ、いいことをしたと思いました。

つぎの日には、ごんは山で栗をどっさりひろって、それをかかえて、兵十の家へいきました。裏口からのぞいて見ますと、兵十は、午飯をたべかけて、茶椀をもったまま、ぼんやりと考えこんでいました。へんなことには兵十の頬っぺたに、かすり傷がついています。どうしたんだろうと、ごんが思っていますと、兵十がひとりごとをいいました。

「一たいだれが、いわしなんかをおれの家へほうりこんでいったんだろう。おかげでおれは、盗人と思われて、いわし屋のやつに、ひどい目にあわされた」と、ぶつぶつ言っています。

ごんは、これはしまったと思いました。かわいそうに兵十は、いわし屋にぶんなぐられて、あんな傷までつけられたのか。

ごんはこうおもいながら、そっと物置の方へまわってその入口に、栗をおいてかえりました。

つぎの日も、そのつぎの日もごんは、栗をひろっては、兵十の家へもって来てやりました。そのつぎの日には、栗ばかりでなく、まつたけも二、三ぼんもっていきました。

四

月のいい晩でした。ごんは、ぶらぶらあそびに出かけました。中山さまのお城の下を通ってすこしいくと、細い道の向うから、だれか来るようです。話声が聞えます。チンチロリン、チンチロリンと松虫が鳴いています。

ごんは、道の片がわにかくれて、じっとしていました。話声はだんだん近くなりました。それは、兵十と加助(かすけ)というお百姓でした。

「そうそう、なあ加助」と、兵十がいいました。

「ああん?」

「おれあ、このごろ、とてもふしぎなことがあるんだ」

「何が?」

「おっ母が死んでからは、だれだか知らんが、おれに栗やまつたけなんかを、まいにちまいにちくれるんだよ」

「ふうん、だれが?」

「それがわからんのだよ。おれの知らんうちに、おいていくんだ」

ごんは、ふたりのあとをつけていきました。

「ほんとかい？」

「ほんとだとも。うそと思うなら、あした見に来こいよ。その栗を見せてやるよ」

「へえ、へんなこともあるもんだなア」

それなり、二人はだまって歩いていきました。

加助がひょいと、後を見ました。ごんはびくっとして、小さくなってたちどまりました。加助は、ごんには気がつかないで、そのままさっさとあるきました。吉兵衛というお百姓の家まで来ると、二人はそこへはいっていきました。ポンポンポンポンと木魚の音がしています。窓の障子にあかりがさしていて、大きな坊主頭がうつって動いていました。ごんは、

「おねんぶつがあるんだな」と思いながら井戸のそばにしゃがんでいました。しばらくすると、また三人ほど、人がつれだって吉兵衛の家へはいっていきました。お経を読む声がきこえて来ました。

五

ごんは、おねんぶつがすむまで、井戸のそばにしゃがんでいました。兵十と加助は、また一しょにかえっていきます。ごんは、二人の話をきこうと思って、ついていきました。兵十の影法師をふみふみいきました。

お城の前まで来たとき、加助が言い出しました。

「さっきの話は、きっと、そりゃあ、神さまのしわざだぞ」

「えっ?」と、兵十はびっくりして、加助の顔を見ました。

「おれは、あれからずっと考えていたが、どうも、そりゃ、人間じゃない、神さまだ、神さまが、お前がたった一人になったのをあわれに思わっしゃって、いろんなものをめぐんで下さるんだよ」

「そうかなあ」

「そうだとも。だから、まいにち神さまにお礼を言うがいいよ」

「うん」

ごんは、へえ、こいつはつまらないなと思いました。おれが、栗や松たけを持っていってやるのに、そのおれにはお礼をいわないで、神さまにお礼をいうんじゃァ、おれは、引き合わないなあ。

六

そのあくる日もごんは、栗をもって、兵十の家へ出かけました。兵十は物置で縄をなっていました。それでごんは家の裏口から、こっそり中へはいりました。

そのとき兵十は、ふと顔をあげました。と狐が家の中へはいったではありませんか。こないだうなぎをぬすみやがったあのごん狐めが、またいたずらをしに来たな。

「ようし。」

兵十は立ちあがって、納屋(なや)にかけてある火縄銃(ひなわじゅう)をとって、火薬をつめました。

そして足音をしのばせてちかよって、今戸口を出ようとするごんを、ドンと、うちました。ごんは、ばたりとたおれました。兵十はかけよって来ました。家の中を見ると、土間(どま)に栗が、かためておいてあるのが目につきました。

「おや」と兵十は、びっくりしてごんに目を落しました。

「ごん、お前(まい)だったのか。いつも栗をくれたのは」

ごんは、ぐったりと目をつぶったまま、うなずきました。

兵十は火縄銃をばたりと、とり落しました。青い煙が、まだ筒口(つつぐち)から細く出ていました。

底本：「新美南吉童話集」岩波文庫、岩波書店
一九九六（平成八）年七月一六日発行第一刷
一九九七（平成九）年七月一五日発行第二刷
初出：「赤い鳥　復刊第三巻第一号」
一九三二（昭和七）年一月号

著者略歴

髙橋正人（たかはし　まさと）

一九五五年、新潟県南魚沼郡六日町（現南魚沼市）生まれ。
東北大学文学部卒、同大学院フランス語・フランス文学研究科博士後期課程中退。文学修士。
公立高等学校教諭、県教育委員会事務局勤務、公立高等学校校長、福島大学大学院人間発達文化研究科教職実践専攻（教職大学院）特任教授、仙台白百合女子大学人間学部人間発達学科特任教授を経て、現在、学校法人ザベリオ学園理事・郡山ザベリオ学園小学校・中学校校長。

専門分野：国語科教育論、国語科授業論、児童文学、近代文学。

所属学会：全国大学国語教育学会、日本国語教育学会、解釈学会、東北大学フランス語フランス文学会、福島大学国語教育文化学会。第76回福島県文学賞審査員（小説・ドラマ部門）。福島県立図書館協議会委員。桜の聖母生涯学習センター講師。日本ペンクラブ元会員。

著書：

『文学はいかに思考力と表現力を深化させるか―福島からの国語科教育モデルと震災時間論』（コールサック社、二〇二〇年）

『高校生のための思索ノート～アンソロジーで紡ぐ思索の旅～』（コールサック社、二〇二一年）

主な論文：

「戦略としての知・罪としての知～『こゝろ』における「不可知性」について～」（『解釈』第三九巻第六号第四五九集、一九九三年）

「『夢十夜』における時間構造について―時制と相（アスペクト）をめぐって」（『解釈』第六二巻第七・八号第六九一集、二〇一六年）

「深い学びの実現を目指した高等学校国語科授業の改善―「ボタニカル・アクティブラーニング」の試み―」（福島大学総合教育研究センター編『福島大学総合教育研究センター紀要』第二四号二〇一八年）

「小津安二郎監督『東京物語』の教材化に関する研究～高等学校「文学国語」における映像作品の可能性をめぐって～」（『福島大学人間発達文化学類論集』第二九号、二〇一九年）

「『論理国語』における深い学びを実現するために―『読むこと』の学習における問いとパラダイムシフトをめぐって」（『福島大学総合教育研究センター紀要』第二六号、二〇一九年）

「『文学国語』におけるアンソロジー教材の開発～是枝裕和「ヌガー」における（世界の発見）をめぐって～」（『言文』第六七号、二〇二〇年）

「高等学校「古典探究（Advanced Classics）」における探究的な学びの深化に関する研究～「若紫」における視線・顔認識・フランス語訳・映像テクストをめぐって～（『福島大学人間発達文化学類学類論集』第三二号、二〇二〇年）

「『ごんぎつね』における〈喪〉と〈贈与〉に関する考察～フランス語訳*Le petit renard Gon*との比較及び葬送儀礼を通して～」(『言文』第六八号、二〇二一年)
「石沢麻依『貝に続く場所にて』の分析と教材としての可能性について～重ね・トラウマ・断片・身体・声・持物をめぐって～」(『言文』第六九号、福島大学国語教育文化学会、二〇二二年)
「アーノルド・ローベル『お手紙』における作品分析に関する研究―登場人物の思考の在り方と手紙の持つ機能をめぐって―」(『仙台白百合女子大学紀要』第二六号、二〇二二年)
「斎藤隆介『モチモチの木』における作品構造に関する研究―〈語り〉の特異性及び言葉のネットワークをめぐって―」(『仙台白百合女子大学教職課程研究センター報』第一号、二〇二二年)

現住所　〒963-0206　福島県郡山市中野1-4-2

「ごんぎつね」の謎解き　～ごんをめぐる対話篇～

2023年12月25日初版発行
著　者　　　高橋正人
編集・発行者　鈴木比佐雄
発行所　株式会社 コールサック社
〒173-0004　東京都板橋区板橋2-63-4-209
電話 03-5944-3258　FAX 03-5944-3238
suzuki@coal-sack.com　http://www.coal-sack.com
郵便振替　00180-4-741802
印刷管理　（株）コールサック社　制作部

装画・挿絵　鈴木靖将　　装幀　松本菜央

落丁本・乱丁本はお取り替えいたします。
ISBN978-4-86435-598-8　C0095　￥2000E